读客

读客悬疑文库

认准读客读悬疑，本本都是大师级。

A WALK AMONG
THE TOMBSTONES

漫步死亡之地

[美]劳伦斯·布洛克 著　　姚向辉 译

LAWRENCE
BLOCK

江苏凤凰文艺出版社
JIANGSU PHOENIX LITERATURE AND
ART PUBLISHING

图书在版编目（CIP）数据

漫步死亡之地 /（美）劳伦斯・布洛克 (Lawrence Block) 著；姚向辉译 . -- 南京：江苏凤凰文艺出版社，2023.8
书名原文：A WALK AMONG THE TOMBSTONES
ISBN 978-7-5594-7607-4

Ⅰ . ①漫… Ⅱ . ①劳… ②姚… Ⅲ . ①推理小说－美国－现代 Ⅳ . ① I712.45

中国国家版本馆 CIP 数据核字 (2023) 第 079620 号

漫步死亡之地

[美] 劳伦斯・布洛克　著　　姚向辉　译

责任编辑	丁小卉
特约编辑	徐於璠　　徐陈健
装帧设计	陈绮清
责任印制	刘　巍
出版发行	江苏凤凰文艺出版社
	南京市中央路 165 号，邮编：210009
网　　址	http://www.jswenyi.com
印　　刷	三河市龙大印装有限公司
开　　本	890 毫米 ×1270 毫米 1/32
印　　张	11.25
字　　数	260 千字
版　　次	2023 年 8 月第 1 版
印　　次	2023 年 8 月第 1 次印刷
标准书号	ISBN 978-7-5594-7607-4
定　　价	49.90 元

江苏凤凰文艺版图书凡印刷、装订错误，可向出版社调换，联系电话：010-87681002。

献给琳恩

宝贝，宝贝，调皮的宝贝
别哭了，吵闹的小家伙，我说
现在就给我安静，安静，否则
波拿巴就要来了

宝贝，宝贝，他是个巨人
又高又黑，好似蒙茅斯的尖塔
他每天早饭、午饭和晚饭
吃的都是调皮的家伙

宝贝，宝贝，他要是听见了你
就会甩开大步跑过屋子
一条胳膊一条腿地撕烂你
就像猫咪撕烂老鼠

然后他会揍你，揍你，揍你
然后他会把你捣成肉酱
然后他会吃你，吃你，吃你
每一口都吃得咔嚓，咔嚓，咔嚓！

——英国摇篮曲

第1章

三月的最后一个星期四，上午十点半到十一点之间的某个时候，弗朗辛·库利对丈夫说她要出去一趟买东西。

“开我的车吧，”他建议道，“反正我哪儿都不去。”

“你的车太大了，”她说，“每次我开你的车，都觉得像是在开船。”

“随你。”他说。

他的别克林荫大道和她的丰田凯美瑞都停在家背后的车库里，屋子是一座仿都铎式的建筑物，木骨架半外露，灰泥拉毛外墙，位于布鲁克林湾脊区的殖民路，在七十八街和七十九街之间。她发动凯美瑞，倒车出库，按下遥控装置，关上车库门，然后继续倒车，一直开到马路上。碰到第一个红灯的时候，她把一盘古典音乐磁带塞进播放器。是贝多芬晚期的四重奏之一。

她在家里听爵士乐，那是凯南最喜欢的类型，但开车的时候她总是听古典室内乐。

她很有魅力，身高五英尺六英寸[1]，体重一百一十五磅[2]，胸部丰满，细腰窄臀。光泽的黑色鬈发向后梳着，露出整张脸。黑眼睛，鹰钩鼻，大嘴，嘴唇丰满。

这张嘴在照片里总是紧闭着。据我所知，她的上门牙向外突出，龅牙有点儿严重，她对这个缺陷很敏感，因此笑得不多。婚礼的照片上，她容光焕发，笑得很灿烂，但依然没有露出牙齿。

她的皮肤呈橄榄色，容易晒黑，已经有了点儿夏季的古铜色。她和凯南在牙买加的内格里尔海滩度过了二月的最后一周。她本可能晒得更黑，但凯南逼着她使用防晒霜，还限制她晒太阳的时长。“对你的健康不好，”他对她说，“而且太黑就不迷人了。知道怎么把李子做成果脯吗？就是扔在太阳底下晒。”李子有什么好的？你倒是说给我听听。李子成熟饱满又多汁，这是他的回答。

她从家里的车道开出去半个街区，刚开到七十八街和殖民路的路口，一辆蓝色厢式货车的司机发动了引擎。他等她再开出去半个街区，然后从路边起步，开始跟踪她。

她在湾脊大道右转，然后在第四大街左转，向北而去。来到六十三街路口的达戈斯蒂诺超市，她放慢车速，在半个街区后把凯美瑞开进一个停车位。

那辆蓝色厢式货车驶过凯美瑞，绕街区转了一圈，最后在超市正门口的消防栓旁停下。

弗朗辛·库利离开家的时候，我还在吃早饭。

前一天夜里，我很晚才睡。伊莱恩和我在东六街的一家印度馆

1　约168厘米。——译者注（本书中注释，如无特殊说明，均为译者注）

2　约52千克。

子吃了饭，然后赶到拉法耶特街的公共剧场，看了一场重排的《大胆妈妈和她的孩子们》[1]。我们的座位不太好，很难听清楚部分演员的台词。我们本该趁着幕间休息溜走的，但有个演员是伊莱恩邻居的男朋友，我们想在落幕后去后台恭维几句他的演技。结果，我们和他一起去路口的酒吧喝了一杯，那地方被挤得水泄不通，我完全想象不出会是为了什么。

好不容易挤出酒吧后，我说："真是太棒了。前面三个小时我听不清他在舞台上说什么，刚才一个小时他和我就隔着一张桌子，但我还是听不清他在说什么。我都要怀疑他其实是个哑巴了。"

"话剧没有三个小时吧？"她说，"顶多两个半。"

"感觉像是三个小时。"

"感觉像是五个小时，"她说，"咱们回家吧。"

我们去了她家。她给我煮咖啡，给她自己泡茶。我们看了半个小时CNN[2]，播广告的时候聊聊天。然后我们上床，躺了一个小时左右，我摸黑穿衣服。就快走出卧室的时候，她问我去哪儿。

"对不起，"我说，"我不想吵醒你的。"

"没关系。你睡不着吗？"

"显然。我感觉心惊胆战的，但不知道为什么。"

"在客厅里看书好了，或者开电视，我无所谓的。"

"算了，"我说，"我这会儿坐立不安。出去走走也许对我有好处。"

1　德国作家贝托尔特·布莱希特的作品，以17世纪30年代的战争为背景，讲述了外号为"大胆妈妈"的小商贩安娜·菲尔林的故事。

2　美国有线电视新闻网络（Cable News Network），以提供即时电视新闻报道而闻名。——编者注伊莱恩的公寓在五十一街，第一和第二大道之间。我住的西北旅馆在五十七街，第八和第九大道之间。外面相当寒冷，刚开始我以为我会忍不住叫出租车，但走出一个街区之后，我就感觉不到寒冷了。

在一个路口等红灯的时候，我不经意间一抬头，在两座高楼之间看见了月亮。离满月只差一点点，我并不吃惊。这个晚上就有月圆之夜的那种感觉，月亮仿佛在血液里搅动浪涛。我想做些事情，但想不出能做什么。

要是米克·巴卢在城里，我很可能会去他的酒吧找他。但他出国了，而按照我这会儿坐立不安的劲头，任何类型的酒吧都不是我的好去处。我回到旅馆，拿起一本书，凌晨四点左右我才关灯睡下。

上午十点，我在路口的火焰咖啡馆里吃了顿简单的早餐，正在看报纸，注意力主要放在本市罪案报道和竞技新闻上。就全球而言，最近正是危机之间的平静期，因此我没怎么关注天下大势。想要我对国内或国际事务产生兴趣，烂摊子必须闹到无法收场才行。否则这些事情对我来说就过于遥远了，我才懒得去和它们打交道呢。

上帝做证，我有的是时间，可以细读每一则新闻，连招聘广告和法律援助版都不放过。上周我为信诚调查忙碌了三天，他们是一家大型侦探事务所，办公室开在熨斗大厦里。但从那以后，他们就没再找过我，而我上次凭自己的关系接到活儿已经是几百年前了。积蓄倒是还够花，所以不是非得工作不可，而且我也总能找到办法消磨时间，但要是能有点儿事情做就更好了。昨天夜里那种坐立不安的感觉并没有随着月落日升而消散。它依然存在，就像血液里在发低烧，就像皮肤底下你挠不到的某个地方在发痒。

弗朗辛·库利在达戈斯蒂诺超市待了半个小时，装满了一辆购物车。结账时她付的是现金。超市里的小工把东西装满了三个手提袋，再把手提袋放进购物车，然后陪着她出店门，送她到街上她停车的地方。

蓝色厢式货车依然停在消防栓旁。后车门开着，两个男人已经从车里下来，他们站在人行道上，似乎正在研究其中一个人拿在手里的写字板。小工陪着弗朗辛经过他们的时候，他们朝她瞥了一眼。等她打开凯美瑞的后车厢时，他们已经回到货车上，后车门也关上了。

小工把手提袋放进后车厢。弗朗辛给了他两美元，比大多数人给的小费多一倍，更不用说还有比例高得惊人的购物者根本不给小费了。凯南一直教她给小费要大方，不必过头，但必须慷慨。“咱们有慷慨的本钱。”他这么对她说。

小工推着购物车返回超市。弗朗辛坐进驾驶座，发动引擎，在第四大道上向北开去。

蓝色厢式货车落后半个街区尾随着她。

我不确定弗朗辛从达戈斯蒂诺超市具体走什么路线来到了大西洋大道上的进口食品店。她有可能沿着第四大道一直开到大西洋大道，也有可能走郭瓦纳斯高速公路进入南布鲁克林。我不可能确定，而且这也无关紧要。总之，她开着凯美瑞来到了大西洋大道和克林顿街的路口。路口的西南角上有一家名叫阿勒颇的叙利亚餐厅，在旁边的大西洋大道上有一家食品店——其实是一家规模可观的熟食店，名叫阿拉伯美食世界。（弗朗辛从不这么叫它。和大多数熟客一样，她管这儿叫阿尤伯的店，阿尤伯是前店主的名字，十年前他就卖掉这家店，搬到圣迭戈去了。）

弗朗辛在大西洋大道北侧的计时收费点停车，阿拉伯美食世界几乎就在街对面。她走到路口，等红灯变成绿灯，然后过马路。她走进食品店的时候，那辆蓝色厢式货车开到阿拉伯美食世界隔壁的阿勒颇餐厅前，在货物装卸区停下。

她在店里没待多久。她只买了几样东西，不需要小工帮她送到车上。她在十二点二十分左右离开食品店。她身穿驼毛大衣，里面是炭灰色的长裤和两件毛衣——一件米色针织开襟羊毛衫和一件巧克力色的套头衫。她把手包挎在肩上，一只手拎着塑料购物袋，另一只手拿着车钥匙。

厢式货车敞着后门，两个男人早已下车，依然站在人行道上。弗朗辛走出店门口的时候，他们走上前去，一左一右夹着她。与此同时，坐在货车驾驶座上的第三个男人发动了引擎。

一个男人说："库利太太？"她转过身，他飞快地打开皮夹子又合上，给她看了一眼某种徽章，但皮夹子里也可能什么都没有。第二个男人说："你必须和我们走一趟。"

"你们是谁？"她说，"有什么事，找我干什么？"

两个人各抓住她的一条胳膊。没等她意识到发生了什么，他们就拽着她穿过人行道，进了货车敞着门的后车厢。前后不过几秒钟，他们就带着她上了车，车门立刻关上，货车随即驶离路边，汇入车流。

尽管时值正午，尽管绑架发生在一条忙碌的商业街上，却没几个人看清楚究竟发生了什么，而寥寥无几的目击者也不太明白他们到底见到了什么。事情肯定发生得非常快。

假如弗朗辛在他们刚开始接近的时候就后退喊救命……

但她没有。她没来得及做任何事情，人就已经在车门紧闭的车厢里了。随后她肯定呼救或反抗过，至少尝试过这么做。然而到了这个时候，一切都来不及了。

我很清楚她被劫持时我在哪儿。我去参加了炉边小组的中午聚会，他们每个工作日从十二点半到一点半在西六十三街的基督教青年会见面。我到得比较早，因此当那两个男人夹着弗朗辛穿过人行道钻进车厢的时候，我肯定就坐在会场里喝咖啡。

我不记得那次见面会的细节了。近几年我一直在参加匿名戒酒会的活动，有规律得连我自己都感到吃惊。我不像刚戒酒的时候去得那么频繁了，但我依然每周平均参加五次左右。那场活动应该遵循了那个小组的惯常流程，先是一个人用十五到二十分钟讲述他或她的人生故事，剩下的四十到四十五分钟留给集体讨论。我似乎没有在讨论环节发言。要是发言了，我应该能记住。肯定有人说过什么值得玩味的话，也有人说过好笑的事情。每次都是这样，但我不记得任何具体内容了。

开完会出来，我找了个地方吃午饭，然后打电话给伊莱恩。接电话的是自动答录机，这说明她不是出去了就是正好有伴儿。伊莱恩是应召女郎，陪男人是她的谋生之道。

我认识伊莱恩是很久以前的事情了，那会儿我还是个喝烂酒的警察，口袋里揣着新到手的金色盾徽，老婆和两个儿子住在长岛。刚开始的两三年，我和她之间的关系对两个人都有好处。我是她的条子朋友，能帮她避开骚扰。有一次她打电话给我，叫我帮她把一个马上风的客人从她床上运到金融区的一条小巷里。她称得上你的梦中情妇——美丽、聪明、风趣、技术娴熟，而且自始至终都好相处，外加不黏人，只有妓女才有可能做到这个程度。你说你还能有什么不满意的？

我离家而去，抛弃了家庭和工作后，伊莱恩和我几乎断了联系。然后一个恶魔从我和她共同的过往中爬出来，威胁到我们两个人的生命，机遇巧合又把我们凑在了一起。然后，说来奇怪，我们就没再分开过。

她有她的公寓，我有我的旅馆房间。每周有两三个甚至四个晚上我们会见面，见面通常在她的公寓结束，我在她那儿过夜的时候比我回家的时候多。我们偶尔出城玩一个星期或度周末。不见面的那些日子里，我们几乎总会互相打电话，而且有时候一天还不止一次。

尽管我们都没提过要放弃其他对象，但总的来说已经这么做了。我不和其他人约会，她也一样——当然，客人除外。她会定期走进旅馆客房，或者让某个人来她的公寓。我们刚开始交往的时候，这种事并没有让我烦恼过（实话实说，甚至有可能构成了她的部分吸引力），现在我也不觉得有什么值得介意的。

假如我真的介意，我随时都可以请她别再接客了。这些年来，她挣了不少钱，而且大部分都存了下来，她把大量资金投入能产生营收的房地产。她大可以金盆洗手，且不需要降低生活水准。

某些因素让我没有开口。我猜是因为我不愿承认我介意——不但向她，也向我自己。另外，我也不愿做任何有可能会改变我们关系的本质的事情。我们的关系没有破裂，我也不想去修补它。

但情况还是在改变。不改变是不可能的。抛开别的不说，仅仅是现状没有改变的事实就足以造成变化了。

我和她都避免使用“爱”这个字，尽管我对她的感觉无疑是爱，而她对我也一样。我们避免讨论结婚或同居的可能性，尽管我知道我考虑过，她无疑也考虑过。但我们没有讨论这些事。这是我们从不触及的话题，就像我们从不讨论爱和她的谋生方式。

当然了，我们迟早得考虑和讨论这些事情，甚至还要想办法处理。但就目前而言，我们只是尽量过好每一天，自从我不再和酿酒厂比拼是他们造酒比较快还是我喝酒比较快以来，我得到的教导就是这个。正如某人指出的，人生还是努力过好每一天为妙。归根结底，世界就是这么把人生交给我们的嘛。

同一个星期四下午，大约四点差一刻，殖民路上的库利家里响起了电话铃声。凯南·库利拿起听筒，一个男人的声音说："嘿，库利。你老婆一直没回家，对吧？"

"你是谁？"

"我是谁关你屁事。你老婆在我们手上。就说你要不要她回去吧？"

"她在哪儿？让我和她说话。"

"嘿，去你妈的，库利。"对方说完就挂断了电话。

库利傻站了一会儿，对着断线的电话喊"喂"，想搞清楚接下来该怎么做。他跑出屋子，来到车库，确定了他的别克还在，但她的凯美瑞不在。他顺着车道一口气跑到马路上，朝左看了一遍，又朝右看了一遍。他回到屋里，拿起电话，听着拨号音，思考该打电话给谁。

"我的天！"他大声说。他放下电话，喊道："弗朗辛！"

他跑上楼，喊着她的名字冲进两人的卧室。

她当然不在卧室里，但他忍不住还是检查了一遍所有的房间。

他家很大，他跑进跑出每一个房间，嘴里喊着她的名字。对于他的这场惊恐发作，他既是旁观者也是参与者。最后，他回到客厅，发现他没有把听筒放回叉簧上。真是了不起！这样一来，就算对方想联系他，电话也打不进来。他拿起听筒放好，祈求电话能快点儿响，而铃声几乎立刻就响了。

这次换了个男人的声音，更冷静，也更有教养。男人说："库利先生，我一直在联系你，但电话占线。你刚才在和谁说话？"

"没人。是我没放好听筒。"

"希望你没有报警。"

"我没打给任何人，"库利说，"是我弄错了，我以为我把听筒放好了，但其实是放在了电话机旁边。我老婆在哪儿？让我和她说几句。"

"你不该不放好听筒的。你也不该打电话给任何人。"

"我没有。"

"尤其是不能报警。"

"你想要什么？"

"我想帮你和你妻子团圆。当然了，前提是你想要她回去。那么，你想要她回去吗？"

"我的天，你到底想——"

"库利先生，回答我的问题。"

"想，我想要她回来。我当然想要她回来了。"

"而我想帮助你。保持线路畅通，库利先生。我会联系你的。"

"喂？"他说，"喂？"

但对方已经挂了电话。

接下来的十分钟里，他在房间里踱来踱去，等待电话铃响起。

随后，坚冰一般的冷静逐渐降临，他放松自我，融入这种情绪。他不再踱来踱去，而是坐进电话旁的椅子里。铃声响起，他拿起听筒，但一言不发。

“库利？”又是先前那个粗鲁的男人。

“你想要什么？”

“我想要什么？你以为我想要什么？”

他没有回答。

“钱，”男人过了一会儿说，“我们要钱。”

“多少？”

“你有什么资格问我问题？你还有什么想说的？”

他静静等待。

“一百万美元。你就说行不行吧？”

“太荒唐了，”他说，“你看，我没法和你谈。叫你朋友打给我，也许我能和他谈谈。”

“哎，你他妈敢使唤老——”

这次轮到库利挂电话了。

在他看来，这是在争夺控制权。企图控制这么一个局面，这种事会逼得你发疯。因为你不可能做到。所有的王牌都在他们手上。

但是，你就算不得不放弃控制局面的欲望，至少也不能跟着他们的音乐跳舞，像保加利亚马戏团里受过训练的狗熊那样蹒跚转圈。

他走进厨房，拿起长柄铜壶，给自己做了一杯甜腻的浓咖啡。等咖啡凉下来的时候，他从冰箱里取出一瓶伏特加，倒出来两盎司左右，然后一饮而尽，感觉到坚冰般的冷静彻底笼罩了他。他拿着咖啡进了另一个房间。就在他快喝完咖啡的时候，电话又响了。

说话的是后一个男人，好声好气的那个。“库利先生，你激怒了我的朋友，”他说，“他一生气就很难打交道了。”

“我认为从现在开始，由你打电话给我比较好。”

“我不认为——”

“因为这样一来，咱们可以商量一下该怎么解决问题，而不是像演电影似的互相挂电话。”他说，“他前面提到了一百万美元。这是不可能的。”

“你认为她不值这个数？”

“她多少都值，”他说，“但——”

“库利先生，她体重多少？一百一，一百二，多多少少差不离吧？”

“我不——”

“咱们就算她五十千克好了。”

真是好笑。

“五十千克，一千克两千美元，库利先生，你会做乘法，对吧？正好一百万美元，没错吧？”

“你想说什么？”

“我想说假如她是好货，库利先生，你会为她付一百万美元。假如她是白粉，你就会付这么多。现在她是血肉之躯，难道不值这个钱吗？”

“我付不出我没有的价钱。”

“你的钱够多的。”

“但没有一百万美元。”

“你有多少？”

之前他有充足的时间思考这个问题的答案："四十。"

"四十万美元？"

"对。"

"还不到一半。"

"那是四十万美元，"他说，"没你们要的多，但也不算少了。我只有这么多。"

"剩下的你可以去筹。"

"我不知道该去哪儿筹钱。我可以做些承诺，请别人还几个人情，这样能筹到一点儿，但并不多。而且需要几天时间，很可能超过一周。"

"你觉得我们很着急，是吧？"

"不，我很着急，"他说，"我想要我妻子回来，我想要你们滚出我的生活。只要和这两件事有关系，我就非常着急。"

"五十万美元。"

你看，终究还是有些他能控制的因素的。"真的没有，"他说，"我不是在和你讨价还价，因为这关系到的是我妻子的性命。我已经告诉你我能给的最高价了。就四十万。"

停顿，然后一声叹息。"唉，好吧。我真傻，居然以为能在生意上胜过你们这种人。你们玩这种游戏已经很多年了，对吧？你们和犹太人一样恶劣。"

他不知道该怎么回答，于是没有开口。

"那就四十万美元吧，"男人说，"你需要多久准备现金？"

十五分钟，他心想。"给我两个小时。"他说。

"我们可以今晚交换。"

"很好。"

“那就去准备吧。不许告诉任何人。”

“我能告诉谁？”

半小时后，他坐在餐桌前，看着四十万美元。他家地下室有个保险箱，是个巨大的老式莫斯勒保险箱，足有一吨重，嵌在水泥里，外面镶着松木墙板，还加装了自带安全锁的防盗警报系统。钱全都是百元大钞，每沓五十张，用橡皮筋扎住，一沓五千美元，一共八十沓。他数出四十万美元，一次抓起三四沓，扔进弗朗辛用来装脏衣服的塑料编织筐。

老天在上，她根本不需要自己洗衣服的。她愿意雇几个用人就雇几个好了，他经常这么对她说。但她喜欢自己动手，她是个传统的女人，喜欢做饭、打扫卫生和做家务。

他拿起电话，把听筒举在半空中，然后又放回底座上。不许告诉任何人，那个男人说过。我能告诉谁？他这么反问。

谁会对他做这种事呢？谋害他，把他老婆从他身边劫走。谁会做这种事呢？

好吧，很多人会这么做。任何人都有可能，只要他们认为他们做了还能全身而退。

他又拿起电话。线路是干净的，没人窃听。说到窃听，整座屋子里都没有窃听器。他有两台装置，据说都是业界最先进的，他在这上面花了那么多钱，它们按理说肯定是。

一台是电话窃听报警装置，安装在电话线上。只要线路的电压、电阻或电流容量有任何改变，他就会立刻知道。另一台是追踪锁定器，会自动扫描无线电频段，寻找隐藏的麦克风。他在这两台装置上投资了五六千美元，只要能确保他的私人通话保持私密，那就是值得的。

过去这两个小时没有警察能听见他的通话，他几乎觉得有点儿遗憾。警察能追踪来电者，找到那伙绑架犯，把弗朗辛还给他——

不，他最不需要的就是警察。警察会把整件事毁得连亲娘都认不出来。他有钱，他会付赎金，他也许能把她救回来，也许救不回来。有些事情你能控制，有些你不能——他能控制付钱，能在一定程度上控制怎么付钱，但无法控制接下来会发生什么。

别告诉任何人。

我能告诉谁？

他再次拿起听筒，拨了一个他不需要查的号码。铃响第三声，他哥哥接起电话。

他说："彼得，我这儿需要你。叫辆出租车，我付钱，但立刻过来，听见了吗？"

停顿。然后，电话另一头传来声音："老弟，我会为你做任何事情，你知道的——"

"那就快去叫出租车吧！"

"——但我不会和你的生意扯上任何关系。老弟，我真的不能。"

"和生意没关系。"

"发生什么了？"

"是弗朗辛。"

"天哪，怎么了？算了，等我去了你再告诉我吧。你在家，对吧？"

"对，我在家。"

"我这就叫车。我马上出门。"

彼得·库利忙着找出租车司机送他去布鲁克林他弟弟家的时候，我正在看ESPN[1]上的几个记者讨论有没有可能限制球员的薪酬。听见电话铃响，我一点儿也没觉得被扫了兴致。是米克·巴卢，他从爱尔兰梅奥郡的卡斯尔巴打电话给我。声音非常清晰，说他是从格罗根酒吧的里屋打给我的也行。

“这儿太带劲了，”他说，“要是你觉得纽约的爱尔兰人是疯子，你应该来他们的主场会会他们。每两个店面就有一家酒馆，不到打烊时间就没人走。”

“他们很早就打烊，对吧？”

“早了半天。不过旅馆也供应酒水，只要登记过的客人想喝，随便几点都能喝上。这才是一个文明国家的标志呢，你说对不对？”

“太对了。”

“但他们全都抽烟。他们永远在点烟，然后拿着烟盒敬一圈。法国佬在这方面更差劲。上次我去那儿探望我爸的亲戚，他们还因为我不抽烟生我的气呢。我猜全世界只有美国佬在这方面比较清醒，知道应该戒烟。”

“米克，你在这个国家还是能找到不少老烟枪的。”

“那就祝他们好运了，现如今不但坐飞机、看电影不能抽，还有各种法规禁止在公共场所抽烟，他们就憋着难受吧。”他讲了个漫长的故事，说的是他在几天前的一个晚上认识的一男一女。故事很好玩，我和他都笑了，然后他问我怎么样，我说我挺好。“真的好吗？”他说。

---

1 娱乐与体育电视网（Entertainment and Sports Programming Network），是华纳媒体旗下的有线体育频道。——编者注

“就是有点儿坐立不安。最近我有点儿空闲时间。而且正好是满月。”

“对吧，”他说，“这儿也是。”

“还真是赶巧了呢。”

“但爱尔兰永远是满月。还好每天都下雨，所以你不会每天晚上一抬头就看见它。马特[1]，我有个主意。买张机票，过来看看。”

“什么？”

“我敢打赌，你这辈子都没来过爱尔兰。”

“我这辈子就没出过国，”我说，“不对，等一等，不能说没出过。我去过几趟加拿大，一趟墨西哥，但——”

“没来过欧洲？”

“对。”

“哎呀，老天在上，快去买张机票飞过来吧。要是你愿意，就带上她——”巴卢指的是伊莱恩，“——一个人来也行，我无所谓。我和罗森斯坦谈过，他说我最好在国外待一段时间。他说他能摆平所有事情，但他们搞了个该死的联邦特别工作组，他劝我在风平浪静之前别踏上美国的土地。我大概要在这个该死的跳蚤窝里再困守一个月，甚至更久。你笑什么？”

“我以为你喜欢这地方呢，现在怎么变成跳蚤窝了？”

“只要好兄弟不在身边，无论哪儿都是跳蚤窝。哥们儿，你就过来吧。怎么样？”

彼得·库利赶到他弟弟家时，凯南刚挂掉那个比较温和的绑匪

1　马修的昵称。——编者注

再次打来的电话。只是这次他似乎没先前那么温和了，尤其是在通话快结束的时候，因为库利要求对方证明弗朗辛还活着，而且一切安好。对话大致是这样的：

库利：我想和我老婆说几句。

绑匪：不可能。她在安全屋。我在打投币电话。

库利：我怎么知道她没事呢？

绑匪：因为我们有一万个理由要保障她的安全。你想一想，她对我们来说多值钱啊。

库利：我的天，那我怎么知道她真的在你们手上呢？

绑匪：你熟悉她的胸部吗？

库利：什么？

绑匪：你能认出她的乳房吧？办法再简单不过了。我割掉一个，放在你家门口，这样你就可以安心了。

库利：天哪，你别说这种话。永远别说这种话。

绑匪：那咱们就别说什么证不证明的了，可以吗？库利先生，咱们必须互相信任。相信我，在这个行当里，信任就是一切。

信任就是一切，凯南对彼得说。他必须信任他们，但他怎么可能信任他们呢？他甚至不知道他们是谁。

“我考虑过我能找谁，”他说，“你明白的，我这个行当里的人。我需要人支持我，援助我。但我能想到的那些人，在我看来都有可能是罪魁祸首。我怎么可能排除任何一个人呢？有人做局想搞我。”

“他们怎么——”

“我不知道。我什么都不知道，我只知道她去买东西，然后一直没回家。她出了门，开车走了，五个小时以后，电话铃响了。”

“五个小时？”

“我也不确定，差不多吧。彼得，我不知道我到底在干什么，我对这种事没经验。”

“老弟，你每天都在做交易。”

“毒品交易完全是另一码事。你费尽心思，要的就是确保所有人的安全，确保不会有人暴露。但这种事——”

“每天都有人在毒品交易里送命。”

“对，但通常来说总有原因。第一条，和你不认识的人做生意。这就是存心找死。看上去挺好，一转眼就变成黑吃黑了。第二条，说是第一点五条也行，和你认识但不熟悉的人做生意。然后还有，随便说是第几条都行，有些人会惹麻烦，都是因为企图搞阴谋诡计。他们没钱，但还是想进货，心想以后肯定能补上。他们昏了头，这一次被他们逃掉了，但下一次就逃不掉了。说起来，这种事十次里有九次是那些人沾上了他们自己的货，结果判断力就从马桶冲进下水道了。”

“也可能他们一切都照规矩来，但六个牙买加人破门而入，咣咣咣打死了所有人。”

“嗯，这种事也会发生，”凯南说，“未必非要是牙买加人。前两天我在报纸上读到的，在旧金山现在是老挝人。每个星期都会冒出来一个新的种族，目露凶光只想宰了你。”他摇摇头。“重点在于，在正规的毒品交易里，但凡有什么细节看上去不对劲儿，你都可以转身就走。你不是非得完成交易不可。假如你手里的是钱，你可以换个地方去花钱。假如你手里的是货，你可以转卖给其他人。你只会在一切正常的情况下做生意，而且你可以布置后援，一路上安排保镖。况且从一开始你就认识交易对象，也知道你能不能信任他们。”

“而现在——”

“现在我们什么都没有。我们只有坐以待毙的那个‘坐’。我说我们带钱去，你们带上我老婆，他们说不行。他们说生意不是这么做的。我能说什么？你们留着我老婆好了？既然不喜欢我做生意的风格，那就去把她卖给别人吧？我不能这么做。”

“是啊。”

“但我也不是什么都不能做。他说一百万美元，我说四十万美元。我说我只有这么多，而他相信了。要是我说——”

电话铃响了。凯南和对方交谈了几分钟，在记事簿上做了笔记。“我不是一个人，”他在通话中说，“我哥哥在我家，他会陪我去。这一点没得谈。”他又听了一会儿，正要再说什么的时候，电话咔嗒一声挂断了。

“咱们得走了，”他说，“他们要我把钱装进两个黑色垃圾袋。这个倒是不难。但为什么是两个呢？也许他们不知道四十万美元是多少钱，会占据多少空间？”

“也许医生叫他们不要提重物。”

“也许吧。总之他要我们去海洋大道和法拉格特路的路口。”

“那地方在弗拉特布什，对吧？”

“应该是的。”

“肯定是，法拉格特路离布鲁克林大学只有两个街区。那地方有什么？”

“有个电话亭。”凯南将四十万美元分成两半，装进两个垃圾袋，然后取出一把九毫米口径的自动手枪递给彼得。“你拿着，”他坚持道，“咱们不能手无寸铁地跳进去。”

“咱们就根本不想跳进去。我拿枪有什么用？”

“不知道。反正你就拿着呗。”

出门的路上，彼得抓住弟弟的胳膊。“你忘记开警报器了。”他说。

“所以？弗朗辛在他们手上，钱在咱们身边。还有什么可偷的？”

“既然装了警报器，那最好还是打开吧。反正不会比我拿该死的枪更没用。”

“好吧，你说得对。”他说，接着又回到屋子里。等他重新出来，他说：“最先进的安保系统。你不能闯进我家，不能监听我的电话，不能在屋子里装窃听器。但你能劫持我老婆，逼我拎着装满百元大钞的垃圾袋满纽约跑。”

“老弟，怎么走最快？我觉得可以走湾脊公园大道，然后从金斯高速公路到海洋大道。”

“嗯，应该吧。有十几条路线可以选，不过我觉得都差不多。彼得，你愿意开车吗？”

“你要我开？”

“嗯，为什么不呢？按照我现在这个状态，说不定会一头撞上警车或者轧死过马路的修女。”

他们应该在晚上八点半赶到了法拉格特路上的电话亭。按照彼得的手表，他们早到了三分钟。他待在车上，凯南走过去等电话铃响。一开始，彼得把手枪插在后腰上。开车的时候他觉得枪管顶得难受，现在他把枪从皮带底下拔出来，放在大腿上。

电话铃响了，凯南拿起听筒。彼得的手表显示正好八点半。他们是完全遵守时间表做事，还是从头到尾都在监视现场呢？或许有人就坐在街对面某幢楼的窗口，看着这一切的发生？

凯南小跑回来，探身到车里。“韦特兰斯大道。”他说。

“没听说过。”

“在弗拉特兰兹和磨坊盆地之间的某个地方。他告诉了我该怎么走，从法拉格特路到弗拉特布什大道，再从弗拉特布什大道到N大道，一直开就到韦特兰斯大道了。”

“然后呢？”

“在韦特兰斯大道和东六十六街的路口，也有一个电话亭。”

“为什么要让我们跑来跑去，你能想到原因吗？”

“逼我们发疯？确定我们没找帮手？我也不知道，彼得。也许只是想消耗我们的气力。”

“总之挺管用。”凯南绕到乘客座那一侧上车。彼得说：“从法拉格特路到弗拉特布什大道，再从弗拉特布什大道到N大道。所以是在弗拉特布什大道右转，然后N大道左转？”

“对，应该没错。在弗拉特布什大道右转，N大道左转。”

“咱们有多少时间？”

“他们没说。我不记得他们说过时间。他们只说尽快。”

“看来没时间停下来喝杯咖啡了。”

“对，”凯南说，“恐怕没时间了。”

开到韦特兰斯大道和东六十六街的路口时，先前的那一幕重演了。彼得在车里等。凯南走向电话，刚走到地方，铃就响了。

绑匪说：“非常好。没浪费时间。”

“现在呢？”

“钱在哪儿？”

“后座上。按照你说的，两个黑色垃圾袋。”

“很好。现在你去叫上你哥哥，沿着六十六街走到M大道。”

“你要我们步行过去？”

“对。”

“带着钱？”

“不，钱就留在原处。”

“车后座上？”

“对。还有，别锁车门。”

“我们把钱留在不锁门的车上，然后走一个街区——”

“其实是两个街区。”

“然后呢？”

“在M大道路口等五分钟。然后上车回家。”

“我老婆呢？”

“你老婆很好。”

“我怎么——”

“她会在车里等着你的。”

“最好是真的。”

“这话什么意思？”

“没什么。听着，有一点我觉得不太安全，把钱留在没人看着的车上。我担心会被其他人抢在你们取钱之前拿走。”

“不用担心，”男人说，“这附近治安很好。”

他们没锁车门，把钱留在车上，走了两个街区来到M大道，一个街区比较短，一个街区比较长。他们看着彼得的手表等了五分钟，然后往回走向凯南的别克车。

我好像还没描述过他们，对吧？凯南和彼得，他们看上去就像两兄弟。凯南身高五英尺十英寸[1]，比他哥哥高不到一英寸。他们都是四肢瘦长的中量级拳手体形，但彼得的腰部已经开始发福了。两个人都是橄榄色的皮肤，黑色的直发都从左侧分缝，向后梳得整整齐齐。凯南三十三岁，发际线略有后移的迹象，因此额头稍微高一点儿。彼得比他大两岁，却还没开始掉头发。

两个人都挺英俊，鼻梁挺直，黑眼睛，眼窝很深，眉骨凸出。彼得留着小胡子，修剪得很漂亮。凯南的脸则刮得干干净净。

假如你喜欢以貌取人，又假如你对上了这两兄弟，那么你肯定会选择先干掉凯南——至少会动这个念头。他拥有某种气质，会让你觉得他是两个人里比较危险的那一个，他的反应会更加突然和果决。

他们走向彼得停车的路口时，看上去就是这个样子。他们走得很快，但又不算太快。车还停在远处，而且依然没锁门。后座上的两袋钱不见了，然而弗朗辛·库利也不在车上。

凯南说："哥们儿。"

"后车厢呢？"

凯南打开手套箱，按下后车厢的开关，再绕到车尾，掀起厢盖。后车厢里只有备用轮胎和千斤顶。他刚关上后车厢，十几码外的投币电话就响了。

他跑过去，一把抓起听筒。

"回家吧，"男人说，"你到家前她说不定已经到了。"

1 约178厘米。

我离开旅馆，拐过路口去使徒圣保罗教堂，按照惯例参加戒酒会的晚间活动，但我在茶歇的时候离开了。我回到旅馆房间，打电话给伊莱恩，把我和米克的谈话内容告诉了她。

“我认为你应该去，”她说，“我认为这是个好主意。”

“咱们可以一起去。”

“呃，马特，我不确定。这样一来，我就要缺课了。”

每周四晚上她都要去亨特学院上课，事实上，我打电话的时候她刚回来。这门课叫“莫卧儿帝国统治下的印度艺术与建筑”。

“咱们去玩一周，顶多十天，”我说，“你只会缺一节课。”

“一节课没什么大不了的。”

“没错，所以——”

“所以我觉得归根结底，其实是我不想去。我会变成电灯泡，你说对不对？我都能想象出来，你和米克像骑着火箭似的在乡下乱转，教爱尔兰人怎么胡作非为。”

“你的想象力可真不赖。”

“我的意思是，这就像一伙男孩晚上出去闹腾，谁会想要一个女孩当拖油瓶呢？说真的，我不是特别想去，而且我知道你这两天坐立不安，我认为去散散心对你有好处。你从没去过欧洲，对吧？”

“对。”

“米克去了多久了？一个月？”

“差不多吧。”

“我认为你该去。”

“也许吧，”我说，“我会考虑一下的。”

她不在家里。

屋里屋外都不见她的踪影。凯南像是强迫症发作，挨个儿房间找了一遍，心里知道这毫无意义，知道她不可能不触发或手动解除警报系统就溜进家里。所有房间都看完了，他回到厨房，彼得正在煮咖啡。

他说："彼得，事情不对劲。"

"我知道，老弟。"

"你在煮咖啡？我好像喝不下。介意我喝杯酒吗？"

"我介意我喝一杯，但不介意你喝。"

"我只是觉得——算了，当我没说。我其实也不想喝。"

"这就是你和我的区别了，老弟。"

"是啊，你说得对。"他转过身，"彼得，他们为什么要拖着我跑来跑去？他们说她会在车上等我，但她不在。他们说她会在家里等我，但她还是不在。他们到底想干什么？"

"也许塞车堵在路上了。"

"哥们儿，现在怎么办？咱俩坐在这儿大眼瞪小眼？我甚至不知道咱们在等什么。钱在他们手上，咱们手里有什么？连个狗屁都没有。我不知道他们是谁，不知道他们在哪儿。我什么都不知道，还有——彼得，咱们该怎么办？"

"不知道。"

"我猜他们已经撕票了。"他说。

彼得一言不发。

"因为那帮浑蛋，他们为什么不呢？她能指证他们。杀了她比放她回来更安全。杀了她，找个地方一埋，事情到头。结案了。换了我是他们，我就会这么做。"

"不，你不会的。"

“我说的是假如我是他们。我当然不是，我本来就不可能去绑架女人，一个清清白白的好女人，从没伤害过任何人，甚至没动过坏心思——”

“别激动，老弟。”

他们就这么陷入沉默，过一会儿继续交谈，否则他们还能做什么呢？这样周而复始了半个小时，电话铃响了，凯南扑过去抓起听筒。

“库利先生。”

“她在哪儿？”

“非常抱歉。计划起了个小小的变化。”

“她在哪儿？”

“就在你家旁边的那个路口，哦，呃，七十九街上，我记得应该是马路南侧，从路口数第三或第四座房子——”

“然后？”

“有辆车违章停在消防栓前。一辆灰色的福特天霸。你妻子就在车上。”

“她在车里？”

“后车厢里。”

“你把她放在后车厢里了？”

“后车厢里有足够的氧气。但今天夜里很冷，所以你最好尽快把她弄出来。”

“有钥匙吗？我怎么——”

“锁坏了。你不需要钥匙。”

两个人跑过街道，拐过路口，凯南对彼得说：“他什么意思，锁坏了？既然后车厢没锁，她为什么不直接爬出来？他到底想说什么？”

“我不知道，老弟。”

“也许她被绑住了。胶带、手铐，诸如此类的东西，所以她没法动。”

“也许吧。”

“唉，天哪，彼得——”

车就在对方说的地方。这是辆破旧的天霸轿车，几年前的旧款，挡风玻璃呈放射状破碎，前排乘客座的车门深深凹陷。后车厢的锁整个儿不见了。凯南一把掀开厢盖。

后车厢里没人，只有一堆包裹，包扎得整整齐齐。这些包裹大小不一，外面缠着黑色塑料袋，用绝缘胶带固定。

“不！”凯南喊道。

他站在那儿，一遍遍地喊道：“不，不，不！”过了一会儿，凯南从后车厢里取出一个包裹，掏出自己口袋里的小刀，他割开胶带，解开缠了一圈又一圈的黑色塑料袋（与用来装钱的垃圾袋不无相似之处），最后出现在眼前的是一只人脚。

凯南仰起头，像野狗一样号叫起来。

第2章

那天是星期四。星期一我吃完午饭回来，前台有我的一通留言。上面写着：请致电彼得·咖喱。底下的号码是718打头的，所以不是从布鲁克林就是从皇后区打来的。我不记得我在布鲁克林或皇后区认识一个叫彼得·咖喱的人，事实上我在任何地方都不认识姓这个的人，但我不认识的人打电话给我也不是什么稀奇事。我上楼回到房间里，拨通了字条上的号码，接电话的是个男人。我说：“咖喱先生？”

“哪位？”

“我叫马修·斯卡德，有人留口信叫我打给你。”

“有人留口信叫你打给我？”

“是的。上面说你是十二点一刻打进来的。”

“你说你找谁来着？”我又念了一遍名字，他说，“哦，我知道了，你就是那个侦探，对吧？是我哥哥打给你的，我哥哥彼得。”

“上面说是彼得·咖喱。”

“等一等。”

我等着，过了一会儿，另一个声音说：“马特，我是彼得。”这个声音与前一个很像，但稍微低沉一点儿，也稍微柔和一点儿。

“彼得，”我说，“我认识你吗，彼得？”

“对，咱们互相认识，但你未必知道我叫什么。我算是圣保罗教堂戒酒会的常客，呃，五六个星期前主持过一场活动。”

“彼得·咖喱？”我说。

“是库利，”他说，“我是黎巴嫩裔，我想想该怎么形容一下我自己。我戒酒一年半了，住在西面五十五街的一家寄宿公寓里，我当过信使和快递员，但我的本业是电影剪辑，只是我不知道我还能不能回去——”

“你的人生故事里有很多毒品。”

“没错，但最后真正打倒我的还是烈酒。想起来我是谁了吗？”

“嗯。你发言的那天晚上我也在。只是我一直不知道你姓什么。”

“规定里也没说我要报上全名。”

“所以，彼得，有什么事吗？”

“我希望你能过来一趟，和我，还有我弟弟聊聊。你是侦探，我认为我们需要的就是个侦探。”

“能大致说说是什么方面的事吗？”

“呃——”

“不方便在电话上说？”

“最好别在电话上说，马特。总之这是侦探的工作，而且非常重要，无论你开价多少，我们都愿意。”

“呃，”我说，“彼得，但我不知道我现在能不能接活儿。事实上，我刚计划好要外出，就这个周末，飞海外。”

“去哪儿？”

“爱尔兰。”

“听上去很不赖，”他说，“但你看，马特，就麻烦你来一趟吧，听我们说说是怎么一回事？你听完，要是你觉得你无能为力，我们也不会埋怨你，我们会按时间付你咨询费和你的来去车钱。”他弟弟在他背后说了句什么，我没听清，然后彼得说：“我会告诉他的。马特，凯南说我们可以开车过去接你，但还是必须回来谈，所以我认为你直接叫出租车比较快。”

我忽然意识到这个当信使和快递员的人开口闭口都是出租车，然后他弟弟的名字勾起了我某种回忆。我说：“彼得，你不止有一个弟弟吧？”

“不，就这一个。”

“我记得你在介绍个人情况的时候提过他，好像和他的行当有关系。”

一阵停顿。然后，彼得说：“马特，我只求你过来一趟，听我们说说情况。”

“你们在哪儿？”

“你熟悉布鲁克林吗？”

“那我必须死了才行。”

“什么意思？”

“没什么，我想到什么就说出来了。一个很有名的短篇小说，《只有死者才熟悉布鲁克林》[1]。我以前算是挺熟悉布鲁克林的某几个

1　美国作家托马斯·沃尔夫的小说，原书名为*Only the Dead Know Brooklyn*。

片区。你们在布鲁克林的哪儿？”

“湾脊区，殖民路。”

“那就简单了。”

他报上地址，我记了下来。

R线地铁，当地人叫它BMT[1]百老汇线，从牙买加区的一百七十九街一直开到布鲁克林西南角，终点站离韦拉扎诺海峡大桥只有几个街区。我在五十七街第七大道路口的车站上车，在终点站前的两站下车。

有些人坚持说一旦离开曼哈顿，你就离开了纽约市。他们错了，你只是来到了这座城市的另一个部分，但毫无疑问，差异相当明显。你闭着眼睛也能觉察到，能量等级不一样，连空气都不再充斥着那种紧迫感了。

我在第四大道上走了一个街区，经过一家中国餐厅、一家韩国果蔬店、一家场外赌马店和两家爱尔兰酒吧，然后拐上殖民路，很快就找到了凯南·库利家。他家在一片独门独户的住宅区里，这方正敦实的建筑物像是修建于两次世界大战之间。门前有一小块草坪，半段木台阶从地面通向正门。我爬台阶走到门口，按响门铃。

彼得开门请我进去，领我来到厨房。他把我介绍给他弟弟，他弟弟起身和我握手，然后示意我坐下。他没有坐下，而是走到炉台前，然后转身看着我。

“谢谢你肯跑这一趟，”他说，“斯卡德先生，在开始之前，

1　布鲁克林-曼哈顿运输股份有限公司（Brooklyn Manhattan Transit Corporation）曾是美国纽约市布鲁克林的城市运输控股公司，现为纽约地铁B部门之一。——编者注

介意我提两个问题吗？”

“完全不介意。”

“先喝点儿什么？不是喝一杯的那种喝，我知道你和彼得是在戒酒会认识的，但我有现成的咖啡，还有软饮料。咖啡是黎巴嫩人的喝法，大体而言很像土耳其人或亚美尼亚人的咖啡，非常浓，劲儿很大。要是不想喝，我还有一罐尤本速溶咖啡。”

“黎巴嫩咖啡听上去就很好。”

味道也很好。我喝了一口，他说：“你是侦探，对吧？”

“没有执照。”

“什么意思？”

“意思就是我没有正式身份。我偶尔为一家大型事务所做按次计酬的活儿，在这种情况下，我用他们的执照办事，但除此之外，我就只能以非正式的私人身份做事了。”

“而你曾经是警察。”

“没错。好些年前了。”

“嗯，警员或便衣，还是什么？”

“我曾经是警方的侦探。”

“所以是有金色盾徽的了？”

“没错。我在格林威治村的第六分局干了几年，在此之前我在布鲁克林待过一小段时间。七十八分局，管的是公园坡和从那儿往北的一块地方，也就是所谓的博伦姆山。”

“嗯，我知道那地方。我就是在七十八分局的辖区长大的。知道卑尔根街吗？就在邦德街和内文斯街之间。”

“当然。”

“我和彼得就在那儿长大。法院街和大西洋大道有几个街区，你在那儿能见到很多中东人。黎巴嫩人、叙利亚人、也门人、巴勒斯坦人。我妻子是巴勒斯坦人，她父母住在总统街上，旁边就是亨利街。那是南布鲁克林，不过现在大家都叫它卡罗尔花园。咖啡怎么样？”

“很好。”

“还要加的话，说一声就行。”他开口想说什么，但又停下了，扭头望向他哥哥。“我不知道，哥们儿，”他说，“我不知道能不能行得通。”

“老弟，你有话直说好了。”

“我真的不知道。”他转向我，把一把椅子掉转过来，然后倒骑在上面，“情况是这样的，马特。我可以叫你马特吗？”我说当然可以。“情况是这样的。我想知道的是，假如我告诉你一些事情，我需不需要担心你会去告诉其他人。其实说到底，我就是想知道你在多大程度上还算是个警察。”

这是个好问题，我自己也经常琢磨这个问题。我说：“我当了许多年警察。自从离开警队，每年我身上警察的成分就会少一点儿。你想问的是无论你对我说什么，我能不能保守秘密。从法律的角度说，我没有律师的责任和义务。你对我说的话不受法律的保护。但另一方面，我也不是一名执法人员，因此我并不比普通市民更有义务要上报我所获知的消息。”

“所以结论是什么？”

“我也不知道结论是什么。结论似乎可以变来变去。我不可能为了让你安心而承诺什么，因为我不知道你会对我说什么。我大老远跑到这儿来是因为彼得不肯在电话上多说话，现在我来了，你似乎还是什么也不想说。也许我应该回家才对。”

“也许你确实应该回家。”他说。

“老弟——”

“算了，”他说着站了起来，“主意确实不错，哥们儿，但行不通。我们自己去找他们吧。”他从口袋里掏出一卷钞票，剥出一张一百美元，隔着桌子递给我。“这是来回车费和咨询费，斯卡德先生。我很抱歉害得你大老远地白跑一趟。”我没有伸手去拿，他说，“看来你的时间比我想象中的更值钱。拿着，别生气，可以吗？”他又加了一张，但我还是没有伸手去拿。

我向后推开椅子，站了起来。“你什么都不欠我的，”我说，“我不知道我的时间值多少钱。谢谢你请我喝咖啡，就当咱们扯平了吧。”

“你就收下钱吧。老天在上，出租车跑个单程都要二十五美元了。”

“我是搭地铁来的。”

他瞪着我：“你是搭地铁来这儿的？我哥哥不是叫你坐出租车吗？省那点儿小钱干什么，况且出钱的还是我！”

“把你的钱收起来吧，”我说，“我搭地铁是因为那样更方便，也更快。库利先生，我怎么从一个地方去另一个地方是我的事，而我怎么做事我自己说了算。你别教我怎么在城里跑来跑去，我也不会教你怎么做毒品生意。”

“我的天！”他说。

我对彼得说：“很抱歉，咱们浪费了彼此的时间。谢谢你能想到我。”他问我需不需要他送我回曼哈顿，或者至少送我去地铁站。“不了，”我说，“我想在湾脊区走一走。我好几年没来过这儿了。有次办案子的时候我来过离这儿只有几个街区的地方，就在殖民路上，不过要再往北一点儿。一个什么公园对面。‘鸮首公园’，好像叫这个名字。”

“离这儿八个还是十个街区。”凯南·库利说。

“应该是吧。雇我的那个家伙被控杀了他妻子，我帮他洗清了罪名。”

“所以他是无辜的？”

“不，他确实杀了他妻子，”我说，想起了整个事件的经过，“但当时我不知道。我是事后才发现的。”

“但你已经无能为力了。”

“不，当然有办法，”我说，“汤米·蒂拉里，他叫这个名字。我忘记他妻子叫什么了，不过他女朋友叫卡罗琳·奇塔姆。她死了，他因此进了监狱。”

“他女朋友也是他杀的？”

“不，她是自杀的。我把现场布置得像是谋杀，而且布置得会让警察去抓他。我帮他脱了一次罪，但他应该获罪的，所以陷害他一次似乎挺公平。”

“他被判了多少年？”

“能多久就多久。不过他死在了监狱里。有人一刀捅死了他。”我叹了口气，“我本来还打算从他家门口路过，看看能唤起多少回忆，但回忆似乎全都自己跑回来了。”

“让你觉得不舒服吗？”

“你是说回忆吗？没什么特别的感觉。我能想到很多更让我不舒服的事情。”我用视线扫了一圈，寻找我的大衣，然后想起来我没穿来。外面已经是春天了，天气适合穿运动夹克，不过晚上温度会降到四十华氏度[1]以下。

我走向房门，他说："斯卡德先生，请稍等一下。"

我扭头看着他。

"我刚才脑子乱了，"他说，"对不起。"

"没什么好道歉的。"

"不，我应该道歉。我没控制住自己。你别往心里去。今天早些时候我砸烂了一台电话，我拨号，对方占线，我顿时暴怒，抓着听筒往墙上砸，直到外壳碎得稀烂。"他摇摇头，"我从没这样过。我的弦绷得太紧了。"

"最近这种事很常见。"

"是啊，我猜也是。前几天有人绑架了我妻子，他们把她分尸后塞进一辆车的后车厢里，算是把她还给了我。也许其他人的弦绷得也有这么紧。我反正不知道。"

彼得说："老弟，别激动——"

"没事，我不激动。"凯南说，"马特，你稍微坐一会儿。听我从头到尾把整件事说给你听，然后你再决定还想不想走，就当我前面什么都没说过。我不在乎你会不会去告诉别人。我只是不想把这件事大声说出来，因为一说出来，事情就会变得太真实，但事情已经发生了，对吧？"

他一五一十地说给我听，大致就是我前面叙述的那个经过，只不过我补充了一些在后来调查时发现的细节，但库利兄弟自己已经挖掘出了相当可观的事实。星期五，他们找到了她的丰田凯美瑞，

1　约4.44摄氏度。

车还停在大西洋大道上，他们通过她停车的位置知道了她去过阿拉伯美食世界，而后车厢里的购物袋证明她去过达戈斯蒂诺超市。

他说完，问我要不要再喝杯咖啡，我拒绝了，接受了一杯苏打水。我说："我有几个问题。"

"问吧。"

"尸体是怎么处理的？"

两兄弟交换了一个眼神，彼得示意凯南告诉我。凯南深吸一口气，说："我有个表哥，他是兽医，开了家宠物诊所，在——呃，在哪儿并不重要，总之在老城区。我打电话给他，说我需要单独借用一下他的工作场所。"

"那是什么时候？"

"我打电话给他是星期五下午，星期五晚上他把钥匙给我，我们去了一趟那地方。他有个装置，简而言之就是个焚化炉，用来火化经他安乐死的宠物。我们把……我们把——"

"别激动，老弟。"

他不耐烦地摇摇头："我没事，我只是不知道该怎么说。你们警察是怎么说的？我们把碎块，弗朗辛的碎块带过去，然后火化了她。"

"你们拆开了所有包裹——"

"没有，为什么要拆开呢？胶带和塑料袋反正都能烧掉。"

"但你确定就是她吗？"

"是的，我们拆开了足够多的包裹，为了……确定。"

"这都是我必须问的问题。"

"我明白。"

"重点在于没有留下尸体，是这样吧？"

他点点头。“只有骨灰，还有一些骨头的碎片，剩下的就是这些。想到火化，你会以为最后只剩下粉末一样的骨灰，就像从炉膛里清出来的煤灰，但其实不是这样的。他还有个辅助装置，用来把骨头碎片碾成粉，这样你拿到手的骨灰就没那么扎眼了。”他抬起眼睛看着我，“我上高中的时候，每天下午在卢那儿帮忙。我不会说他的全名叫什么。就算说了又有什么区别？我父亲希望我当医生，他觉得这样能提前锻炼我。我不知道到底有没有用，但我很熟悉诊所和那儿的设备。”

“你表哥知道你为什么要借用他的诊所吗？”

“人们只知道他们想知道的事情。他肯定不会觉得我半夜溜进去是为了给自己打狂犬病疫苗。我们在店里待了一整夜。他的焚化炉是宠物尺寸的，所以我们必须分几批烧，中间还必须等炉子冷却。我的天，光是想一想，我就要死了。”

“对不起。”

“不是你的错。卢知道我用了炉子吗？我猜他肯定知道。他肯定很清楚我做的是什么行当。他很可能以为我杀了个竞争者，想要毁尸灭迹。人们成天在电视上看这种东西，以为世界就是这么运转的。”

“他没有反对？”

“我们是一家人。他知道我有急事，也知道这不是可以商量的事情。另外，我给了他一些钱。他不想要，但他有两个孩子在上大学，所以他怎么可能不拿？而且钱并不多。”

“多少？”

“两千美元。就葬礼来说，开销相当低了，对吧？我是说，买一口棺材都有可能不止这个价。”他摇摇头，“我把骨灰装在一个铁皮罐里，锁进楼下的保险箱。我不知道该怎么处理它，完全不清楚她会希望我怎么做。我们从没讨论过。天哪，她才二十四岁，比我年轻九岁，准确来说，是八岁十一个月。我们结婚两年了。”

“没有孩子？”

“对。我们打算再等一年，然后——唉，我的天，太可怕了。介意我喝一杯吗？”

“不介意。”

“彼得也这么说。妈的，我不喝。星期四下午我和绑匪在电话里谈完后喝了一杯，接下来就再没碰过酒瓶。我会有冲动想喝酒，但我每次都能克制住。知道为什么吗？”

“为什么？”

“因为我想感受这一切。你认为我做得不对吗？带她去卢的诊所火化。你认为我做错了吗？”

“我认为这是不合法的。”

“嗯，对，不过我不怎么在乎这方面的问题。”

“我知道你不在乎。你只是想让她走得体面一点儿。但在这个过程中，你也销毁了证据。对那些知道该往哪儿看的人来说，尸体保留了大量的信息。你把尸体烧成骨灰和骨头碎片，这些信息就全都丢失了。”

“这重要吗？”

“也许有助于知道她是怎么死的。”

“我不在乎这个。我只想知道是谁干的。”

“知道了前者，也许就能知道后者。”

“所以你认为我做错了。天哪，我不可能打电话给警察，把一麻袋碎肉交给他们，说：‘这是我妻子，好好照顾她。’不，我绝对不会报警，混我这一行的不可能报警。但假如我打开那辆天霸的后车厢，她整个人躺在那儿，尽管死了，但尸体是完整的，那么我也许还有可能会报警。但像这样——”

“我能理解。”

“但你认为我做错了。”

“你做了你不得不做的事情。”彼得说。

难道每个人不都是这样吗？我说：“我这人不太知道对错。换了我，很可能也会这么做，尤其是假如我有个家里有焚化炉的表哥。但我会怎么做并不重要。反正你已经这么做了。现在的问题是，接下来你打算怎么做？”

“接下来？”

“这是个好问题。”

但这不是唯一的问题。我问了许许多多的问题，而且大多数问了不止一遍。我让这两个人翻来覆去讲述事情的经过，在记事本上做了许多笔记。最后我发现，弗朗辛·库利的尸块似乎是整件事里唯一可供查证的证物，而它们已经化作了青烟。

等我最终合上记事本时，库利两兄弟坐在那儿等我发话。“从表面上看，”我说，“他们相当谨慎。他们写了个好剧本，然后从头演到尾，没有向你们泄露有关他们身份的任何线索。就算他们在某处留下了蛛丝马迹，目前也还没有浮现出来。超市或大西洋大道的停车地点也许有人见到了什么，能认出某个绑匪或瞥见了车牌号，花些力气去寻找这样的证人也许是值得的，但目前证人是否存在还说不定。很可能根本不存在任何目击者，或者他见到的东西不构成任何线索。”

“你的意思是我们没希望了？”

“不，”我说，“我完全不是这个意思。我的意思是，假如想要调查，就必须在他们留下的线索之外做工作。一个起点是他们弄走了四十万美元。他们有可能做两件事，两者都有可能引起注意。”

凯南思考了一下。“花钱是其中之一，”他说，“还有一件呢？”

“吹嘘。混黑道的人就喜欢吹嘘，尤其是有事情可以夸耀的时候，有时候他们会在乐于出卖消息的人面前吹嘘。诀窍在于要把风声放出去，让这些人知道谁想买消息。”

“而你已经有主意了？”

“我有很多主意，”我承认道，“前面你问我在多大程度上还是个警察。我不知道，但我解决这种问题的方法还是我戴警徽那会儿的老套路，我会翻来覆去地琢磨案子，直到我能找到某个切入点。碰到这种案子，我立刻就能想到好几条不同的调查路线。这些路线完全有可能到最后都走不通，但每一个方向都依然值得一试。”

“所以你想查查看？”

我低头看记事本，说：“嗯，我有两个问题。前一个我好像在电话上对彼得说过。本周末我应该去爱尔兰的。”

“去办事？”

“去消遣。我今天上午刚安排好。”

“还来得及取消。”

“是的。”

“取消的话，无论损失多少，我给你的费用都肯定能弥补。另一个问题是什么？”

“另一个问题是，假如我查到了什么，你会怎么做？”

“嗯，你知道我会怎么回答。”

我点点头：“这就是问题了。”

“因为你不可能立案，你没法告他们绑架和谋杀。没有证据能证明他们存在任何犯罪行为，看起来只是有个女人下落不明。”

“没错。”

“所以你肯定知道我想要什么，明白这一切是为了什么。非要我说出来吗？”

“最好还是说给我听听。”

“我要那伙家伙的命。我要亲自动手，我要看着他们死。”他说得既冷静又漠然，声音里没有任何情绪。“这就是我想要的，”他说，“这会儿我只有这一个目标，其他的我什么都不想要。我没法想象我这辈子还会想要别的东西。你是不是也猜到了？”

“差不多吧。”

“做出这种事的人，他们能劫走一个无辜的女人，把她变成碎尸，你难道还在乎他们会发生什么？”

我想了想，但没想多久。“不在乎。”我说。

“动手的事情就交给我们——我和我哥哥。根本不需要你下场。”

“换句话说，我只是判他们死刑。”

他摇摇头。“他们是自己找死的，”他说，“就因为他们犯下的罪行。你只是帮了老天爷一把。你觉得呢？”

我依然犹豫。

他说：“你还有一个问题，对吧？我的行当。”

“这是个因素。”我说。

“准确地说，我不是拆家。我是他们所谓的上家。知道两者的区别吗？”

“当然，”我说，“你是总能躲过法网的大鳄。”

他大笑起来：“我不知道我到底算不算大鳄。从某些角度说，中层分销商才是最大的，交易量主要集中在他们手上。我按重量运货，意思是我要么批量把货弄进来，要么向把货弄进来的人进货，再转手卖给拆成小包装出售的人。客户做的生意很可能比我大，因为他们永远在买进卖出，而我一年只交易两三次。”

“但你混得不错。”

“确实。风险很高，你要担心法律，要担心想黑吃黑的人。然而风险越高，通常回报也越高。另外，生意永远存在。总有人需要货。”

“你进过监狱吗？”

“没有，我也没被逮捕过。所以假如你顾虑的是这个，担心面子上会不好看，被人知道你为一个有前科的毒贩做事——”

“我顾虑的不是这个。”

“好的，从官方的角度来说，我不是有前科的毒贩。我不敢说警方缉毒科或缉毒署里没人知道我是谁，但我确实没有案底。据我所知，我从来没有被立案调查过。我家里没有窃听器，电话没有被监听。假如有，我肯定会知道，这个我前面已经说过了。”

“对。”

“你稍等一下，我给你看一样东西。”他走进另一个房间，带着一张照片回来。这是一张五乘七英寸的彩色照片，装在银色相框里。“这是我们的结婚照，”他说，“两年前拍的，其实还不到两年，到五月才满两年。”

他身穿燕尾服，她穿白色婚纱。他笑得很灿烂，而她笑不露齿，前面我已经说过原因了。但她也在笑，你看得出她浑身洋溢着幸福。

我不知道该说什么。

“我不知道他们对她做过什么，”他说，“这是我不允许自己去想的事情之一。但他们杀了她，把她剁成肉块，他们还拿她开了个下流的玩笑，我必须做点儿什么，否则我肯定会自杀。要是我会调查，我一定会自己去查。事实上我和彼得已经试过了。但我们不知道该怎么做，我们没有这方面的知识，我们不了解调查的步骤。你之前问的那些问题还有你的调查方向，先不说能不能查到什么了，至少让我明白了一点，那就是我在这个领域里一窍不通。所以我需要你的帮助，无论要我付你多少我都会掏腰包，钱不是问题。我有很多钱，无论需要花多少我都愿意。要是你不肯接，我要么另外找人帮忙，要么继续自己查，否则我还能做什么呢？”他隔着桌子从我手里拿走照片，盯着它看。“天哪，多么美好的一天，”他说，“接下来的每一天也都很美好，然后就一头扎进了泥潭。”他望向我，接着说：“对，我是上家，我是毒贩，你爱怎么叫就怎么叫。对，我想宰了那伙杂种。我摊牌了。你就说句话吧，接还是不接？”

我最好的朋友，我打算去爱尔兰会合的那个家伙，他是个职业罪犯。根据坊间传说，有天夜里他大摇大摆地走过“地狱厨房[1]”的街道，拎着一个保龄球包，从里面掏出一颗敌人的脑袋给别人看。

1 美国纽约市曼哈顿岛西岸的一个地区，早年是一个著名的贫民窟，因其杂乱的居住环境、严重的种族冲突与高犯罪率而闻名。——编者注我不敢发誓说这事情真的发生过，但不久前在马斯佩斯的一个地下室里，我站在他身旁，看着他手起刀落，剁掉了一个人的一只手。那天晚上我手里拿着枪，而且也开过枪。

所以，尽管在某些方面我依然完全像个警察，但在另一些方面，我已经发生了可观的改变。我早就吞下了骆驼，区区蚊蝇有什么好担心的?

“我接了。”我说。

第3章

九点刚过，我回到我住的旅馆。我和凯南·库利长谈了一番，在我的记事本里填满了好几页纸，上面密密麻麻地写着他的朋友、生意伙伴和家族成员的名字。我去车库检查了弗朗辛的丰田凯美瑞，发现那盘贝多芬磁带还在磁带卡座里。就算弗朗辛的车里还有其他线索，我也没有发现。

我没能检查用来运送尸体碎块的灰色天霸。绑匪违章停车，交管局的拖车在周末的某个时候把车拖走了。我可以想点儿办法查到它的下落，但那有什么用处呢？这辆车肯定是绑匪为了弃尸而偷来的，而且从车况来看，很可能早就被车主扔掉了。警方鉴证人员也许会在后车厢或车里找到污渍、织物纤维或其他什么证据，说不定能变成一个有价值的调查方向。但我没有能做这种鉴证工作的资源。到头来我很可能只是在布鲁克林跑来跑去，搜寻一辆多半会对我守口如瓶的破车。

我们坐进别克车，走了一条漫长而迂回的线路，途中经过达戈斯蒂诺超市和大西洋大道上的阿拉伯美食世界，然后向南到海洋大道和法拉格特路路口的第一个电话亭，然后沿着弗拉特布什大道向南，再沿着N大道向东，开到韦特兰斯大道上的第二个电话亭。我并不是非要亲眼见到这些地点不可，盯着投币电话看不会让你突然得到海量的情报，但根据以往的经验，到现场去走一走人行道，爬一爬楼梯，亲身体验一下氛围，花费的这些时间往往是值得的。这能营造一种真实感。

这么做同时也让我带着库利兄弟再次从头到尾过了一遍案情。在警方调查中，目击证人几乎总是会抱怨说他们必须向不同的人反复讲述同一件事。在他们看来，这么做毫无意义，但其实这么做很有意义。你向很多不同的人讲述了很多遍，也许你会想到什么你先前遗漏的细节，也许不同的人会听到其他人忽略的要点。

途中我们在弗拉特布什大道上的一家咖啡馆停了停，这家店叫阿波罗，我们三个人都点了希腊烤肉卷饼，味道很好，但凯南几乎没碰他那份。出来后，他在车里说："我应该要个煎蛋或者其他什么的。自从那天晚上以后，我就没法吃肉了。我连碰都不想碰，一进嘴我就想吐。我相信我迟早能克服，但最近我必须记住点别的东西吃。真是没道理，点的东西送上来，你却没法逼着自己吃下去。"

彼得开着凯美瑞把我送回家。自从绑架那天以来，他就住在位于殖民路上的弟弟家，晚上睡客厅沙发，他需要回一趟他的住处拿换洗衣服。

要不是这样，我肯定会打电话叫出租车。我喜欢搭地铁，我在地铁上很少会感觉不安全，但口袋里揣着一万美元还要省那点儿出租车费，似乎有点儿吝啬过头了。要是碰到抢劫，我肯定会觉得自己在犯傻。

那一万美元是给我的定金，两沓百元大钞，每沓五十张，与用来付弗朗辛·库利的赎金的另外八十沓毫无区别。我一直不知道该怎么为我的服务定价，但这次凯南省去了我思前想后的麻烦。他把两沓钱扔在桌上，问我预付这些够不够。我说这太多了。

“我付得起，”他说，“我有很多钱。他们没掏空我的口袋，还差得远呢。”

“所以你付得起一百万美元？”

“那要出一趟国才行。我在开曼群岛有个户头，里面存了五十万美元。楼下的保险箱里有将近七十万美元。其实我应该能在纽约筹到另外三十万美元的，只需要打几个电话。我总在想。”

“想什么？”

“没什么，胡思乱想。比方说，假如我付了一百万美元，他们会不会放她活着回来？假如我打电话的时候没那么咄咄逼人，礼貌一点儿，使劲拍马屁之类的。”

“他们还是会杀了她。”

“我也是这么对我自己说的，但我怎么可能确定呢？我不可能不让自己去想，也许有什么事情是我应该做的。比方说，我从一开始就硬气到底，除非他们向我证明她还活着，否则我一分钱都不会付。”

“他们打电话给你的时候，她很可能已经死了。”

“老天在上，希望你说得对，”他说，“但我没法确定。我总是在想，也许有什么办法能让我把她救回来。我一直觉得她的死是我的错。”

我们走高速公路回曼哈顿，先走滨海公园大道，然后经郭瓦纳斯高速公路穿过隧道。这会儿车流稀少，但彼得还是慢悠悠地开，时速很少超过四十千米。刚开始我们没怎么交谈，而沉默往往会自己增长。

“这两天真是够受的。”他最后说。我问他是否还能坚持住。“哦，我没问题。”他说。

“抽时间去参加活动了？”

“我算是挺有规律吧。”过了一会儿，他说，“但自从出了这件烂事，我就没找到机会去参加活动。你知道的，我有点儿忙。”

“你必须保持清醒，否则你也帮不上你弟弟的忙。”

“我知道。”

“湾脊区也有戒酒会的活动。你不是非得进城不可。”

“我知道。昨晚我本来想去一场的，可惜没抽出时间来。”他的手指轻轻敲打着方向盘，“我以为咱们回去能赶上圣保罗今晚那场，但时间已经晚了。等咱们到地方，肯定早就过九点了。”

“休斯敦街十点钟有一场。”

“呃，我说不准，”他说，“我要先回一趟我那儿，收拾我需要的——”

“就算错过了十点那场，十二点还有一场。同一个地点，休斯敦街，第六大道和瓦里克街之间。”

“我知道地方。”

他的语气里有些东西在拒绝我继续出主意。过了一会儿，他说：“我知道我不该不去参加活动的。我会尽量赶上十点那场。十二点那场我没法确定。我不想留凯南一个人待那么久。”

“也许明天白天你可以在布鲁克林参加一场。”

“也许吧。”

“你的工作呢，你不用上班吗？”

“暂时不去了。星期五和今天我请了病假，但就算他们最后不要我了，也没什么大不了的。那种工作很容易找。”

“什么工作，送信？”

“其实是送外卖。五十七街第九大道路口的那家熟食店。”

“肯定很难受吧？你做那么一份勉强糊口的工作，而你弟弟在大把捞钱。”

他沉默片刻，然后说：“我必须和这一切保持距离，明白吗？凯南要我去为他做事，或者和他一起做事，随便你怎么说好了。但我不可能做那一行还什么都不沾。倒不是说毒品会从早到晚包围着你，因为事实上并不会，你很少会亲手接触你卖的货。问题在于整体态度，或者思维方式，明白我的意思吗？”

“当然。”

“关于戒酒会活动，你说得对。我自从知道弗朗辛出事了，就一直想喝酒。我说的是知道她被绑架，那时候他们还没撕票呢。我还没到只差临门一脚的那个地步，但我很难不让喝酒的念头进入脑海。我刚把它踢出去，它就立刻溜回来了。”

“你和你的监督人有联系吗？”

“我其实没有监督人。刚开始戒酒的时候，他们给我分配了一个临时监督人，一开始我打电话给他算是挺有规律，但后来我们或多或少疏远了。反正打电话很难找到他。我应该找个正式监督人的，但天晓得为什么，我一直没去办这件事。”

“万一有一天——”

“我知道。你有监督人吗？”

我点点头："我们昨晚才聚过。我们通常每周日一起吃饭，坐下来过一过上周的情况。"

"他会给你建议吗？"

"有时候吧，"我说，"但之后我还是会想怎么做就怎么做。"

我回到旅馆房间，第一通电话先打给了吉姆·法布尔。"我刚和别人谈到你，"我说，"有个朋友问我的监督人给不给我建议，我告诉他，我总是你怎么说我就怎么做。"

"你运气很好，老天没有一个雷当场劈死你。"

"我知道。但我决定不去爱尔兰了。"

"是吗？昨晚你似乎下定决心了。睡了一觉，忽然改变想法了？"

"不是的，"我承认道，"想法没有改变，今天上午我还去找了旅行社，搞到一张星期五晚上出发的便宜机票。"

"然后？"

"然后今天下午，有人给我一个活儿，我接下来了。你想去爱尔兰待三个星期吗？我的机票钱恐怕是拿不回来了。"

"你确定？损失那么一笔钱似乎很可惜。"

"嗯，旅行社说过我的机票是不能退的，而我已经付过款了。不过没关系，这个活儿我能挣到不少钱，损失得起这两百美元。但我想告诉你的是，这下我不会去索多玛与贝蛾拉[1]之地了。"

"听上去你是在往火坑里跳，"他说，"所以我才担心你。你总和你那位朋友在他的酒吧消磨时间，但居然还能保持清醒——"

1　狭义指爱尔兰都柏林的两家剧场，广义可指爱尔兰。

“他替我们两个喝酒。”

“好吧，反正不管怎么样，你似乎撑下来了。但要是去了大西洋的另一边，平时支持你戒酒的体系离你几千英里远，再加上你最近的焦躁情绪——”

“我知道。但现在你可以睡得安稳了。”

“尽管功劳不是我的。”

“哦，这我就说不准了，”我说，“也许你也出了一份力。上帝行事神秘莫测。他创造的奇迹无处不在。”

“是啊，”他说，“赞美他老人家。”

伊莱恩却觉得我没法去爱尔兰真是太糟糕了。“看来你这个活儿是不可能往后推一推的。”她说。

“是的。”

“也不可能在星期五之前做完？”

“星期五能开始办就不错了。”

“真可惜，但听你的语气，似乎并不失望。”

“我也这么觉得。还好我没打电话告诉米克我要去，这样就省得我再打一次电话给他说我改主意了。实话实说，有事情可做让我很高兴。”

“而且是能让你施展手脚的事情。”

“没错。比起度假，这才是我真正需要的东西。”

“是个好案子吗？”

我还没告诉她这个案子的事情。我思考片刻，说：“是个可怕的案子。”

“嗯？”

“我的天，人类居然能这么互相残害。你以为我已经习惯了，对吧？但我永远也不可能习惯。”

“想和我谈一谈吗？”

“见面再说吧。明晚照常？”

“除非你的工作挡路。”

“我觉得应该不会。我七点左右过去找你。万一要迟到，我会打电话给你的。”

我洗了个热水澡，好好睡了一觉。第二天早晨，我去银行打开保管箱，在备用金里加了七十张一百美元。我把两千美元存进支票户头，剩下一千美元现金揣在口袋里。

以前有段时间，我会心急火燎地去捐钱。我曾经在空荡荡的教堂里无所事事地消磨过许多个小时，简而言之，就是我会按宗教传统捐什一税[1]，在我收到的每笔现金里抽出一成，塞进我路过的下一个募捐箱。随着戒酒，我也放弃了这个古老的习惯。我不知道我为什么会停止捐钱，但我也没法告诉你我为什么会开始这么做。

我可以把我那张爱尔兰航空的机票塞进离我最近的募捐箱，因为它对我反正也没什么用处了。我去了一趟旅行社，证实了我的猜想，也就是这张机票是不能退的。“通常来说，我会叫你去找个医生，写封信证明你不得不出于健康原因取消行程，”他说，“但在这儿行不通，因为和你打交道的不是航空公司，而是一个独立机构，他们从航空公司批发座位，然后以超低折扣对外出售。”他说他可以试着帮我转卖，于是我把机票留给他，然后走路去搭地铁。

1　一种宗教性质的税收。基督教教会中的信徒们通常以自己的收入或财产的10%向教会捐献。——编者注

我在布鲁克林待了一整天。离开殖民路那座屋子的时候，我拿走了一张弗朗辛·库利的照片。我去第四大道的达戈斯蒂诺超市和大西洋大道的阿拉伯美食世界时，向人们出示这张照片。我追查的这条线索恐怕早断了，今天是星期二，而绑架发生在上个星期四，但在这方面我也无能为力。要是彼得能在上个星期五打电话给我，而不是等周末过去再联系我，情况肯定会好得多，然而他们毕竟还有其他事情要办。

除了照片，我还向人们出示了信诚调查侦探事务所的名片，名片上印着我的名字。我的解释是我在调查一件保险索赔案。我客户的车被另一辆车剐擦了，那辆车停都没停就一溜烟地跑了，假如能确定肇事方的身份，索赔的办理进程就能大大加速。

我在达戈斯蒂诺超市和一名收银员谈了谈，她记得弗朗辛是个常客，而且总是付现金——这在普通人的社会里是个会被记住的特征，但在毒品交易圈里是标准做法。“我还能告诉你一件她的事情，”女收银员说，“我敢说她很会做饭。”我肯定看上去一脸茫然。“她不买预包装成品，不买冷冻的和冰鲜的。她永远买新鲜食材。像她这么年轻的人，你很少会见到有几个喜欢做饭的。但你从来不会在她的购物车里看见微波炉快餐。”

超市小工也记得她，主动告诉我她总是给两美元的小费。我问他有没有见到什么货车，他记得有一辆蓝色厢式货车停在超市门前，然后跟着她一起走了。他没注意到货车的型号或车牌号，但对颜色相当确定，他还记得车身上好像画着电视维修之类的标牌。

大西洋大道那家店里的人记得的比较多，因为值得注意的细节本身就比较多。柜台里的女人一眼就认出了照片里的人，而且能告诉我弗朗辛都买了什么——橄榄油、芝麻调味酱、蚕豆蘸酱和另外几件我连听都听不懂的东西。但她没有见到绑架的具体过程，因为当时她在为另一名客人结账。她知道肯定发生了什么不寻常的事情，因为随后有个客人进来，说两男一女从店门口跑出去，跳上了一辆货车的车厢。客人担心他们是不是抢了超市，这是在急急忙忙地逃跑。

我在中午前又问了几个人，到了中午，我考虑去隔壁吃午饭。但我没有，而是想到了不管三七二十一塞给彼得·库利的忠告。我自己从上个星期六开始也连一场活动都没参加过，今天已经是星期二了，而我晚上还要和伊莱恩一起度过。我打电话给小组协调办公室，得知十分钟步行距离外的布鲁克林高地在十二点半有一场活动。演讲者是个矮小的老太太，她的外表能有多整洁和体面就有多整洁和体面，而她的人生故事说得很清楚，她并不是一直这个样子的。按照她的说法，她曾经是个垃圾婆，睡门洞，从不洗澡或换衣服。她没完没了地强调她以前有多么肮脏，气味有多么难闻。你很难把这个故事和桌首的这个人对上。

戒酒会活动结束后，我回到大西洋大道上，继续上午的工作。我在一家熟食店买了三明治和香草汽水，趁机问了问店主。我站在门外吃完东西，然后走到路口，找报摊伙计和两个顾客聊了聊。我走进阿勒颇，向收银员和两名侍者打听情况。我回到阿尤伯的店里——我问的那些人都用这个名字称呼阿拉伯美食世界，所以我也改了叫法。总之我回到那儿，那女人这次想起了担心蓝色货车里的男人抢了超市的那位客人叫什么。我在号码簿里查到他，但电话打过去没人接。

走访大西洋大道的时候，我扔掉了保险调查的借口，因为那套说辞和他们有可能见到的情形对不上。另一方面，我也不想留下发生了绑架杀人那种级别大案的印象，否则说不定有人会觉得作为一名好公民，他有义务向警方报告情况。我琢磨出来的幌子大致如下，根据交谈对象的情况略作调整：

我的委托人有个妹妹，正在考虑和一个想留在国内的非法移民办理结婚登记。未来的新郎有个女朋友，她家里非常反对这桩婚事。女方的两名男性亲属这几天一直在骚扰我的委托人，想说服她帮忙阻止婚事。她很同情他们的处境，但不是很想被卷进去。

上个星期四他们跟踪她，尾随她来到阿尤伯的店里。她买完东西出去的时候，他们找借口把她骗进他们的货车车厢，然后带着她兜圈子，企图说服她帮忙。到他们放她下车的时候，她气得有点儿发疯，而且为了摆脱他们，她不但把买的东西（橄榄油、芝麻酱等等）扔在了车上，而且还忘记拿手包了，手包里装着一个相当值钱的手镯。她不知道那两个男人叫什么，也不知道该怎么联系他们，所以——

要我说，这个故事充满漏洞，但我也并不是在说服电视台投拍电视剧试播集，我只是用它来让正派市民安心，让他们认为尽力帮忙不但高尚而且安全。我得到了许多免费的忠告，举例来说："那种婚姻不可能有好结果，她应该告诉她妹妹那不值得。"但我也得到了相当多的线索。

四点刚过，我决定今天到此为止了，搭地铁去哥伦布圆环，以几分钟之差躲过晚高峰。前台有我的几封信，其中大部分是垃圾邮件。我邮购过一次东西，现在每个月都会收到十几份邮购目录。我住的房间很小，连放邮购目录的地方都没有，更别说有地方放他们希望我买的东西了。

回到楼上，我扔掉了大多数信件，只留下电话费账单和两张留言字条。字条上都通知我有个叫“凯·咖喱”的人打过电话，两点半一次，三点三刻一次。我没有立刻打电话给他。我累得没力气了。

这一天掏空了我。倒不是身体上有多累，我毕竟没有一连八小时扛水泥袋，但和那么多人谈那么多话也是要付出气力的。你必须集中精力，编故事的时候尤其需要聚精会神。除非你是个病态撒谎狂，否则说假话永远比吐露真相更加耗费精神；测谎器就是根据这个原理设计的，而我的经验能证明它的真实性。扮演这样一个骗子角色一整天能掏空你，特别是大多数时候你还得站着。

我冲了个热水澡，把脸重新刮干净，然后打开电视跷起腿，闭着眼睛听了一刻钟新闻。五点半左右，我打电话给凯南·库利，说我有些进展，但没什么特别值得报告的情况。他问有没有他能做的事情。

“暂时还没有，”我说，“明天我会再去一趟大西洋大道，看能不能把情况补充得更加完整。等我在那儿问完，我就去一趟你家。你会在家吗？”

“当然，”他说，“我也没地方可去。”

我设好闹钟，再次闭上眼睛，六点半的时候，闹铃把我揪出梦乡。我穿上正装，系上领带，下楼去了伊莱恩家。她给我倒咖啡，给她自己倒巴黎水，然后我们叫出租车去了上城区的亚洲协会。那儿最近开了个以泰姬玛哈陵为中心的展览，刚好合上了她在亨特学院修的那门课。我们走遍三个展厅，发出相应的感叹，然后跟着人群走进另一个房间，坐在折叠椅上听一位音乐家的锡塔琴独奏。我完全无法判断他的水平是高还是低。我不知道你该如何分辨（或者他自己该如何分辨）他的演奏有没有跑调。

然后还有一场供应葡萄酒和奶酪的招待会。“咱们不需要留太久。”伊莱恩嘟囔道。几分钟的微笑和寒暄过后，我们终于回到了街上。

“刚才每一分钟你都乐在其中？”她说。

“挺好的。”

“我的天，”她说，“男人为了上床，能逼着自己熬过何等的难关啊！”

“行了吧，”我说，“没那么糟糕。印度餐馆里放的不就是这种音乐吗？”

“但在餐馆里你不是非听不可。”

“刚才你难道在听？”

我们去了一家印度餐馆，喝浓缩咖啡的时候，我把凯南·库利和他妻子的遭遇说给伊莱恩听。等我讲完，她呆呆地坐了一会儿，低头盯着面前的桌布，就好像上面写着什么神谕。然后她缓缓地抬起头，看着我的眼睛。她是个能干的女人，而且很有忍耐力，但此时此刻，她脆弱得令人难过。

“我的天哪！”她说。

“看看人能做出什么样的事情。”

“不存在任何底线，对吧？永远能更加堕落。”她喝了一口水，“那种残忍，彻底的施虐狂。为什么会有人能——唉，为什么要问为什么呢？”

“我猜肯定是为了快感，”我说，“他们肯定得到了巨大的快乐，不但是杀人的时候，还有羞辱他、戏弄他的时候，对他说她会在车里等他，会在家里等他，最后让他在一辆破福特的后车厢里发现她被剁成了碎块。杀她不一定是为了施虐。他们有可能认为比起留下一个能指认他们的证人，杀人灭口更加安全。但像他们那样存心折磨人就没有实际的好处了。分尸费了他们很大的工夫。对不起，饭桌上不该谈这种话题的，对吧？”

“相比之下，拿来当上床前的助兴故事就非常带劲了。”

“会让你立刻兴致高昂？”

“没什么能比这种事更让人心情激荡的了。不，说真的，我不介意。我是说，我介意，我当然介意了，但我不会神经过敏。把一个人剁成碎块，这当然很恶心了，但其实这只是最不重要的一面，对吧？真正让人震惊的是世界上存在这样的邪恶，天晓得它会从哪儿冒出来，毫无理由地消灭一个人。可怕的是这个，而且无论胃里有没有东西，它都一样恐怖。”

我们回到她的公寓，她放上我们俩都喜欢的悉达・沃尔顿钢琴独奏唱片，我们一起坐在沙发上，几乎不说话。放完一面，她把唱片翻过来，第二面放到一半，我们走进卧室，这次做爱激烈得惊人。事后，我和她都很久不说话，直到她最终开口：“我就这么说吧，小子。要是能一直这样下去，总有一天咱们会很擅长这件事的。”

“你真这么认为？”

“反正到时候我不会吃惊的。马特，留下来过夜好吗？”

我吻她：“我就是这么打算的。”

“嗯——打算得好。我不想一个人睡。”

我也不想。

第4章

我留下吃了早饭，等我出门去大西洋大道的时候，已经快十一点了。我在那儿待了五个小时，大部分时间在街上和店里，小部分时间在通电话或在图书馆的一个分馆里。下午四点出头，我走了两个街区，坐公共汽车去了湾脊区。

上次见到他的时候，他没刮胡子，衣服皱巴巴的，但这会儿凯南·库利身穿灰色华达呢长裤和颜色柔和的格子呢衬衫，看上去既冷静又沉着。我跟着他走进厨房，他说他哥哥上午去曼哈顿工作了。“彼得说他会住在这儿，他不在乎什么工不工作的，但同样的对话我们能说多少遍呢？我逼着他开上了丰田车，这样他就有来回的交通工具了。马特，你怎么样？有进展吗？”

我说：“两个和我块头差不多的男人在阿拉伯美食世界门口当街劫持了你妻子，把她塞进一辆蓝色的厢式货车或面包车。她离开达戈斯蒂诺超市的时候，一辆类似的货车在尾随她，很可能就是同一辆车。货车的车门上有几个字，根据一名目击者所说，字是白色的。电视销售与维修，但公司名缩写的说法不一，不同的人提到了不同的拼法，有人说是B&L，有人说是H&M。有两个人记得地址在皇后区，有一个人发誓说在长岛市。”

“有这么一家公司吗？”

“描述太笼统，有十几家公司符合这些条件。两个字母的缩写，从事电视维修，地址在皇后区。我打电话给六七家公司，但没找到任何人开蓝色货车或最近有人丢了这样的车。我猜也不会有。”

“为什么？”

“我不认为货车是偷来的。我猜星期四上午他们在监视你家，希望你妻子单独出门。发现她确实是一个人出门的，他们这才尾随她。这很可能不是他们第一次跟踪她，等待机会实施他们的计划。他们不会每次都去偷一辆货车，开着它到处跑上一天，而这辆车随时都有可能出现在失窃车辆名单上。”

“你认为货车是他们的？”

“非常有可能。我认为他们在车门上漆了个假的公司名和地址，一旦完成绑架，就用油漆盖住旧名字，写上一个新名字。这会儿就算整辆车都被改刷成了其他颜色，我也不会奇怪。”

“车牌号呢？”

“很可能为了作案换过车牌，不过这并不重要，因为没人记住车牌号码。有个目击者以为他们三个人刚刚抢劫了超市，他们是劫匪，但他只有一个念头，就是去店里看看，确定所有人都安全。还有一个人认为事情不对劲，他确实看了一眼车牌，但只记得车牌号码里有个‘9’。”

“很有用。”

“的确。两名绑匪衣着相同，深色的裤子、一样的工装衬衫、一样的蓝色防风夹克。他们像是穿着制服，再加上他们开了一辆业务用车，因此看上去是正经的工作人员。多年前我就学到了一个道理，只要拿着写字板，你几乎能走进所有大门，因为你看上去会是正在忙工作。他们就有这个伪装的优势。两个不同的人告诉我，他们以为那是移民局的便衣正在当街抓捕非法移民。之所以没人干涉，这就是一个原因，另一个原因是人们还没来得及反应，事情就已经结束了。”

“非常利索。”他说。

“制服还有另一个作用：会让他们变成隐身人，因为人们只会注意他们的衣着，只会记住两个人看上去很像。我有没有说他们还戴着棒球帽？目击者描述了帽子和上衣的样式，这都是他们可以在作案前穿上、事后立刻扔掉的东西。”

“所以我们其实毫无进展。”

“也不能这么说，”我答道，“我们没有能直接指向他们的线索，但我们还是掌握了一些情况。我们知道他们做了什么以及是怎么做的，我们知道他们很狡猾，知道他们事先策划过。你认为他们为什么会选中你？”

他耸耸肩：“他们知道我贩毒。我前面说过了。因此我是个很好的目标。他们知道我有钱，也知道我不会报警。”

“他们对你还知道什么？”

“我出身的种族。第一个打电话的人说了些不好听的称呼。”

“你好像提到过。你认为阿拉伯人的身份让你成了目标？”

“我没往这方面想过。毫无疑问，存在一定程度的偏见，但平时我几乎不会感觉到。弗朗辛一家是巴勒斯坦人，我有没有说过？”

“说过了。”

“他们受到的待遇更糟糕。我认识几个巴勒斯坦人自称黎巴嫩人或叙利亚人，只是为了避免被骚扰。‘哦，你是巴勒斯坦人，肯定搞恐怖主义。’有这种无知的论调，还有些人对所有阿拉伯人都有偏见。”他翻了个白眼，“比方说我父亲。”

“你父亲？”

“也不能说他歧视阿拉伯人，但他有一整套理论，就为了证明我们其实不是阿拉伯人。首先一点，我们家信基督教。”

“我刚才还在想你去圣伊格内修斯教堂干什么。”

“有段时间我自己也很想知道。总之，我们是马龙派基督徒，按照我老爸的说法，我们是腓尼基人。听说过腓尼基人吗？”

“圣经时代就有他们，对吧？商人和开拓者，诸如此类的？”

“没错。了不起的水手，他们的船走遍非洲，他们殖民了西班牙，很可能还去过英国。他们在北非建立了迦太基帝国，英国考古发掘出大量迦太基钱币。他们是最早发现北极星的人，我说的发现是他们意识到它永远处于同一个方位，可以用来导航。他们创造的字母表是希腊字母的基础。”他停顿了一下，稍微有点儿尴尬，“我老爸经常唠叨这些。看来我也被感染了。”

“似乎是的。”

“他在这方面算不上狂热，但知道得很多。我的名字就是从这儿来的。腓尼基人自称迦南人。我的名字应该念迦南才对，但人们都念成凯南。”

“我昨天收到的字条上是‘凯·咖喱’。”

“哈，这个很正常。我通过电话买东西，送来的时候收件人是‘凯恩与柯里’，听上去像是一对爱尔兰律师。总之，按照我父亲的说法，迦太基人和阿拉伯人完全是两码事。迦太基人就是《圣经》里的迦南人，早在亚伯拉罕的时代就已经是一个民族了，而阿拉伯人是亚伯拉罕的后代。”

“我以为犹太人是亚伯拉罕的后代。”

“对，他们是以撒那一支的，以撒是亚伯拉罕与撒拉的婚生子。而阿拉伯人是以实玛利的后代，他是亚伯拉罕与夏甲的私生子。我的天，我很多年没想过这些东西了。在我小时候，我父亲和迪恩街路口的杂货店老板有些恩怨，他总是叫他‘以实玛利的杂种’。老天啊，他可真是一号人物。”

“他还在世吗？”

“不在了，三年前去世的。他有糖尿病，害得心脏一年比一年虚弱。我心情低落的时候会对自己说我老爸死于心碎，因为他的两个儿子都不争气。他希望我们能成为建筑师和医生，结果一个是酒鬼，另一个是毒贩。但他的死因不是这个。他死在自己的饮食方面。他有糖尿病，但超重五十磅。就算我和彼得是乔纳斯·索尔克[1]和弗兰克·劳埃德·莱特[2]，也救不了他那条老命。”

我和凯南商量出一套方案之后，六点左右，他打了一系列电话里的第一个。他拨出一个号码，等待对面响起一个电子音，然后输入他的号码，挂断电话。“等一会儿。”他说，但我们没等多久。不到五分钟，电话就响了。

1　乔纳斯·索尔克（Jonas Salk，1914—1995），美国著名医生，脊髓灰质炎疫苗的研制者。——编者注

2　弗兰克·劳埃德·莱特（Frank Lloyd Wright，1867—1959），美国著名建筑师。——编者注

他说："你好，菲尔，最近如何？我很好。有件事想跟你说。我不知道你有没有见过我妻子。事情是这样的，有人用绑架威胁我们，我不得不送她出国待一段时间。我不知道具体是什么情况，但我认为肯定和生意有关系，明白我的意思吗？所以呢，我找了个人替我调查，算是个职业人员吧。我希望你能帮我把话传出去，因为我感觉这伙人是认真的，而且他们杀人不眨眼。对，没错。问题就在这儿，哥们儿，咱们坐在这儿，简直就是活靶子，咱们有大量现金，而且不能叫警察来，所以咱们是入室抢劫和所有犯罪的完美目标……对。所以我的意思是你也多注意点儿，明白吗？眼睛和耳朵都放尖一点儿。顺便帮我带个话，你明白的，给你认为应该听一听的人。要是碰到什么烂事，哥们儿，一定要打电话给我，明白了吗？很好。"

他挂断电话，转身看着我。"我说不准，"他说，"搞不好我这么做只是让他认为我年纪大了，开始疑神疑鬼。'老兄，为什么送她出国？为什么不买条狗，或者雇个保镖？'因为她死了，但我不想告诉他。要是这个消息传出去，肯定会惹来麻烦。该死。"

"怎么了？"

"我该怎么对弗朗辛的家里人说？每次电话铃响，我都害怕是她的某个表亲。她父母分开了，她母亲回约旦去了，但她父亲还住在老地方，布鲁克林有很多她的亲戚。我该怎么告诉他们？"

"我也不知道。"

"我迟早要对他们说实话。暂时我先说她坐邮轮出去玩了，反正就是这种借口。知道他们会怎么认为吗？"

"婚姻出问题了。"

"正是如此。我们刚从内格里尔回来，所以她为什么要去坐邮轮？肯定是夫妻俩吵架了呗。唉，他们愿意怎么想就怎么想吧。说真的，我和她之间从没说过一句狠话，我们从没有哪一天过得不开心。我的天。”他拿起电话，拨出一个号码，听见电子音后输入他的号码。他放下听筒，不耐烦地用手指敲桌面，电话铃响，他拿起听筒说：“嘿，哥们儿，一向可好？咦，是吗？不是真的吧？唉，事情是这样的……”

第5章

我去圣保罗教堂参加八点半的戒酒会活动。过去的路上，我忽然想到也许会在那儿遇到彼得·库利，但他没有出现。散会后我帮忙收拾椅子，然后和一伙人去火焰咖啡馆喝咖啡。我没待太久，因为十一点我要去西七十二街的普根夜总会，那是“丹尼男孩”贝尔从晚间九点到凌晨四点通常会待的两个地方之一。一天其余的时间里，没人知道能在哪个确定的地方找到他。

他的另一个窝在阿姆斯特丹大道上，是一家名叫“鹅妈妈”的爵士乐俱乐部。普根离我比较近，所以我先去那儿看看。“丹尼男孩”占据了最里面他习惯坐的那张酒桌，和一个肤色很深的黑人聊得正起劲。这个黑人长着尖下巴和圆鼻子，戴镜片反光的弧形蛤蟆镜，穿粉蓝色的正装，肩部宽得出奇，无论是上帝还是黄金健身房都不可能让一个人长出这样的肩膀。一顶可可棕色的草帽斜扣在他头顶上，帽带是火烈鸟的那种粉色。

我在吧台要了杯可乐，等他和“丹尼男孩”谈完事情。过了五分钟左右，他从椅子上站起来，拍拍“丹尼男孩”的肩膀，愉快地哈哈一笑，走向临街的大门。我转身去拿吧台上找回的零钱，然而等我再转过来时，他的座位上已经换上了一个谢顶的白人，这人留着浓密的小胡子，肚子都快把衬衫前襟顶破了。他叫齐利格·沃尔夫，拥有两个停车场，是赛事赌博的庄家。多年前我以蓄意伤人罪逮捕过他一次，但受害者后来决定不提起指控。

等沃尔夫离开后，我拿着我的第二杯可乐过去坐下。“晚上这么忙？”我说。

“别说了，”“丹尼男孩”说，“取个号码等着吧，我这儿都快变成扎巴尔[1]了。很高兴见到你，马特。我早就看见你了，但我必须耐住性子等沃尔夫唠叨完。你应该认识齐利格吧？”

“当然，但前面那位老兄我不认识。他是黑人联合大学的筹款主任，对不对？”

“浪费头脑是犯罪，”他认真地说，“你居然也会以貌取人，这不是浪费头脑是什么？马修，那位先生穿的是定制的经典服装，那是所谓的阻特服。你知道阻特服吧？长长地垂到地上，有挺括的褶裥。我父亲的衣柜里曾经挂着这么一身，用来纪念他激情燃烧的青春岁月。他三天两头会拿出来，嚷嚷着说要穿上，而我母亲的白眼都快翻到天上去了。”

“赞美她。”

“他叫尼克尔森·詹姆斯，”“丹尼男孩”说，“应该是詹姆斯·尼克尔森才对，但他小时候的一份官方档案里把姓名写反了，他觉得这样反而更有腔调。很符合他的复古服装风格，对吧？詹姆

1　纽约最负盛名的美食商店，顾客经常需要取号排队。

斯先生是拉皮条的。”

“你看看。我就不可能猜到。”

“丹尼男孩”给自己斟了一杯伏特加。他本人的服装风格属于低调而优雅的那种，纯手工的深色正装和领带，图案显眼的红黑两色马甲。他很矮，体形纤瘦，是个有白化病的非裔美国人——说他是黑人那可就差了十万八千里，因为他一点儿也不黑。他晚上在酒吧消磨时间，喜爱昏暗的灯光和低音量的环境。他像德古拉伯爵一样绝不在阳光下出门，白天很少会接电话或给人开门。但每天晚上他都会待在普根夜总会或“鹅妈妈”俱乐部，听人们说话，告诉人们事情。

“伊莱恩没陪你来？”他说。

“今晚我一个人。”

“替我向她问好。”

“好的，‘丹尼男孩’，”我说，“我带了点儿东西给你。”

“嗯？”

我把两张百元美钞藏在掌心里塞给他。他看了看钱，没有亮出来，然后挑起眉毛打量我。

“我有个很富裕的委托人，”我说，“叫我来去都坐出租车。”

“要我给你叫车吗？”

“不，但我觉得我应该把他的钱散一点儿出去。你只需要帮我传个话。”

“什么话？”

我讲了一遍对外宣称的故事，但没提凯南·库利的名字。“丹尼男孩”听我说，时而因为集中精神而皱起眉头。等我说完，他拿出一支烟，盯着烟看了一会儿，然后放回烟盒里。

“我有个问题。”他说。

“说吧。”

“你委托人的妻子出国了，想伤害她的人应该碰不到她了。因此他认为那伙人会把注意力转向其他人？”

“没错。”

“呃，他为什么要在乎呢？你那位委托人为什么要在乎坏蛋绑不绑架其他人呢？绑匪拿到赎金，这样竞争者的现金流就会出现赤字。也可能他们搞砸了，那他们的日子也就到头了。只要他本人的妻子能置身事外——”

“我的天，‘丹尼男孩’，在我告诉你之前，我还以为这个故事天衣无缝呢。”

“对不起。”

“他妻子没出国。绑匪抓走她，然后撕票了。”

“他软硬不吃？拒绝付赎金？”

“他付了四十万美元，但他们还是撕票了。”他突然瞪大了眼睛。“只告诉你一个人，”我连忙补充道，“他没上报，所以他妻子死了的消息不能传出去。”

“我明白了。嗯，你这么一说，我就更容易理解他的动机了。他想报复。知道对方是谁吗？”

“不知道。”

“但你认为他们还会作案。”

“运气正旺的时候为什么要收手？”

“没人会这么做。”他又给自己斟了一杯伏特加。在他常去的两个地方，店里都把酒瓶放在冰桶里直接拿给他，而他喝伏特加就像喝水，大口大口往下灌，连看都不多看一眼。我不知道他把酒都喝到哪儿去了，也没法理解他的身体怎么能承受得了。

他说："坏蛋有几个人？"

"至少三个。"

"分四十万美元。他们肯定也经常叫出租车，你觉得呢？"

"我也想到了这一点。"

"所以假如有人在到处撒钱，这个情报也许能派上用场。"

"也许。"

"而应该让毒贩——尤其是大鳄——知道他们有可能会成为被勒索的目标。但绑匪也可以直接去抓毒贩，你觉得呢？不一定非要对女人下手。"

"这个我觉得未必。"

"为什么？"

"我认为他们享受杀人这件事。我认为他们能从中得到快乐。我认为他们性侵了她，我认为他们虐待了她，然后等新鲜劲儿过了，他们这才杀了她。"

"尸体有被虐待的痕迹吗？"

"尸体被分成二三十块还给了她丈夫，每一块都分开包装。这一点也别传出去。我本来不想说的。"

"实话实说，我宁可你没告诉我。马修，是我的想象力在作怪，还是这个世界真的越来越下作了？"

"反正没变得越来越好。"

"是啊，对吧？还记得和谐汇聚[1]吗？所有行星像士兵似的排成一列。难道不是象征着什么新纪元的黎明吗？"

"我可没有满怀期待。"

---

1 新时代占星学中的术语，指发生于1987年8月16日至17日的行星对齐。

“嗯，他们说黎明之前总是最黑暗的。不过我明白你的意思。假如他们靠杀人取乐，假如他们热衷于强奸和凌虐，是的，他们不会挑一个有啤酒肚、满脸胡楂的丑陋毒贩下手。这伙人恐怕不是同性恋。”

“对，他们不是。”

他思考片刻。“他们肯定会继续作案，”他说，“这一次他们大获全胜，他们不可能就此收手。但我有个问题。”

“他们以前有没有犯过案？我也在想这个问题。”

“然后呢？”

“他们相当熟练，”我说，“我感觉他们试过手。”

第二天吃过早饭，我做的第一件事情就是步行去西五十四街的北中城分局。我在乔·德金的办公桌前找到他，他一开口先恭维我的外表，打了我一个措手不及。“最近你穿得体面多了，”他说，“我猜那个女人在把你往好路上带。叫伊莱恩，对吧？”

“没错。”

“很好，要我说，她正在把你往好路上带。”

“那是当然，”我说，“但你到底在说什么啊？”

“我的意思是你的上衣真好看。”

“这件运动上衣？我买了至少十年了。”

“呃，但你以前从没穿过。”

“我经常穿的。”

“那就是领带。”

“这条领带又怎么了？”

“我的天，”他说，“有没有人说过你是个很难打交道的浑蛋？我说你今天真好看，然后一眨眼我他妈就站在证人席上接受盘问了。否则咱们该怎么打招呼？‘你好，马特，很高兴见到你。你看上去像一坨屎。请坐。’难道这样比较好？”

“嗯，好多了。”

“我真高兴。请坐。什么风把你吹来了？”

“我有冲动，想犯联邦重罪。”

“我知道这种感觉。很难碰到哪一天我完全不产生这种冲动的。有什么特别想犯的重罪吗？”

“我考虑的是一项D级重罪。”

“嗯，这个门类底下的罪名多得很。非法持有伪造用具就是一项D级重罪，此时此刻你说不定就在犯罪。你口袋里有笔吗？”

“两支钢笔，一支铅笔。”

“该死，我现在就该对你念米兰达法则[1]，然后给你登记、录指纹。但我猜你心里想的不是这个D级重罪吧？”

我摇摇头：“我在考虑违反刑法第200条第00款。”

“第200条第00款？你非要逼着我自己查，对吧？”

“没什么不好的。”

他瞪了我一眼，伸手拿起一个黑色活页夹，打开往后翻。“这个数字很耳熟，”他说，“哦，很好，找到了。‘第200条第00款。三级贿赂。如果一个人在同意或理解公务员的投票、意见、判断、行动、决定或作为公务员的自由裁量权的行使将因此受到影响的情况下，向该公务员授予、提供或同意授予任何利益，则犯有三级贿赂罪。三级贿赂是D级重罪。’”他继续默念了一会儿，然后

1　即米兰达警告，指美国刑事诉讼中的犯罪嫌疑人保持沉默的权利。——编者注

说：“你确定不想违反第200条第03款吗？”

“那是什么？”

“二级贿赂。和第00款差不多，除了这是一项C级重罪。想要定成二级贿赂，你授予、提供或同意授予的利益——我的天，谁能不喜欢他们写这些东西的措辞呢？——利益必须超过一万美元。”

“呜呼，”我说，“我看D级已经是我的天花板了。”

“我猜恐怕也是。在你犯下D级重罪之前，我能问个问题吗？你不做这一行多久了？”

“有段时间了。”

“那你怎么会记得重罪的级别，更不用说具体条款了？”

“我在这方面记性很好。”

“胡扯。刑法条款的编号每年都变来变去，三天两头就把半本书从头到尾改一遍。我很想知道你是怎么做到的。”

“真的想知道？”

“当然。”

“来这儿的路上我在安德烈奥蒂书店查了查。”

“只是为了逗我玩？”

“只是想帮你保持警惕。”

“你这么做都是为了我好？”

“那还用说。”我说。之前我把一张一百美元单独放在上衣口袋里，这会儿我把钱藏在掌心里，塞进他放香烟的口袋，他的烟盒总是装在这个口袋里，只有他间歇性发誓要戒烟的时候除外，但那些时候他就会抽别人的烟。“给自己买身新衣服吧。”我对他说。

办公室里只有我和他，于是他掏出钞票翻来覆去地看。“这套说辞要与时俱进一下了。一顶帽子值二十五美元，一身衣服值一百美元。我不知道现在一顶像样的帽子卖多少钱，我不记得我上次买帽子是何年何月了。但我不知道除了二手商店，你还能去哪儿用一百美元买一身衣服。‘拿着这一百美元，请你老婆吃顿饭吧。’这是要干什么？”

“需要你帮个忙。”

“什么忙？”

“我在报纸上读到过一个案子，”我说，“应该是六个月以前，也可能是一年前了。几个男人在街上抓了一个女人，把她塞进一辆货车后扬长而去。几天后，她出现在公园里。”

“死了，我猜得对吗？”

“死了。”

“‘警方怀疑死于谋杀。’好像没什么印象。不是我们分局的案子，对吧？”

“甚至不在曼哈顿。我记得她出现在皇后区的一个高尔夫球场上，但也有可能是布鲁克林的某个地方。当时我没注意，只是我在喝第二杯咖啡的时候瞥见的一篇报道。”

“那你现在想要什么？”

“我希望能更新一下我的记忆。”

他瞪着我：“你是不是钱多得没处花了？明明可以去图书馆查时报索引的，为什么要捐钱给我当置装费？”

“用什么关键字查？我不记得事情是什么时候、在哪儿发生的，也不记得任何一个人名。我必须把去年的每一期报纸都从头扫到尾，而且我甚至都不记得当时在看什么报了。这案子都未必能登上《泰晤士报》。”

“所以我打几个电话问一问会比较简单？”

“我就是这么想的。”

“你不如出去散个步吧，给自己买杯咖啡。在第八大道的希腊馆子找个位置坐下。我过一个小时应该会过去待一阵儿，也给我买杯咖啡，顺便来块丹麦酥皮饼。”

四十分钟后，他走进第八大道五十三街路口的咖啡馆，在我的桌边坐下。“一年多以前的案子，”他说，“受害者名叫玛丽·戈特斯坎德。这个姓是什么意思？上帝仁慈[1]？”

“我觉得意思是‘上帝的孩子’。”

“这还比较好，因为上帝对玛丽一点儿也不仁慈。据报道，她去伍德黑文的牙买加大道买东西，在光天化日之下被绑架。两个男人把她塞进一辆货车后离开。过了三天，有人在森林公园高尔夫球场上散步时发现了她的尸体。性侵，多处刀伤。出警的是104分局，确认她的身份后，案子被转给了112分局，因为绑架发生在后者的辖区内。”

“他们查到了什么吗？”

他摇摇头：“我找到的那个人对案情记得很清楚。有两个星期，那儿附近的居民被吓得不轻。一个正派女人走在大街上，两个歹徒绑走了她，感觉就像一道闪电劈了下来，明白我的意思吗？既然她会碰到这种事，那么任何人就都有可能会碰到，你甚至在自己家里也不安全。他们担心会继续发生这种案件，车厢里的轮奸，连环杀人狂作案。洛杉矶的那个案子叫什么来着？后来拍了电视连续剧的那个。”

“不知道。”

1　在英语中，“戈特斯坎德”（Gotteskind）和“上帝仁慈”（God is kind）发音接近。

“两个意大利佬，我记得应该是表兄弟。他们专挑妓女下手，然后把尸体扔在山上。‘山坡勒杀狂’，对，就叫这个。‘勒杀狂’应该是复数的，但我猜媒体在警方发现罪犯不止一个人之前就给案子安上了名称。”

“伍德黑文的那个女人呢？”我说。

“哦，对。他们担心她会是系列案件里的第一个，但后面没再出事，于是所有人都松了一口气。他们还有大量人力放在这个案子里，但目前没有任何进展。它现在是个悬案，他们普遍认为除非罪犯再次作案被抓住，否则就不可能破案了。他问我们是不是有和这个案子相关的线索。我们有吗？”

“没有。你有没有顺便问一句那女人的丈夫是干什么的？”

“我不记得她结婚了。我记得她是老师。怎么了？”

“她一个人住吗？”

“有区别吗？”

“乔，我想看一看案卷。”

“你想得倒好。你为什么不跑一趟112分局，请他们让你看案卷？”

“我觉得恐怕不行。”

“你觉得呢？你是说本市还有警察不肯违反规定，卖人情给一个私家侦探？我的天，我好震惊。”

“我会非常感激你的。”

“打一两个电话是一码事，”他说，“我没有明目张胆地违反局里的规章制度，皇后区负责这个案子的那位老兄也没有。但你现在要我做的是泄露机密材料。那份案卷按理说不能离开办公室的。”

“也不需要离开。他只需要花五分钟发个传真。”

“整个案卷你都要？完整的谋杀案调查，案卷里至少有二三十页纸。”

“警察局出得起这个传真费。”

“这我就不确定了，”他说，“市长总教训我们说市政府快破产了。说起来，你为什么对这个案子感兴趣？”

“我不能说。”

“老天在上，马特。你不是想只出不进吧？”

“事情需要保密。”

“你的事情要保密，但局里的档案你可以随便看，是这样吧？”他点了支烟，咳嗽几声，接着说，“事情不会和你的某个朋友有关系吧？”

“我不明白你在说什么。”

“你的好哥们儿巴卢。事情和他有关系吗？”

“当然没有。”

“你确定？”

“他出国了，”我说，“他已经走了一个多月，我甚至不知道他还会不会回来。另外，强奸女人，把尸体扔在草地上，他没这个爱好。”

“我知道，他是个绅士，就连打高尔夫球留下痕迹的草皮，他都会及时更换。有人想给他安个组织犯罪的罪名，不过我猜你肯定知道。”

“有所耳闻。”

“希望他们的证据靠得住，能把他在联邦监狱里关上二十年。不过我猜你的想法不一样。”

“他是我的朋友。”

“是啊，我听说了。”

“总之，他和这件事没关系。”他继续瞪着我，我说，“我有个委托人，他妻子失踪了。犯罪手法很像伍德黑文那个案子。”

“被绑架了？”

“似乎是的。”

“他报警了？”

“没有。”

“为什么不报警？”

“我猜他有他的苦衷。”

“马特，这么一句可不够。”

“就当他是非法入境的吧。”

“纽约有一半人口是非法入境的。你觉得我们接到绑架案，第一件事情就是把受害者交给移民局？另外，这家伙是什么人？他申请不到绿卡，却有钱请私家侦探？听起来这个人不可能身家清白。”

“随你怎么说。”

“随我怎么说？”他按熄烟头，皱着眉头看我，“被绑架的女人死了？”

“现在看起来是这样。假如是同一伙人……”

“嗯，但为什么会是同一伙人呢？有什么联系？绑架手法？”我没有说话，他拿起账单瞥了一眼，然后隔着桌子扔给我。“给你，”他说，“你请客。电话号码没变吧？下午我打给你。”

“谢谢你，乔。”

“不，别谢我。我必须好好想想，看帮你会不会把我自己套进去。要是不会，我就打电话。否则的话，你就忘了你来找过我吧。”

我去参加了炉边小组的中午活动，然后回到旅馆。德金没打过电话，但有一张字条说TJ找过我。就这么几个字，没有可以回拨的号码，也没有其他留言。我把字条揉成一团，扔进垃圾篓。

TJ是个黑人少年，一年半前我在时报广场认识了他。TJ是他的街头诨名，也许他还有个本来的名字，但他没有告诉过我。我觉得这小子既乐天又俏皮，把一切都不放在眼里，在四十二街的恶臭泥淖里不啻一股清风，我和他一见如故。后来在办一个与时报广场有关联的案子的时候，我让他做了些跑腿的小活儿。从那以后，我和他就保持着联络。每隔一两周，我会接到他的一个或一连串电话。他从不留电话号码，我不知道该怎么找他，因此他留口信只是为了说一声他想到我了。假如真的想找我，他会连着打电话，直到碰到我在家的时候。

要是他找到了我，我们有时候会聊天，直到他的两毛五电话费用完，有时候我们在他或我的活动区域见个面，我会请他吃顿饭。有两次办案的时候，我请他帮我做过一些小事，他似乎从中得到了我付他的那点儿钱无法解释的快乐。

我回到自己的房间，打电话给伊莱恩。“‘丹尼男孩’向你问好，”我说，“乔·德金说你在把我往好路上带。”

“那是当然了，”她说，“但他是怎么知道的呢？”

“他说自从咱俩开始做伴，我打扮得比以前体面了。”

“我说过了，那身新衣服特别适合你。”

“但我穿的不是那一身。”

“哦。”

“我穿的是我那件运动上衣。从上辈子穿到现在了。”

“嗯，但还是挺好看的。配的是灰裤子，对不对？衬衫和领带呢？”我告诉了她，她说：“嗯，这一身搭配很不错。”

“其实很普通。昨晚我看见了一身阻特服。”

“真的假的？”

“按照‘丹尼男孩’的说法，长长地垂到地上，有挺括的褶裥。”

“‘丹尼男孩’不可能穿阻特服。”

“不是他，是他的一个熟人，名叫——算了，他叫什么并不重要。他还戴着一顶草帽，帽带粉得吓人。要是我穿这么一身去德金的办公室——”

“他肯定会给你跪下。也许是你的风度不一样了，亲爱的，德金感觉到的也许是你的气场。现在你穿衣戴帽更有自信了。”

“因为我的心灵非常纯洁。”

“肯定就是这样。”

我们又闲扯了一会儿。她晚上有课，我们商量着要不要等她下课见个面，但决定还是算了。“明天比较好，”她说，“去看电影如何？不过我不喜欢周末去电影院，像样的地方都人挤人。我想到了，看个午后场，然后去吃晚饭，前提是你不工作。”我说听上去不错。

我放下听筒，前台打进来说我和伊莱恩煲电话粥的时候，有人打过电话找我。自从我住进西北旅馆，电话系统已经改了好几次。最早所有电话都必须通过总机转接。后来他们解决了这个问题，你可以直接拨出去，但进来的电话还是要通过总机转接。现在我有了一条可以打进打出的直线电话，可如果铃响四声我还不接，来电就会被自动转到前台去。纽约电话公司直接寄账单给我，旅馆不收我任何费用，结果我就能享受免费的留言服务了。

电话是德金打来的，我立刻打给他。“你把东西忘在我这儿了，”他说，“你不过来拿，我就扔了。”

我说我这就过去。

我走进刑警组办公室的时候，他正在打电话。他把椅子翘得老高，嘴里抽着一支烟，烟灰缸里还点着一支烟。坐在他旁边那张桌子前的警探名叫贝拉米，他从眼镜上方盯着电脑屏幕。

乔盖住听筒，说：“那个信封应该是你的吧？上面写着你的名字。前面你来的时候忘了拿走。”

他没有等我回答就继续打电话了。我隔着他的肩膀捞起那个九乘十二英寸的牛皮纸信封，上面写着我的名字。贝拉米在我背后对电话说：“呃，这根本没道理啊。”

我没有和他搭话。

第6章

回到旅馆房间里，我把一沓两头翘起来的传真纸摊开放在床上。他们显然把整个案卷都传过来了，前前后后一共三十六页。有几张纸上只写着几行字，但大多数都密密麻麻的满是信息。

翻看案卷的时候，我意识到了情况与我当警察的那段时间真是天差地别。我们那会儿连复印机都没有，更别说传真了。假如我想看玛丽·戈特斯坎德的案卷，就必须长途跋涉去一趟皇后区，在警察局里从头看到尾，而某个焦急的警察会在背后盯着你，没完没了地催你快一点儿。

现如今你只需要把所有东西都塞进传真机，它就会像变魔术似的在另一头冒出来，无论这个另一头在五英里还是十英里以外，甚至在世界的另一头也一样。档案原件根本没离开过保管它的那间办公室，也没有未经授权的人士偷偷溜进去翻阅，因此谁也不需要担心被指控泄露机密。

而我也有充足的时间，可以好好琢磨戈特斯坎德的案卷。

我也需要充足的时间，因为我根本不知道自己在寻找什么。自打我从警校毕业以来，有一点始终没改变过，那就是查案所牵涉的文书工作量。不管你是哪一种警察，做事的时间都必定少于你为你做的事情建立纸面记录的时间。其中有一部分当然是一般性的官样文章，有一部分的出发点是帮自己擦屁股，但大部分恐怕都是避无可避的。警务工作需要齐心协力，即便是最简单的调查，也需要各种各样的角色贡献力量。所有人都必须把工作内容写下来，然后才会有人站到高处一揽全局，搞清楚这些线索加起来能推出什么结论。

我先整体读了一遍，等读完，我又回过头抽出几张纸仔细读了第二遍。刚读不久，我就意识到了一点，那就是戈特斯坎德的绑架案与弗朗辛在布鲁克林被绑架的过程出奇地相似。我列出以下相似之处：

两个女人都在商业街道上被绑架。

两个女人都把车停在附近，然后步行前往购物地点。

两个女人都是被一对绑匪掳走的。

两个案件中，目击者都说两名绑匪身高体重接近，衣着相同。绑架戈特斯坎德的犯人穿卡其色的裤子和海军蓝的风衣。

两个女人都被货车带走。多名目击者称伍德黑文案件中的绑匪使用的是一辆浅蓝色厢型货车。一名目击者确定地说是一辆福特，并且提供了部分车牌号码，但警方没能查到任何线索。

数名目击者均称货车车身上写着一家家电公司的名称。有人说是P&J家电，有人说是B&J家电，拼写方法众说纷纭。第二行写的是“销售与维修”。底下没有地址，但目击者说有个电话号码，但没人说得上来具体是什么。警方对此做了细致的调查，但未能将这辆车与该区内数不胜数的家电销售与维修公司的车辆联系起来，结论似乎倾向于公司名称和车牌号一样，也是伪造的。

玛丽·戈特斯坎德二十八岁，是纽约市多所小学的代课教师。包括被绑架的那天在内，她连续三天在里奇伍德替一名四年级的老师上课。她与弗朗辛·库利身高相仿，体重也只差几磅，但她是金发和浅肤色，而弗朗辛是黑发和橄榄色皮肤。案卷里只有在森林公园弃尸现场拍摄的照片，但熟人的证词表明人们认为她很有吸引力。

两起案件的不同之处也不少。玛丽·戈特斯坎德没结过婚。她以前代课的时候认识了一名男教师，和此人约会过几次，但两人的关系似乎并不认真，而且她遇害时，他的不在场证明也无懈可击。

玛丽住在父母家。她父亲曾经是一名水暖工，有一份因公受伤的伤残退休金，在家经营一家小型邮购公司。她母亲帮他打理生意，同时在附近的几家公司兼职当会计。玛丽和父母双方与毒品亚文化都没有明显的联系。他们也不是阿拉伯人或者腓尼基人。

尸检报告自然非常详细，而且有很多东西值得报告。死亡由胸部与腹部的多处刀伤所致，其中有数处本身就足以致命。有多次性侵的证据。法医检验证明，凶器至少有两把，推测两者有可能都是厨刀，一把的刀刃比另一把更长更宽。对精液的分析表明犯人至少有两名。

除了刀伤，赤裸的尸体还显示出多处瘀青，表明受害者曾遭受殴打。

阅读案卷害得我麻木和抑郁。这位女士的伤情报告描述了她的最后时刻，我的心智实在不想接受这一切。案卷里的其他内容，尤其是对父母和同事的访谈，描绘了玛丽·戈特斯坎德在世时的生活，而尸检报告劫走这个活生生的人，把她变成一堆遭受了可怖凌虐的死肉。

我坐在那儿，刚刚读完的东西让我感觉失魂落魄加筋疲力尽，这时电话铃响了。我拿起听筒，一个熟悉的声音说："所以你去哪儿了，马特？"

"你好，TJ。"

"过得好吗？你可真难找。从早到晚不在家，去这儿去那儿，做这个做那个。"

"我收到你的留言了，但你没留电话号码。"

"我没电话号码。我要是毒贩子，也许会有个寻呼机。你难道希望我去贩毒？"

"你要是毒贩子，就应该用手机了。"

"那还用说？给自己整辆长长的车，车上就有电话，而我坐在车里，想我长长的念头，做我长长的事情。哥们儿，我必须再说一遍，你可真难找。"

"你难道打了不止一个电话？我只收到一条口信。"

"嗯，你看，我没有浪费硬币的习惯。"

"这话什么意思？"

"嗯，你看，我把你的电话搞明白了。有点儿像自动答录机，铃响三四声以后替你接电话，就那玩意儿。而前台那位老兄，他总是等你的电话铃响四声后再切进来。你那儿只有一个房间，所以用不着铃响三声你就能走到电话跟前，除非你在卫生间还是哪儿。"

"所以你等铃响三声就挂电话。"

"而我的两毛五就回来了。除非我想留言，但我已经留过一次了，为什么要再留呢？你回到家里，发现有厚厚一沓口信，你会心想：‘这个TJ，他肯定是撬了停车收费器，装了一口袋硬币，多得没处花了。’”

我哈哈一笑。

“所以你在工作？”

“事实上，你猜对了。”

“大活儿？”

“相当大。”

“能给TJ分点儿汤吗？”

“目前我还没看到。”

“老兄，你看得不够仔细！肯定有什么我能做的，否则我给你打电话用掉的角子岂不是打水漂儿了。什么样的活儿？不会是要挑战黑手党吧？”

“恐怕不是。”

“很高兴你这么说，因为那帮人坏得很哪，老哥。你看过《好家伙》吗？哥们儿，他们太脏了。哦，该死，我的两毛五要用完了。”

一个录音插进来，说接下来的电话费为每分钟五分钱。

我说：“把号码给我，我打给你。”

“不行。”

“你正在打的这个电话。”

“不行，”他重复道，“上面没号码。电话公司去掉了投币电话上的号码，不让人们等电话打进来。没事，我有零钱。”他投了一枚硬币，电话叮的一声响。“毒贩霸占了一些投币电话，上面有没有标号码无所谓，他们反正都知道。所以生意还是一样做，但要是你这样的人想打给我这样的人，就再也做不到了。”

“真是个了不起的系统。”

“一个字，酷。不过咱们还在说话，对吧？没人能不让咱做咱想做的事。他们只是逼着咱想办法。”

“比方说再投一枚硬币。”

“说得好，马特。我正在用我的办法。所以这才叫想办法嘛。”

“明天你会在哪儿？”

“会在哪儿？呃，我不知道。也许我会跳上协和飞机去巴黎。我还没决定呢。”我忽然想到，他可以拿我的机票去爱尔兰，但这小子恐怕不会有护照。再说爱尔兰恐怕也没有准备好接待他，他对爱尔兰也一样。“会在哪儿呢？”他沮丧地说，“我会在堕落街[1]，否则还能去哪儿呢？”

“我觉得咱们也许可以吃个饭。”

“几点？”

“呃，我不确定。十二点左右，或者十二点半？”

“到底几点？”

“十二点半。”

“白天的十二点半还是夜里？”

“白天。咱们吃午饭。”

“没人规定你非得在白天或者夜里几点吃午饭不可，”他说，“我来旅馆找你？”

“不，”我说，“因为我有可能会放你鸽子，到时候也没办法

1　纽约市曼哈顿四十二街的昵称，有时又称为红灯区。

通知你。所以我不想让你白跑一趟。你说个堕落街的地方，要是到时候我没出现，咱们就回头再约。”

“酷，”他说，“知道那家街机厅吗？四十二街靠上城区那一头，离第八大道差两三个门洞？有家店的橱窗里摆满了弹簧刀，哥们儿，我都不知道他们靠什么过日子——”

“要买就买一整套。”

“对，用来测智商。什么，你没法把一套拼起来？那就回去上一年级吧。你知道我说的是哪家店吧？”

“当然。”

“旁边有个地铁出口，下楼梯前能看见一道门，往里走就是街机厅。知道地方吗？”

“我觉得我能找到。”

“那就十二点半？”

“咱们约好了，凯子。”

“嘿，”他说，“知道吗？你有长进呢。”

和TJ打完电话，我感觉好多了。他总是能让我的心情好起来。我记下我们约了吃午饭，然后再次拿起戈特斯坎德的案卷。

是同一伙凶犯。肯定是。犯罪手法太像了，不可能是巧合，这似乎是在排练他们对弗朗辛·库利犯下的更凶残的罪行。

但两次犯罪之间呢？他们在冬眠，潜伏了一年？

似乎不可能。性暴力——连续强奸，凌虐杀人——是会上瘾的，就像某种强效药物，能把你从自我的囚笼里释放出来，享受片刻的自由。杀死玛丽·戈特斯坎德的犯人实施了一次经过精心策划的绑架，但隔了一年才实施第二次，犯罪过程只有微小的区别，却多了一个借此牟利的动机。为什么要等这么久？他们在这段时间里做了什么？

会不会还发生了其他绑架案，但没人把这些案件与戈特斯坎德案联系在一起？有可能。纽约五大区的凶杀案现在每天超过七起，其中大部分都没怎么引来媒体的关注。然而，假如你当着一群目击者的面当街绑架女人，这种事肯定会上报纸。假如已经有了一起尚未办结的类似案件，那你肯定会听到消息。你肯定会把两者联系在一起。

但另一方面，弗朗辛·库利也是当着目击者的面在街上被掳走的，然而无论是媒体还是112分局对此都一无所知。

也许他们真的潜伏了一年。也许这一整年或一年中的几个月，他们中的一个人或几个人进了监狱，强奸和杀人的癖好说不定导致他们犯下了更严重的罪行，比方说开空头支票。

也可能他们一直在活动，但活动的方式没有引来任何关注。

不管是因为前者还是后者，现在我都知道了一件先前只是有所怀疑的事情。他们做过这种事，不是为了牟利，而是为了享乐。这样一来，找不到他们的可能性大大降低，但与此同时，他们的危险性也水涨船高。

因为他们还会作案。

第7章

星期五，我在图书馆待了一上午，然后步行去四十二街的街机厅找TJ。我们先见证了一个扎马尾辫、留两绺金色小胡子的年轻人在《太空人迷宫》上打出最高分。这个游戏和大多数游戏有着相同的背景设定，简而言之就是宇宙中存在某种敌对力量，它们会毫无预兆地蹦出来扑向你，企图用各种各样的方式伤害你。假如你动作敏捷，你也许能活上一段时间，但你迟早要死在它们的手上。对此我没法反驳。

年轻人最终还是在游戏里被消灭了，于是我们离开了。回到街上，TJ告诉我那个玩家叫“袜子”，因为他的两只袜子永远不成双。我没注意到。按照TJ的说法，“袜子”在堕落街是他那一行的头号高手，经常能用一枚硬币连打几个小时。以前还有几个玩家和他一样厉害或更厉害，但他们最近来得越来越少了。有那么一会儿，我的脑海里浮现出一个前所未闻的系列杀人案动机，街机厂商一个接一个干掉游戏高手，因为他们侵占了他的利润，但其实这是不可能的。TJ解释道，你会达到一定的境界，然后就没法继续进步了，而你迟早会丧失兴趣。

我们在第九大道的一家墨西哥馆子吃饭，他想方设法哄我谈我正在办的案子。我没透露细节，但最后还是说了些我本来不打算告诉他的内情。

“你知道你需要什么吗？”他说，“你需要我为你工作。”

“做什么呢？”

“随便什么！你不需要自己一个人满纽约跑来跑去，看看这个，查证那个。你应该做的是派我去。你不认为我能找到线索吗？哥们儿，我每天都在堕落街混，做的就是调查的活儿。这是我的职业。”

“所以我给了他些事情去做。”我对伊莱恩说。我们在第三大道的男爵剧院见面，看四点钟的一场电影，然后去一家新开的店吃东西，她听说那地方供应英式茶配司康饼和凝脂奶油。“之前他提到了一件事，让我在待查事项里加了一条，所以我觉得让他替我去查也很公平。”

“什么事？”

“投币电话，”我说，“凯南和他哥哥去送赎金的时候，对方叫他们去电话亭。他们在电话亭里接到电话，打电话的人差遣他们去另一个电话亭，他们又在那儿接到电话，对方让他们把钱留在车上，人去附近走一圈。”

“我记得。”

“对，昨天TJ打电话给我，聊到第一个硬币快用完的时候，我说我打电话给他，他说不行，因为他正在用的电话上没标号码。今天上午在去图书馆的路上，我在我那儿附近看了看，绝大多数公用电话确实是这样的。”

“你是说标着号码的小牌子不见了？我知道什么东西都会有人偷，但这么愚蠢的事情我还是第一次听说。”

“是电话公司拿掉的，”我说，“为的是不让毒贩使用。他们用投币电话打给寻呼机来互相联系，你能想象他们是怎么干的，现在不行了。”

“所以毒贩就没法做生意了，是吧？”她说。

“哈，反正登在报纸上肯定很好看。总而言之，这让我想到了布鲁克林的那些投币电话，不知道它们的号码有没有标出来。”

“有区别吗？”

“我不确定，”我说，“大概介于没什么和完全没有之间吧，所以我才没有自己去布鲁克林跑一趟。但我觉得掌握这个情报对我肯定没坏处，于是我给了TJ几美元，派他去布鲁克林。”

“他到了布鲁克林还认识方向吗？”

“等他回来就认得了。第一个电话亭离IRT[1]弗拉特布什大道地铁线路的终点站只有几个街区，因此很容易找，但我不知道他该怎么去韦特兰斯大道。我猜是先坐公共汽车离开弗拉特布什，然后步行很长一段路。”

“那儿附近情况怎么样？”

“我和库利兄弟开车经过的时候，看上去似乎挺正常。我没怎么留意。要是我没弄错，应该是个普通的白人工薪阶层居住区。怎么了？”

1　跨区捷运公司（Interborough Rapid Transit Company）曾是纽约地铁运营商，于1904年开始营收，现今则为纽约地铁A部门。——编者注

“你是说就像本森赫斯或霍华德海滩？我是说TJ会不会很显眼，就像个涂黑的大拇指？”

“我没想到这些。”

“因为在布鲁克林有些地方，见到一个黑人小子走在街上，人们的反应还是会很奇怪，就算他打扮得很保守，穿高帮运动鞋和突袭者队的夹克衫，而我凑巧知道他的发型很新潮。”

“他的后脑勺儿上剃了个几何图案。”

“我就知道。希望他能活着回来。”

“他不会有事的。”

到了晚上，她说：“马特，你只是想找点儿事给他做，对吧？我说的是TJ。”

“不，他省得我跑那一趟了。否则我迟早要自己去看看，或者和库利兄弟里的一个开车去。”

“为什么？你不能用你以前当警察时的花招，哄骗接线员告诉你号码吗？或者在反查目录里查一查？”

“你必须知道号码，才能在反查目录里查。反查目录只是把电话号码列在前面，你查一个号码，目录告诉你地址。”

“噢。”

“但确实还有一份目录按照地理位置列出投币电话的号码。是的，我可以打电话给接线员，冒充警察，问出我要的号码。”

“所以你只是在照顾TJ。”

“照顾？按照你的说法，我是派他去送死。不，我不是在照顾他。查目录或哄骗接线员能告诉我投币电话的号码，但无法告诉我电话上有没有标号码。我想知道的是这个。”

“哦，”她说。过了几分钟，她又说：“为什么？”

“什么为什么？”

“你为什么想知道投币电话上有没有标号码？有区别吗？”

“我不知道有没有区别，但绑匪知道该怎么打给那两个电话亭。假如号码是标出来的，那就没什么不正常的了。但要是没有标，那他们就通过某种方法查到了号码。”

“不是哄骗接线员就是查过目录。”

“而这意味着他们知道怎么哄骗接线员，或者知道去哪儿查投币电话的目录。我不知道这意味着什么。也许没什么意义。我想掌握这个情况，也许是因为关于电话，我能查到的只有这么多。”

“什么意思？”

“有一点一直在困扰我，”我说，“不是我派TJ去查的事情，无论有没有他帮忙，其实都很容易查到。但昨天夜里我睡不着，忽然想到绑匪只通过电话联系。他们只留下了这一丁点儿痕迹。绑架本身干净利落得就像吹了声口哨。尽管有几个人见到了绑架过程，之前那个老师在牙买加大道被绑走的时候，目击者更多，但他们没有留下任何能让你用来查证的线索。然而他们确实打过电话。他们打了四五个电话到库利在湾脊区的家里。”

“没有办法查到电话来源吗？通话结束后就不能查了？”

“应该有的，”我说，“昨天我打了一个多小时的电话，找几个电话公司的工作人员聊了聊。我知道了很多关于电话的运作知识。你打的每一通电话都有记录。”

“包括本地电话？”

“嗯。所以电话公司才知道你在每一个计费周期内使用了多少个报文单位。电话不像煤气表，后者只需要记录走了几个数字就行。每一通电话都会留下一笔记录，然后算在你的账户上。”

“数据会保留多久？”

“六十天。”

“所以你能搞到清单——”

“从一个特定号码打出的所有通话，电话公司是这么存储数据的。比方说我是凯南·库利。我打电话给电话公司，说我想知道我在某一天从本机打过多少个电话，他们就可以给我一份打印件，上面有我打的所有电话的日期、时间和时长。”

“但你要的不是这个。”

“对，不是。我想要的是打给库利的电话清单，但电话公司的数据不是这么存储的，因为这么做没有意义。他们的技术能让你在接电话前就知道打给你的是哪个号码。他们可以在你的电话上装个液晶屏的小玩意儿，显示来电号码，这样你就能决定接不接了。”

“但这东西还没上市吧？”

“是的，在纽约还没有，而且有争议。一方面它能减少骚扰电话，让大多数电话变态狂失业，但另一方面，警方担心它会让很多人不再打匿名电话报告线索，因为忽然间电话不再匿名了。”

“既然已经有这种装置了，假如库利在他的电话上安装一个——”

“那我们就会知道绑匪打电话用的号码了。他们很可能用的是投币电话，因为他们在其他方面表现得相当专业，但我们至少会知道是哪几部投币电话。”

“重要吗？”

“我不知道，”我承认道，“我不知道什么重要、什么不重要。但讨论这个也没意义，因为我不可能查到。在我看来，既然所有通话记录都被保存在电话公司的电脑里，那就肯定有办法根据呼出号码排序，但和我谈过的人都说做不到。数据不是那么存储的，因此他们没法那么查询。”

“我对电话的运作知识一窍不通。”

“我也是，害得我很头疼。我很想和他们讨论，但他们说的话我有一半都听不懂。”

“我明白你的意思，”她说，“咱们看橄榄球比赛的时候，我就是这个感觉。”

我在她家过了夜。第二天上午，她去健身房的时候，我花了她很多个报文单位。我打给好几个警察，撒了很多谎。

大多数时候，我声称自己是记者，正在为一份真实罪案杂志做绑架犯罪的综合报道。大多数警察不是不想和我说话就是没空陪我聊天，也有不少人乐于合作，但想谈的不是陈年旧案就是蠢得出奇的罪犯或办案手法特别高明的警察。而我想知道的是——唉，问题就出在这儿，我其实并不知道我到底想知道什么。我是在钓鱼。

在理想的情况下，我也许能钓到一条活生生的大鱼：被绑架但死里逃生的受害者。不难想象，绑匪的罪行是一路升级到杀人的，他们此前还曾经合谋或单独做过案，而受害者最终被释放。同样有可能的是，受害者以某种方式逃脱了。然而，推测存在这么一个女人和找到她之间有着天壤之别。

我伪装成一名自由撰稿的罪案记者，然而这对于我搜寻一名死里逃生的证人没什么用处。执法系统相当擅长保护强奸案的受害者——至少在出庭做证前都没问题。受害者一旦上了庭，被告的辩护律师会当着上帝和所有人的面重新侵犯她们。但没人会在电话上泄露强奸案受害者的名字。

于是我把目标转向性犯罪调查科。我变回了私家侦探马修·斯卡德，受雇于一位电影制片人，他正在制作一部与绑架和强奸有关的周末档电视电影。女主角的扮演者（目前我无权透露她的身份）想要深入钻研这个角色，希望能和曾经遭受过如此磨难的女性面对面交流。简而言之，她想在不需要亲身经历一遍的前提下尽可能多地了解当时的情况，为她提供帮助的女性将会作为技术顾问得到一份报酬，假如愿意的话，她的名字可以被列入片尾的致谢名单。

当然了，对方的姓名和电话号码不需要直接给我，我也绝对不会去主动联络对方。我的想法是，某个办案人员——最好是个做受害者心理辅导的女人——能帮忙联系一下她认为有可能答应的受害者。我解释道，在电影设置的情境中，女主角会被一对施虐狂强奸犯绑架，挟持她进入一辆货车，残酷虐待她，用可怖的肉体伤害威胁她，特别是威胁要把她弄残废。显而易见，假如有哪个受害者的遭遇与这个虚构的故事类似，那就是我们最理想的人选了。假如这样的女性愿意帮我们一把，借此机会为有可能遭遇如此不幸的其他女性尽一份力，或者为有过如此经历的人提供一个宣泄甚至疗愈的机会，指导一位好莱坞女明星扮演这个有可能成为经典的角色——

这套故事的效果好得出奇。即便在纽约，一个你随时都会碰到电影剧组在街头拍摄外景镜头的地方，仅仅提到电影业，依然足以勾起人们的兴趣。“要是有人感兴趣，让她打个电话给我。”我最后总结道，并留下我的名字和号码，“她们不需要向我透露姓名。她们愿意的话，可以全程匿名参与。”

我正在向曼哈顿性犯罪调查科的一个女人讲这套故事时，伊莱恩走了进来。我放下电话，她说：“你在旅馆怎么接这么多电话？你很少待在房间里。”

“可以留言给前台。”

“但她们不会想要留下名字和回电号码的。算了，把我的号码给她们吧。我通常都在家，就算不在，答录机里至少也是个女人的声音。我来当你的助手吧，我可以帮你筛选出愿意留下姓名和地址的人。有什么不行的吗？”

“当然没有，”我说，“你确定你愿意帮我这个忙？”

“当然。”

“那我可太高兴了。刚才那是曼哈顿的，之前我给布朗克斯区打过电话了。我打算把布鲁克林和皇后区留在最后，因为我们知道他们在那儿作过案。我想在打电话给这两个地方前把我的故事编得更真实合理一点儿。”

“现在够真实合理了吧？倒不是我想管天管地，但你觉得由我来打电话会不会比较好？你的语气已经尽可能温柔和有同情心了，但要我说，只要‘强奸’这两个字从男人嘴里吐出来，我就总是怀疑他会不会在借此过干瘾。”

“我明白。”

“我是说，你光是说‘周末档电影’这几个字，女人听到的潜台词就是女性权益又要在另一部下流的剥削电影里受到侵犯了。但要是换成我来说，对方潜意识里得到的信息则是这件事从头到尾得到了全国妇女组织的支持。”

“你说得对。我觉得进行得还算顺利，尤其是刚才打给曼哈顿的时候，但确实存在很大的阻力。”

“亲爱的，你已经很有说服力了。但要是换成我呢？”

我们先对了一遍台词，确保她完全消化了，然后我拨通皇后区地检署的性犯罪调查科的电话，把听筒递给她。她这通电话打了近十分钟，语气既诚恳又老练，一听就是业内人士，等她挂断电话，我都想鼓掌了。

“你觉得如何？”她问，“会不会太诚挚了？”

“我觉得简直完美。”

“真的？”

“嗯。你撒谎撒得这么熟练，都有点儿吓人了。”

“我知道。听你打电话的时候，我心想，他为人这么诚实，从哪儿学会那么撒谎的？”

“我认识的那些优秀警察，个个都是撒谎高手。”我说，“我们每时每刻都在扮演角色，面对不同的人摆出不同的态度。做私家侦探的时候，这个技能就变得更加重要了，因为你经常需要询问你在法律层面无权获取的信息。假如我真的擅长撒谎，那大概就是工作要求的一部分吧。”

“我也一样，”她说，“现在仔细想来，我其实永远在演戏，演戏就是我的职业。”

“顺便说一句，昨晚你演得很不错。”

她白了我一眼：“但让人厌烦，是不是？我说的是撒谎。”

“你想退出了？”

“胡说什么，我才刚热好身。还有哪儿要打电话，布鲁克林和斯塔滕岛？”

“斯塔滕岛就算了吧。”

“为什么？斯塔滕岛没有性犯罪？”

“性在斯塔滕岛就是犯罪。”

“哈哈。”

“不开玩笑了，他们应该也有性犯罪调查科，但比起另外几个大区，那儿的犯罪率几乎等于零。而且我也没法想象三个满脑子想着强奸和伤害他人的男人会开着一辆厢式货车驶过韦拉扎诺大桥。”

“所以我只剩一通电话需要打了？”

“也不是，”我说，“每个大区的警察局也都有自己的性犯罪调查科，各个分局通常也有专门办理强奸案的警探。你只需要请前台警员转接相应人员就行。我可以列个单子，但我不知道你能花多少时间做这件事。”

她递给我一个勾人的眼神。“只要你有钱，宝贝儿，”她调笑着说，“我就有时间。”

“说到钱，没理由让你给我打白工。库利没理由不发你一份薪水。”

“唉，行了吧。”她说，“每次我找到一个爱好，就有人非要塞钱给我不可。不，我说真的，我不要钱。等这件事过去了，你带我去个超级豪华的餐厅吃顿饭吧，怎么样？”

“你说了算。”

“吃完饭，”她说，“你可以塞给我一百美元叫出租车。”

第8章

我又坐了一会儿，听完她把布鲁克林地检署的一个办事员迷得不知道自己姓甚名谁，然后留给她一份名单让她打电话。我步行去了图书馆。她不需要我的指导。她的本事是天生的。

来到图书馆，我继续做我昨天上午开了个头儿的事情：查阅过去六个月《纽约时报》的缩微胶片存档。我找的不是绑架案，因为我不认为我能找到类似的报道。我猜测他们曾经屡次当街掳人但没有目击者，或者目击者没有报警。因此我在找的是出现在公园或小巷里的尸体，尤其是受害者受到过性侵和肢体伤害，特别是被分尸的。

但有个问题：牵涉到这种细节的案子往往不会登上报纸。警方的标准做法是对外隐瞒尸体受损的具体细节，以免遭受形形色色的干扰，例如冒名自首的夸大狂、喜欢模仿犯罪的变态和假冒的目击者。至于报社，他们往往也不愿让读者接触过于血腥的细节。等报道送到读者手上的时候，你很难弄清楚究竟发生了什么。

几年前，下东区有过一个专杀少年的性罪犯。他会把少年骗到屋顶上，捅死或勒死受害者，然后毁坏尸体。他逍遥法外了相当长一段时间，办案的警察甚至给他起了个外号：剁刀手查理。

自然而然，跑犯罪口的记者也这么叫他——当然不是在报纸上。纽约的任何一家报纸都不会把这个小细节泄露给读者，更不会在读者知道他剁掉了什么之前使用这个外号。因此他们不用任何名字称呼他，报道里也只说凶手毁坏或破坏了尸体，具体是仪式性的剖腹掏肠还是剪了个难看的发型就不得而知了。

现如今他们就没这么守规矩了。

我逐渐找到了诀窍，飞快地浏览一周又一周的报纸。我不需要看完一整份报纸，只看大都会专版就行，因为这儿集中了本市的所有罪案新闻。最浪费时间的东西依然是每次在图书馆里最容易让我走神的东西：我很容易被与案件无关的内容分散注意力。还好《纽约时报》上不登漫画，否则抵抗六个月内连载的《杜恩斯比利》[1]的诱惑可真是不太容易呢。

离开图书馆的时候，我的记事本上多了六起有可能与此相关的案件，其中一起尤其相似。受害者在布鲁克林学院学习财会，她失踪三天后在绿荫公墓被一名观鸟人发现。报道称她受到了性侵和性残害，我觉得言下之意是有人用切肉刀对她做了些什么。公墓现场的证据表明她是在其他地方遇害后被弃尸的。警方对玛丽·戈特斯

---

1 美国漫画家加里·特鲁多（Garry Trudeau）于1970年开始连载的连环漫画。虽然漫画中的故事是在讲述虚构的瓦尔登学院中一群大学生的生活，然而内容大多数都与政治和社会时事的评论相关。——编者注

坎德也得出了相同的结论，凶手把她遗弃在森林公园高尔夫球场上的时候，她已经死了。

下午六点左右，我回到旅馆。前台有伊莱恩和库利两兄弟的留言，另外还有三张字条，都只写着TJ打过电话。

我先打给伊莱恩，她说她打完了名单上的所有电话。“最后我都开始相信我的这个幌子了，”她说，“我心想，这很有意思，但等我们拍电影的时候就更有意思了。只可惜不会真有这么一部电影。”

“我猜应该已经有人拍过了。”

“不知道会不会有人打电话给我。”

我打给凯南·库利，他想知道一下我的进展。我说我已经找到了几个调查方向，但不会立刻就有结果。

“但你认为咱们是有机会的？”他说。

“肯定有。”

“很好，”他说，“听着，我打电话是想说，我要出国几天，生意上的事情。我必须跑一趟欧洲。我明天从肯尼迪机场出发，星期四或星期五回来。要是发现了什么，你就打给我哥哥。你有他的号码，对吧？”

彼得的号码就写在我面前的另一张纸条上。放下凯南的电话后，我紧接着打给了彼得。彼得听上去迷迷糊糊的，我说不好意思，打扰你睡觉了。他说：“不，没事，还好你叫醒了我。我在看篮球赛，结果坐在电视机前睡了过去。我不喜欢这样，每次醒来总是脖子疼。我之前打电话是想问，你晚上会不会去参加戒酒会的活动。”

“应该会的。”

“嗯，我去接你，咱们一起去参加如何？周六晚上在切尔西有一场，我习惯参加他们的活动，小组气氛很融洽，八点整在十九街的西班牙教堂开始。”

“我好像不知道那地方。”

“地方稍微有点儿远，刚戒酒的时候，我在那儿附近参加一个针对门诊病人的康复项目，结果那儿成了我每周六必去参加的活动。不过最近我去得少了，但现在我有车了，你知道的，弗朗辛的丰田在我这儿——”

“对。”

“七点半我去你的旅馆门口接你，怎么样？”

我说我觉得可以。七点半我走出旅馆的时候，他的车停在门口。我很高兴我不需要走路出门。下午一直在断断续续地飘雨点儿，这会儿雨大了起来。

去戒酒会活动的路上，我们聊了聊体育比赛。棒球队春训已经开始一个月了，再过不到一个月，本赛季就将开球。今年春天我有点儿提不起兴致来，等赛季开始，我也许就会被气氛感染。不过最近的新闻全都是合同谈判，某个球员心情低落，因为他知道他的价值不止每年八千三百万美元。我说不准，也许他确实值更多的钱，也许他们全都值，但这种数字让我很难在乎他们的输赢。

“我觉得达里尔[1]总算准备好认真打球了，”彼得说，“过去这几个星期，他打出了不少好球。”

“只可惜他已经不是我们的人了。”

“事情总是这样的，对吧？咱们等他完全发挥出潜力，结果几年过去，这一天到了，他却身穿道奇队的制服。”

1　达里尔·斯多伯里（Darryl Strawberry, 1962—），美国棒球运动员。——编者注

我们在二十街停了车，绕过一个街区来到教堂。这一天是圣灵降临节，人们用西班牙语和英语举行仪式。戒酒会的活动地点在地下室，有四十多个人参加。我见到了几张在城里其他地方参加活动时见过的熟面孔。彼得和几个人打招呼，其中一个女人说好久不见，彼得说他在其他地方参加活动。

这儿的活动形式在纽约其他地方很少见。演讲者说完他的故事后，大家会分成五个小组，每组七到十个人，围坐在一张桌子旁。有一张桌子是给新来者准备的，一张桌子用来进行一般性的讨论，一张桌子用来讨论十二步戒酒法，我忘记另外两张是用来做什么的了。彼得和我都加入了一般性讨论，人们聊他们目前的生活状况和他们如何想方设法保持清醒。比起探讨固定的议题或戒酒的什么哲学支柱，这种讨论对我来说似乎更有教育意义。

一个女人不久前开始担任酗酒问题的顾问，她说每天八小时在工作中处理同一个问题之后，她很难再提起兴致来参加戒酒会的活动。“你很难把两者分开。”她说。一个男人说到他刚刚被查出艾滋病阳性以及他正在如何应对这个难题。我说了说我这份工作的死循环本质，假如长时间不工作，我会变得焦躁不安，可一旦有了工作，我就会给自己太多压力。“我喝酒的时候更容易找到平衡，”我说，“但现在不能靠喝酒了，来参加活动对我有帮助。”

轮到彼得的时候，他以评论其他人提出的观点为主，没怎么说他自己的情况。

十点钟，所有人手拉手围成一圈祈祷。走出教堂时，雨已经小了。我们回到车上，他问我饿不饿，我才发觉自己的确很饿。我没吃晚饭，白天也只是在从图书馆回旅馆的路上吃了块比萨。

“马特，喜欢中东菜吗？我说的不是路边摊的炸豆丸子，而是真正的中东菜。因为格林威治村就有个相当不错的馆子。”我说听上去不错。“或者我还有个主意，咱们可以去老地方转一圈。除非你最近在大西洋大道待得太久，已经不想再去了。”

“那儿好像有点儿远吧？”

“嘿，咱们不是有车吗？既然有车，那就应该好好利用一下。”

他把车开上布鲁克林大桥，我正在想雨中的大桥美不胜收，他说：“我太喜欢这座桥了。前几天我读到一篇文章说所有的桥梁都在老化。你不能扔着一座桥不管，你必须做好日常维护，市政府倒是在做，但远远不够。”

“因为没钱。”

“怎么可能没钱呢？这么多年来，市政府无论想干什么都掏得起腰包，现在忽然间就没钱了。怎么会变成这样，你知道吗？”

我摇摇头：“我觉得不止是纽约，到处都一样。”

“是吗？因为我只能看见纽约，而这座城市似乎正在四分五裂。那个词是什么来着，基础设施？我想说的是这个，对吧？”

“应该是吧。”

“基础设施正在崩溃。上个月主供水管又爆了。怎么说呢，所有系统都上年纪了，各个部件都在老化。十几二十年前，谁听说过主供水管会爆？你记忆中发生过这种事吗？”

“不记得了，但不等于没有发生过。虽然发生过很多事情，但我都没注意到。”

“嗯，对，有道理。我也一样。现在也还是这样，很多事情发生了，但我没注意到。”

他选的餐馆在法院街上，离大西洋大道有半个街区。在他的建议下，我点了菠菜馅儿饼当开胃菜，他向我保证它和希腊馆子里的菠菜派不是一码事。他说得对。主菜是砂锅炖的碎麦仁与嫩煎肉丁和洋葱，同样非常好吃，但我一个人根本吃不完。

“你可以打包带回家，”他说，“喜欢这地方吗？并不华丽，但饭菜好得没话说。”

“难怪这么晚还不打烊。”

“星期六晚上？他们会一直开到半夜十二点，甚至更晚。”他在椅子里向后一靠，“要想让这顿饭吃得完美，就要提一提怎么收尾了。听说过亚力酒吗？”

“和乌佐酒[1]差不多？”

“有点儿像。有一定的区别，但确实有点儿像。你喜欢乌佐酒吗？”

“很难说喜不喜欢。五十七街第九大道路口以前有家酒吧叫安塔列斯与斯派罗，希腊人开的——”

“开玩笑吧？这名字叫的。”

“——有时候我在吉米·阿姆斯特朗那儿喝了一整夜波本威士忌出来，会在那儿喝一两杯乌佐当睡前饮料。”

“乌佐盖波本？”

“当消化药，”我说，“能让胃里舒服一点儿。”

“听上去是想要它永远舒服下去。”他朝侍者挥挥手，示意再来一杯咖啡。“前两天我真的很想喝一杯。”他说。

“但你没喝。”

“对。”

“这才是最重要的，彼得。想喝酒很正常。自从戒酒以来，这

1　乌佐酒是希腊人喜欢喝的茴香烈酒，42度左右。亚力酒是中东地区用葡萄发酵后加入茴香制作的烈酒。

不是你第一次想喝酒了，对吧？”

“对。”他说。侍者过来给我们倒咖啡。等他走开，彼得说：“但这是我第一次考虑要不要喝。”

“认真考虑？”

“对，确实可以说是在认真考虑。”

“但你还是没喝。”

“对，”他说，低头看着咖啡杯，“但我险些做了什么呢？我险些嗑药。”

“毒品？”

他点点头。“白粉，”他说，“你碰过海洛因吗？”

“没有。”

“试都没试过？”

“根本没考虑过这个可能性。我甚至不认识吸毒的人，连喝酒的那段时间也不例外。当然，除了时不时被我逮捕的那些人。”

“所以白粉仅限人渣使用了？”

“我一直是这么认为的。”

他温和地笑了笑：“你认识的人里很可能就有人在吸。他们只是不让你知道而已。”

“有这个可能性。”

“我一直很喜欢这东西，”他说，“算我好运气，否则我说不定已经死于艾滋病了。知道吗？不注射也一样会成瘾。”

“我也是这么听说的。”

“我嗑坏过两次，把我吓坏了。我靠酒精戒了毒瘾，然后，呃，后面的你都知道了。戒毒靠的是我自己，但我不得不去康复机构戒酒。因此，尽管真正打垮我的是烈酒，但我骨子里不但是酒鬼，也是一条毒虫。”

他喝了一口咖啡。“我想说的是，”他说，“通过毒虫的眼睛，你会看见一个截然不同的城市。我是说，你曾经是警察，现在是侦探，你当然懂街头智慧，但咱们一起走在街上，我见到的毒贩肯定比你多。我能认出他们，他们也能认出我。无论我去纽约的哪个角落，用不了五分钟，我就能找到一个愿意卖货给我的家伙。”

“所以呢？我每天都会从酒吧门口走过，你也一样。道理是一样的，对吧？”

“应该是。但最近我觉得海洛因特别诱人。”

“彼得，没人敢说戒瘾是很容易的。”

“刚开始确实很容易，但现在越来越困难了。”

回到车上，他又捡起这个话题：“我心想，你有什么好烦恼的呢？或者我去参加戒酒会的活动，我心想，这些家伙都是什么人？他们从哪儿来？还有胡扯什么把一切交给全能的上帝，然后你的生活就会变成美味的蛋糕。你相信这些鬼话吗？”

“相信什么？生活是美味的蛋糕？不怎么信。”

“生活更像是夹着狗屎的三明治。唉，你相信上帝的存在吗？”

“取决于你什么时候问我。”

“今天呢？现在我问你，你相信上帝的存在吗？”我好一会儿没有回答他。他说：“算了，我不该打探你的隐私的。对不起。”

“不，我只是在思考该怎么回答。我猜我之所以答不上来，是因为我认为答案无关紧要。”

“有没有上帝并不重要？”

“嗯，能有什么区别呢？无论如何，我都必须熬过这一天。不管上帝存不存在，我都是个喝酒会危及生命的成瘾者。你说区别在哪儿？”

“戒酒会活动的核心就是全能的上帝。”

“对，但无论他存不存在，我相不相信他的存在，戒酒会的宗旨都还是一样的。”

“既然你不相信他的存在，你又怎么能把你的意志交给他呢？”

“因为我愿意放手。别企图控制一切。通过采取适当的行动，让事情按照上帝的意愿去发展。”

“无论他存不存在？”

“对。”

他思考了一会儿。“我不确定，”他说，“我从小受到的教育就是相信上帝。我上的是教区学校，他们教什么我就学什么。我从没怀疑过。我去戒酒，他们说去寻求全能的上帝，我说好的，没问题。然后那帮王八蛋把弗朗辛剁成块儿还回来。哥们儿，什么样的上帝会允许这种事发生啊？”

“坏事总会发生。”

“那是你没见过她。她为人真的很好。可爱，正派，纯朴。一个美丽的人。和她在一起，你会想当一个更好的人。不，不止是想。她会让你觉得你能变成一个更好的人。”他在红灯前刹车，左右看看，然后开了过去，“有次我这么做被开了一张罚单。半夜三更，我停车，左右两边儿英里内都没一辆车，你说什么样的白痴会乖乖等绿灯？该死的警察熄了车灯，守在街区半中间，逮住我开了张罚单。”

“看来这次咱们逃过去了。”

“似乎是的。凯南偶尔用点儿白粉。不知道你知不知道。”

“我怎么可能知道。”

“我猜你也不知道。他一个月也许会用掉一小袋，甚至更少。对他来说，这是休闲活动，他去爵士乐俱乐部，躲在男厕所里做这件事，这样能更好地享受音乐。重点在于，他从不让弗朗辛知道。他知道她不可能赞成，而且不想做任何会让她看不起他的事情。”

“她知道他贩毒吗？”

“贩毒是另一码事。那是生意，是他的职业。而且他也不打算一辈子贩毒。做几年就上岸，这是他的计划。”

“每个人都是这么计划的。”

“我明白你的意思。总而言之，她能接受这个。这是他的谋生之道，这是他做的生意，那些事发生在另一个世界里。但他不希望她知道他偶尔会吸毒。”他沉默片刻，然后说，“有一天他嗑嗨了，被我逮了个正着，他居然还不承认。我是说，哥们儿，他想在吸不吸毒这件事上瞒过一个毒虫吗？他显然都快嗨上天了，却发誓说他没有。我猜原因是我戒毒也戒酒了，他不想把诱惑摆在我面前，但你不能侮辱我的智商，对吧？”

“他能嗑而你不能，你难道不生气吗？”

“我生不生气？我当然生气了。他明天要去欧洲。”

“他告诉我了。”

“他似乎要去谈一笔大生意，积攒些现金。做毒品生意，操之过急就等于自投罗网。下场有可能比被捕更糟糕。”

“你担心他？”

“天哪，”他说，“我担心咱们所有人。”

在回曼哈顿的大桥上，他说：“小时候我特别喜欢大桥。我收集桥梁的照片。我老爸于是认为我应该当建筑师。”

“说到这个，你还是可以去当的。”

他哈哈一笑：“怎么当？回去上学？不，你要明白，我自己从没动过这个念头。我没有想要造桥的兴趣。我只是喜欢看大桥。要是哪天想一了百了，我说不定会去跳布鲁克林大桥。掉到一半的时候忽然改了主意肯定很好玩，对吧？”

“有次我听过一个人说，他在一座桥上突然从恍惚状态中醒来，好像就是这座桥，人站在栏杆外面，一条腿伸在半空中。”

“真的？”

“我觉得他说得很认真。他完全不记得他是怎么去那儿的，然后突然惊醒，发现他一只手抓着栏杆，一条腿在半空中。他爬回桥上，然后就回家了。”

“然后多半喝了一杯。”

“应该是的。但你想象一下，万一他五秒钟以后才醒来。”

“你是说等他再迈出一步以后？那感觉肯定很可怕，对吧？还好不会持续太久。唉，我应该上另一条车道的。不过没关系，只是多绕几个街区而已。反正我也很喜欢桥下这一片。马特，你经常来这儿附近吗？”

我们正在经过南街码头，这是个围绕富尔顿街鱼市设立的修建区。“去年夏天，”我说，“我女朋友和我在这儿玩了一个下午，逛商店，找了家餐馆吃饭。”

“虽说这儿有点儿太雅皮了，但我很喜欢。不过夏天不行，你知道什么时候最漂亮吗？就像现在这样的夜里，天比较冷，街上空荡荡的，再下点儿雨。到了这种时候，桥下这一片真的非常美。”他哈哈一笑。“这话一听就是嗑嗨了的毒虫说的，”他说，“你给他看伊甸园，他会说他希望这儿黑洞洞、冷冰冰，能多凄惨就多凄惨。而且他希望整个园子里只有他一个人。”

回到我住的旅馆门口，他说：“马特，多谢了。”

“谢什么？我本来就打算去参加一场活动的。我应该谢你开车带我兜风。”

“嗯，呃，谢谢你能陪着我。最后还有一个问题，我整个晚上一直想问你来着。你为凯南查的这个案子，你认为查出个眉目的机会有多大？”

“我可不只是在走个过场。”

“当然，我知道你在尽最大的努力。我只是想知道，你认为努力能得到回报的机会有多大。”

“有一定的机会，”我说，“我不确定有多大。能让我往下查的线索并不多。”

“我明白。要我说，刚开始你几乎什么线索都没有。当然了，你从职业人士的角度看问题，得出的结论很可能不一样。”

“很大程度上取决于我目前开展的那些工作能不能揭出点儿什么来。另外，彼得，他们未来的行动也是个决定因素，而我们不可能预测他们接下来会做什么。我乐不乐观？那要看你什么时候问我了。”

“和你对全能上帝的看法一样，对吧？但问题在于，假如你的结论是不可能找到他们，请别急着告诉我弟弟，可以吗？拖上一两个星期再说。到时候他会认为他已经尽力了。”

我没有说话。

“我的意思是——”

“我知道你是什么意思，”我说，“问题在于，这种事不需要别人来叮嘱我。我一向是个固执的死脑筋。一旦我开始做一件事，就不太可能再放手了。实话实说，我认为这就是我能破案的首要原因。我能破案不是因为我有多聪明。我只是像牛头犬似的咬住不放，直到能扯出点儿什么为止。”

“而迟早会有东西被扯出来？我知道有句老话叫法网恢恢，疏而不漏。”

“以前好像是这么说的，现在不太有人提了。因为有太多的杀人犯躲过了法网。”我下了车，然后探身回车里，说完这段话。“这是从一个角度看，”我说，“但是换一个角度看，他们也躲不过。我不信一个人犯了法会没有任何报应。”

第9章

那天夜里我很晚才睡着。我想睡，但睡不着；想读书，却看不进去。最后我摸黑坐在窗口，望着雨点穿过路灯的光线。我坐在那儿浮想联翩。“年轻的思绪总是很长很长。”这句话是我在一首诗里读到的，然而只要你睡不着，外面在下轻柔的夜雨，无论你是什么年纪，思绪都有可能变得很长很长。

第二天上午十点左右，电话响了，我还没起床。TJ说：“有笔吗，老哥？快去拿笔来，我说你记。”他念出两个七位数的号码。“别忘了写718，因为必须先拨区号。”

“打过去会找到谁？”

“要是我第一次打给你的时候你在家，打过来就会找到我。哥们儿，你比好运气还难找啊！星期五下午我打给你，星期五晚上又打给你，昨天一天一夜不停打给你，直到半夜十二点才停下。你这人太难找了。”

“我出去了。”

“嗯，我多多少少猜到了。哥们儿，你派我跑的这一趟够带劲的。布鲁克林，走上几天也见不到头。”

“布鲁克林确实很大。”我附和道。

“大得毫无必要嘛。我去的第一个地方，坐地铁一直到终点站。车开到地面上，我见识了好多漂亮屋子，就像电影里的老镇子，完全不像纽约。我找到第一个电话亭，打给你，家里没人。然后我去找第二个电话亭，哥们儿，可真是让我一顿好找。我经过的几条街道，人们看我的眼神像是在问：‘黑鬼，你来这儿干什么？’虽说没人开口，但耳朵稍微尖一点儿就能听见他们在想什么。”

“你没遇到麻烦吧？”

“哥们儿，我从来不会遇到麻烦。知道我是怎么做的吗？麻烦还没找到我，我就已经瞅见它了。我找到了第二个电话亭，第二次打给你。没找到你，因为你不在家。于是我心想，哎，也许我离另一个地铁站比较近，因为我从刚开始下车的车站已经走出去几英里了。于是我走进一家糖果店，说：‘麻烦能告诉我最近的地铁站在哪儿吗？’知道我是怎么说的吗？告诉你吧，就像电视里的播音员。店里那老兄看着我说：‘地铁？’就好像他从没听见过这个词，他根本没法理解这个概念。于是我怎么来就怎么回，哥们儿，一直走到弗拉特布什线的终点，因为至少我还知道怎么去那儿。”

“我猜那儿本来就是最近的一个地铁站。”

“我猜你说得对，因为后来我看了看地图，确实没找到比它更近的车站。哥们儿，别离开曼哈顿的理由又多了一条：不管你在哪儿，附近肯定有地铁。”

“我会好好记住的。”

“真希望我打电话的时候你在家。我全计划好了，我把号码念给你，说：‘立刻打过去。’你拨号，我拿起听筒说：‘是我。’现在说给你听似乎没那么酷了，但当时我真是迫不及待。”

“看来那几部电话都标着号码。”

“哦，对了！我忘记说了。第二个电话亭，就是我千里迢迢走到韦特兰斯大道找到的那个，每个人看我的眼神都很奇怪的那个地方，那部电话标着号码。另一个电话亭，在弗拉特布什大道法拉格特路的路口，那部没有。”

“那你是怎么查到号码的？”

“哈，因为我有办法。我跟你说过，对吧？”

“不止一次了。”

“我是怎么做的呢？我打给接线员，说：‘哎，姑娘，怎么回事？这部电话上没标号码，我怎么知道我是从哪个号码打出去的？’然后她说什么她看不到我这部电话的号码，所以她也帮不了我。”

“似乎不太可能。”

“我也这么认为。我心想，他们有各种各样的设备，你打给查号台问一个号码，你还没说完他们就报给你了，怎么可能不知道你正在用的电话的号码呢？然后我心想，TJ你个白痴，他们去掉号码是为了对付毒贩，而你说话的语气和毒贩一模一样。于是我挂掉电话，重新拨0，那是个免费号码，你可以从早到晚打给接线员，一毛钱都不用花。而且你知道每次拨过去，接电话的人都不一样。这次换了个姑娘听电话，我去掉了声音里的所有街头腔，我说：‘小姐，也许您能帮我一个忙。我在公用电话亭里，我必须把号码留给办公室，让他们打给我，但有人用喷漆在电话上乱涂，所以我认不出号码到底是什么。不知道您能不能帮我查一下线路，然后把号码告诉我。’我都还没说完，她就已经把号码念给我听了。马特？妈的。”

录音切进来，要他继续投币。

“两毛五用完了，”他说，“我得再塞一个角子。”

“把号码给我，我打给你。”

“不行。我这会儿不在布鲁克林，也没打给接线员去骗这部电话的号码。”他投了一枚硬币，电话叮的一声响，“好了，可以继续聊了。不得不承认，我搞号码的办法挺狡猾的。还在吗？你怎么什么都不说了？”

“我惊呆了，”我说，“我不知道你还能那么说话。”

“你是说像正经人那么说话？我当然能了。我混街头不等于我什么都不懂。那是两种语言，你正在和一个双语混混聊天呢。”

“嗯，佩服之至。”

“是吧？我能去布鲁克林又活着回来，你肯定已经很佩服了。接下来要我做什么？”

“暂时没有。”

“没有？该死，肯定有点儿什么可以交给我的。这个活儿我做得不错，对吧？”

“岂止不错，而是了不起。”

“我是说，哥们儿，你不需要是火箭科学家也能找到去布鲁克林的路，然后再回来。但我从接线员那儿搞号码的招数相当酷，对吧？”

“那还用说。”

“所以我确实很有办法。”

"非常有办法。"

"但你今天还是没活儿可以交给我。"

"很抱歉，没有，"我说，"过上一两天再来问问我。"

"问问你？"他说，"哥们儿，要是你能在家让我问，我保证每天从早到晚都问你。知道谁该搞个寻呼机吗？哥们儿，你就该去搞一个。我可以呼你，然后你对自己说：'肯定是TJ在找我，事情肯定很重要。'你笑什么？"

"没什么。"

"那你为什么要笑？我每天都打电话给你，因为我觉得你需要我帮你做事。不许顶嘴，哥说得对。"

"哈，押了个好韵。"

"就知道你喜欢，"他说，"特地留给你的。"

星期天下了一天雨，白天我基本上没出门。我开着电视，在ESPN转播的网球赛和另一个电视网转播的高尔夫球赛之间切换。有时候网球能吸引我的注意力，但今天不行。高尔夫球从来都没法吸引我的注意力，但景色优美，解说员也不像解说其他比赛的时候那么唠叨，因此我可以拿它当个消遣，同时脑子里想别的事情。

下午过了一半，吉姆·法布尔打电话取消了固定的周日晚餐。他妻子的一个亲戚过世了，他们必须去露个面。"咱们这会儿可以找个地方喝杯咖啡，"他说，"但外面的天气太糟糕了。"

于是我们打了十分钟的电话。我说我有点儿担心彼得·库利，说他也许会破戒喝酒或吸毒。"听他说海洛因的语气，"我说，"害得我都想试一试了。"

"我注意到过毒虫的这个特点，"他说，"他们说话都带有那种向往的语气，就像一个老人在谈论他失落的青春。你知道的，假如一个人想开戒，你是拦不住他的。”

“我知道。”

“你不是他的监督人吧？”

“不是，但他没有监督人。而且昨晚他把我当成了监督人。”

“还好他没有正式请你当他的监督人。你已经和他弟弟有职业往来了，在一定程度上也和他有关系。”

“我想到了这个问题。”

“但就算他开口，他也同样不会成为你的责任。你知道当一个好监督人的首要条件是什么吗？自己保持清醒。”

“我好像听说过。”

“多半是听我说的。但没人能让其他人保持清醒。我是你的监督人。我逼着你不碰酒了吗？”

“没有，”我说，“我能保持清醒，不是因为有你。”

“不是因为有我，还是因为烦我？”

“也许都有一点儿。”

“所以彼得的问题到底出在哪儿？觉得自己很倒霉，因为他不能喝酒或者打针？”

“对，基本上就是因为这个。另外，上帝让他很生气。”

“谁不呢？”

“因为什么样的上帝会允许那种事发生在他弟媳那么好的一个人身上？”

“上帝从古到今干的就是这种事。”

“我知道。”

“另外，他也许确实有理由。也许耶稣要她去做一束阳光。记得那首歌吗？”

“我好像没听过。”

“上帝做证，希望你永远不要听到我唱，因为我只有喝醉了才会唱这首歌。你觉得他会不会在和她睡？”

“我觉得谁会不会在睡谁？”

“和谁睡。你觉得彼得会不会在和他弟媳睡？”

“我的天，”我说，“我为什么要这么想？你的内心太扭曲了，你自己不知道吗？”

“都怪和我来往的某些人。”

“肯定怪他们。不，我不认为他在睡他弟媳。我认为他只是很难过，我认为他想喝酒吸毒，我希望他不要那么做。没别的了。”

我打给伊莱恩，说我有空和她一起吃晚饭，但她的朋友莫妮卡已经约好了要去她家。她说她们打算叫中国菜外卖，欢迎我过来，这样她们就可以多点几个菜了。我说我就免了吧。

“你担心我们两个闺密会咬一晚上的耳朵，”她说，“你担心得有道理。”

我正在看《六十分钟》的时候，米克·巴卢的电话打了进来，我看着电视和他聊了十几分钟。我一口气告诉他我如何订了去爱尔兰的机票又如何不得不取消行程。他说我没法过去固然可惜，但很高兴我找到了事情做，免得我闲得发慌。

我稍微说了几句我正在干什么，但没说雇我的是个什么样的人。他对毒贩没有任何同情心，偶尔靠闯进毒贩家抢现金来贴补开销。

他问纽约天气如何，我说下了一整天的雨。他说他那儿永远在下雨，他都不太记得太阳长什么样了。“对了，你有没有听说过？

他们找到了耶稣是爱尔兰人的证据。”

“是吗？”

“当然了，”他说，“你想一想所有的事实。他和父母住在一起，直到二十九岁。在他生命中的最后一个晚上，他还在外面和弟兄们喝酒。他认为他母亲是处女，而她，一个好女人，认为他是上帝。”

新的一个星期缓缓拉开帷幕。我继续一点一点啃库利的案件——这么说应该也没错。我想办法问到了办理莱拉·艾尔瓦雷斯凶杀案的一名警官的名字。她就是被弃尸格林伍德公墓的那个布鲁克林学院的学生。负责查案的不是七十二街分局，而是布鲁克林警察局的凶杀科。主导调查的是约翰·凯利警探，但我联系不上他，我也不想留下名字和电话号码。

星期一我见到了伊莱恩，她很失望，因为强奸案受害者没有把她的电话打得响个不停。我说她未必一定会收到任何消息，钓鱼有时候就是这样的，你必须往水里下许多个带饵的钓钩，而且有时候等上很久，鱼儿未必会咬钩。这才刚开始，我说。她找的那些人很可能会过了周末才开始打电话。

“今天已经过完了。”她提醒我。我说，就算她们开始打电话了，联系受害者肯定需要一定的时间，而受害者也需要考虑几天才会下定决心打电话。

“或者决定不打。”她说。

星期二过去了，依然没有电话打进来，她更加气馁了。星期三晚上我打给她的时候，她非常兴奋。好消息是有三个女人打电话给她。坏消息是三个电话似乎都和杀死弗朗辛·库利的那伙凶手没关系。

一个女人在公寓楼走廊里被单独作案的犯人伏击。他强奸了她，抢走了她的手包。另一个女人从学校搭车回家，她以为邀请她上车的男人也是学生。他用刀逼着她去后座躺下，但她幸运地逃脱了魔爪。

“是个皮包骨头的小子，而且也是单独作案，”伊莱恩说，“所以我认为很难把他当作你的嫌犯。第三个电话是约会强奸，或者勾搭强奸，我不知道你们的正式叫法是什么。按照她的说法，她和一个朋友在桑尼赛德的一家酒吧勾搭上了两个男人。她们坐着男人的车去兜风，她朋友晕车，于是他们停车，让她下去吐。结果他们开车跑了，扔下她一个人蹲在路边。你相信会有人做出这种事吗？”

“嗯，确实不太体贴，”我说，“但这么做好像不叫强奸吧。”

“哈哈，很好笑。还没完呢，他们又开车转了一会儿，然后回到她家，他们想和她发生性关系，她说没门儿，你们当我是什么样的女人？等等等等，最后她同意和他们中的一个睡，就是和她凑一对儿的那个男人，另一个可以在客厅里等，但那位老兄没有等。他们搞得正起劲的时候，他走进来看，然后可想而知，那就像是火上浇油。”

“然后？”

“然后等他们完事，他说求求你了，她说不行就是不行，最后她口了他一管，因为不这么做就没法摆脱他。”

“她这么告诉你的？”

“当然说得更加含蓄，不过没错，情况就是这样的。事后她刷了个牙，打电话报了警。”

“说她被强奸了？”

“嗯，我同意这是强奸。情况从‘求求你’升级到‘让我爽一爽，否则我就踢掉你的满嘴牙’，因此要我说，这够得上强奸的标准了。”

“嗯，对，只要有强迫的情节就算。”

“但听上去不像我们要找的犯人。”

“是啊，完全不像。”

“万一你想继续调查，我也记下了她们的号码，我说假如制作人决定跟进，我们会打电话给你的，主要是这个项目现在还没完全定下来。我没说错吧？”

“非常正确。”

“所以尽管我没得到任何有用的情报，但能接到三个电话还是挺鼓舞人的，对吧？明天说不定还会有人打进来。”

星期四有一通电话，刚开始似乎挺有希望。受害者是个三十岁刚出头的女人，在圣约翰大学念研究生，她在校园内的一个停车场开锁上车的时候，三个男人用刀挟持并绑架了她。他们和她一起上车，开车来到坎宁安公园，强奸了她，从头到尾一直用一把或多把刀指着她，威胁她如若不从就以各种手段伤害她的身体，事实上也确实划破了她的一只胳膊，尽管很可能只是个意外。完事后，他们把她扔在公园里，开着她的车逃跑了，事发七个月后，她的车依然没有被找回来。

“但不可能是他们，”伊莱恩说，“因为这伙人是黑人。大西洋大道那伙人是白人，对吧？”

“对，目击者在这一点上的说法是一致的。”

“嗯，这伙人是黑人。我反复提到肤色，你明白的，她肯定认为我种族歧视之类的，或者怀疑她种族歧视，或者天晓得什么。否则我为什么这么在意强奸犯的肤色呢？但当然了，从我的角度来看，肤色的问题至关重要，因为这意味着她就被排除出了我们的目标范围。除非在去年八月到现在的某个时间里，他们想到了能改变肤色的好办法。”

“要是他们研究出了这个，”我说，“那可比四十万美元值钱多了。”

“说得好。总之，我觉得我在犯傻，但还是记下了她的名字和号码，说假如公司给我们的项目开绿灯，我们就会联系她的。想听点儿好玩的吗？她说无论会不会有结果，她都很高兴能打电话给我，因为聊一聊这件事对她有好处。事情刚发生的那段时间，她讲了一遍又一遍，然后去做了心理治疗，但最近很少会提起那段经历了，说出来对她有好处。”

“这肯定让你感觉很愉快。”

“是的，因为直到那一刻，我一直觉得很愧疚，因为我打着拍电影的幌子哄骗她讲述可怕的经历。她说她很容易对我打开心扉。”

“嗯，某位记者觉得一点儿也不稀奇。”

“她以为我是心理医生。我猜她都想问能不能每周来找我做一次治疗了。我说我是制片人的助手，需要的技能和心理医生差不多。”

同一天，我终于联系上了布鲁克林警察局凶杀科的约翰·凯利警探。他对莱拉·艾尔瓦雷斯的案件记忆犹新，说那是一场可怕的惨剧。她是个漂亮姑娘，认识她的人都说她为人很好，学习认真。

我说我在写一篇报道，主题是被抛弃在不寻常地点的尸体，我问发现尸体的时候，有没有注意到尸体存在任何不寻常的情况。他说尸体受到了损毁，我问他能不能透露点儿细节，他说恐怕不行。部分原因是他们还在对案情的某些方面保密，部分是不希望伤害她家里人的感受。

“相信你能理解。”他说。

我试了另外两条路，结果在同一堵墙上碰了壁。我说完谢谢，正要挂电话的时候，忽然灵光一闪，问他有没有在七十八街当过差。他问我问这个干什么。

“因为我认识这么一个约翰·凯利，”我说，“但我觉得你应该不是他，因为他现在肯定早就过了退休年龄。”

“那是我父亲，”他说，“你说你叫斯卡德？你是干什么的，记者？”

“不，我也曾是警察。我在七十八街待过一段时间，后来我转到曼哈顿的第六大道分局，在那儿当上了警探。”

“什么，你当过警探？现在居然去码字了？我父亲总说他要写书，但从来都只是说说而已。他退休都……哎呀……已经快八年了。他去了佛罗里达，在后院种葡萄柚呢。我认识的很多警察都在写书，或者号称在写，或者在考虑写书，但你真的在写？”

现在该换挡了。“不。”我说。

“什么意思？”

“那是瞎编的，”我承认道，“我在当私家侦探，自从离开警局，我就做这一行了。”

“所以你想知道艾尔瓦雷斯的什么情况？”

“我想知道尸体受到了什么样的损毁。”

“为什么？”

“我想知道是否牵涉到肢解。”

一阵停顿，长得让我开始后悔不该朝这个方向打探情况。然后他说：“先生，你知道我想知道什么吗？我想知道你到底是从哪儿冒出来的。”

“皇后区一年多以前发生过一起案件，”我说，“三个男人在伍德黑文的牙买加大道上绑架了一名女性，把尸体扔在森林公园的高尔夫球场上。他们还切掉了她的两根手指。”

“你有理由认为是同一伙人杀了这两个女人？”

“不，但我有理由认为杀害戈特斯坎德的凶手不会只杀一个。”

“那是皇后区的受害者吗？戈特斯坎德？”

“对，玛丽·戈特斯坎德。我想把杀害她的凶手和其他案件联系起来，艾尔瓦雷斯似乎可能性很大，但我只知道报纸上登出来的情况。”

“她也被切掉了手指。她还少了一个乳房。”

“你说什么？”

“艾尔瓦雷斯。凶手割掉了她的一个乳房。法医说从流血的情况来看，她当时还活着。”

“我的上帝啊。”

“我想逮住那伙王八蛋，明白吗？在凶杀科做事会让你想要捉拿所有的凶手归案，因为根本不存在情节轻微的杀人案，但有些案件会特别感染你，而这个案件就感染了我。我们查得非常认真，我们核查她的一举一动，我们找认识她的每一个人问话，但你也了解这种案件的情况。受害者与凶手之间没有联系，也几乎没有物证，你查到一定程度就查不下去了。现场的证据很少，因为他们是在其他地方残害她的，事后才把尸体扔在墓地。”

“报纸上登了。”

“戈特斯坎德也是这样？”

“对。”

“要是我知道戈特斯坎德——你说那是一年多以前？”我把日期报给他。“所以线索一直在皇后区的一个案卷里，但我怎么可能知道呢？两具尸体的手指都被切掉，而我只能坐在这儿抠屁股——我不是存心这么说的。真见鬼。”

“希望对你有帮助。”

“你希望对我有帮助。你还知道什么？”

“没有了。”

“要是你在隐瞒——”

“关于戈特斯坎德，我只知道她案卷里的情况。关于艾尔瓦雷斯，我只知道你刚刚告诉我的情况。”

“你和这件事的联系在哪儿？我说的是你的个人联系。”

“我刚刚说过了，我——”

“不，你别打岔。你为什么感兴趣？”

“这是保密的。”

“狗屁保密。你无权隐瞒情况。”

“我没有隐瞒。”

“嗯，那你的行为叫什么？”

我深吸一口气，说：“我认为我把能说的都已经说完了。我对戈特斯坎德和艾尔瓦雷斯这两起案件都没什么特别的了解。我读过其中一起的案卷，你告诉了我另一起的情况，我知道的就只有这么多。”

“你为什么会去读案卷呢？”

“一年前的一篇新闻报道。我打给你是因为另一篇新闻报道。就这么简单。”

“你有个客户，你在为他打掩护。”

“就算我有客户，他也绝对不是犯人。另外，在我看来，他是谁只关我自己的事情。你难道不想对比一下这两个案子，看看能不能找到破案的契机？”

“想，我当然会去那么做了，但我也想知道你的动机。”

“并不重要。”

“我可以传唤你，或者派人去接你，你难道喜欢我对你动真格的？”

“你当然可以，”我赞同道，“但除了我已经告诉你的，你什么都不会问出来。你可以浪费我的时间，但同时也会浪费你自己的时间。”

“你好大的胆子，这一点我必须承认。”

“嘿，别生气嘛，”我说，“现在你知道了一些在我打电话给你之前你不知道的事情。要是你想拿我泄愤，你当然有资格这么做，但有什么意义呢？”

“那我该说什么，谢谢你？”那当然很好，我心想，但没说出口。“算了，”他说，“但你最好留个地址和电话，万一我有事想找你呢。”

我犯的错误是我把名字告诉了他。我可以试试看他这个警探够不够格，会不会翻开曼哈顿黄页查我的名字，但有什么必要呢？我把地址和电话号码报给他，说我很抱歉，无法回答他所有的问题，但我毕竟要对客户承担我应尽的义务。“假如我还是警察，碰到这种事也会生气，”我说，“所以我能理解你的心情，但该做的事情我还是要做。”

“哈，这句台词我以前听到过。好吧，也许两个案子确实是同一伙凶手所为，也许对比一下确实能找到突破口。那样倒也是好事。”

这是他会说的最接近“谢谢你”的话了，我乐于以此为这次交谈画上句号。我说那样当然很好，然后祝他好运。我请他替我向他父亲问好。

第10章

那天晚上我去参加戒酒会活动，伊莱恩去上课，然后我们各自叫出租车，在“鹅妈妈”俱乐部碰面听音乐。十一点半左右，“丹尼男孩”来了，在我们的桌边坐下。他带了个姑娘，她个子非常高，身材非常瘦，皮肤非常黑，态度非常冷。他介绍说她叫卡莉。她点头示意，但没有说话，接下来足足半个小时似乎也没在听我们的交谈，然后她忽然俯身，目光炯炯地盯着伊莱恩，说：“你的灵气是凫蓝色的，非常纯净，非常美丽。”

“谢谢。”伊莱恩说。

“你有个非常老的灵魂。”卡莉说，这是当晚她说的最后一句话，也是她最后一次表现出她能够觉察到我们的存在。

“丹尼男孩”没什么可以报告给我的，大多数时间我们只是享受音乐，在曲目之间闲聊不重要的琐事。我们离开的时候已经很晚了。在去伊莱恩家的出租车上，我说：“你有非常老的灵魂、凫蓝色的灵气和可爱的小屁股。”

“她的感受力非常强，”伊莱恩说，“大多数人要到第二次或第三次见面，才会注意到我凫蓝色的灵气。”

“更不用说你非常老的灵魂了。”

“说起来，最好能少说两句我非常老的灵魂。可爱的小屁股你爱怎么说就怎么说吧。这些女人他都是从哪儿找来的？”

“不知道。”

“假如她们都是中心选角[1]派来的金发大妞，那我还能理解，但他身边的姑娘没有固定的类型。这个叫卡莉的，你觉得她嗑了什么药？”

“不知道。”

“因为我怎么看都觉得她在另一个宇宙神游。现在还有人嗑迷幻药吗？她很可能用了魔法蘑菇，或者只在腐烂皮革上生长的致幻真菌。不过有一点我可以向你保证，她去当女性施虐狂肯定能挣大钱。”

“但要是她的皮囊在腐烂就不行了。另外，她必须把精神集中在工作上。”

“你明白我的意思。她有那个气质，也有那个长相。你难道无法想象自己匍匐在她的脚边，而且每一秒钟都乐在其中吗？”

“不能。”

“好吧，你呀，”她说，“就是挑剔侯爵他本人。还记得上次我把自己绑起来吗？”

司机竭力掩饰他的兴趣。“你就少说几句吧。”我说。

“忘记了？你睡着了。”

---

1 美国老牌选角公司。

“那只能说明我在你面前感觉多么安全，”我说，“求你了，就闭嘴吧！”

“我这就裹上我凫蓝色的灵气，”她说，“然后我会非常安静的。”

第二天上午我离开前，她说她预感强奸案受害者今天打来的电话肯定会很关键。“就看今天的了。”她说。

但结果证明她错了，无论她的灵气是不是凫蓝色，她都错了。一整天连一个电话都没有打进来。晚上我打电话给她的时候，她为此怏怏不乐。“我想就这样了，”她说，“星期三有三个电话，昨天一个，今天零个。我以为我会立下大功，问到什么重要的线索呢。”

“不管什么调查，百分之九十八都是无用功。”我说，“你使出你能想到的所有招数，因为你不知道哪一招儿能收效。你在电话上的表现肯定非常出色，因为你得到的反响相当热烈，但没能从三个臭皮匠里找到活下来的受害者，你也不需要生闷气。你这是在大海捞针，况且这片大海里也未必有针。”

“什么意思？”

“意思是他们很可能没留下任何活口。他们很可能杀死了所有的受害者，因此你在找的女人很可能并不存在。”

“好吧，假如她真的不存在，”她说，“那我就要请她见鬼去了。”

TJ每天打电话给我，有时候一天不止一次。我给了他五十美元，请他帮我查布鲁克林的两个电话亭，这笔交易对他来说恐怕不怎么划算，因为没花在地铁和公共汽车上的钱都被他用来打电话了。他去帮庄家骗钱、替毒贩拉客，或者做他用来维持生计的其他街头小活儿，得到的回报肯定都丰厚得多，但他依然缠着我找点儿事情给他做。

星期六，我签了一张支票付房租，顺便付掉了其他的月度账单——电话费、信用卡。看着电话费账单，我不由得想到打给凯南·库利的那几个电话。几天前我又找过一个电话公司的员工，问他有没有办法搞到我想要的情报，但得到的答案依然是不可能。

因此十点半左右TJ打电话来的时候，我还在琢磨这件事情。“再给我几个电话去查吧，”他恳求道，“布朗克斯，斯坦顿岛，哪儿都行。”

“有件事你看看你能不能做到，”我说，“给你一个号码，你告诉我谁打过电话给它。”

“你说什么？”

“算了，当我没说。”

“不，你说了，哥们儿，我听见了。解释一下。”

“也许你真能找到什么办法，”我说，“记得你在法拉格特路怎么哄骗接线员说出电话号码的吗？”

“你是说用我的商务精英声音？”

“没错。也许你能再用一下那个声音，问问电话公司的副总裁，有没有办法查到打给湾脊区某个号码的电话清单。”他又提了几个问题，我告诉他我想知道什么和我为什么查不到。

“等一等，”他说，“你的意思是他们不肯告诉你？”

“他们没有的东西当然给不了我。所有的通话确实都有记录，但没法按呼叫号码排序。”

他说："我打电话的第一个接线员，她说她不可能把我的号码告诉我。哥们儿，你不能他们说什么你就信什么。"

"不，我——"

"你什么你，"他说，"我每天打电话给你，问你有没有事情可以交给TJ做，每次你都说没有。你之前怎么不告诉我你想查这个？你这是犯浑，哥们儿！"

"什么意思？"

"意思是你不告诉我你想知道什么，我怎么知道你想查什么？第一次看见你的时候我就说过了，那次你在堕落街转悠，一个字也不和别人说。我当时就跟你说啊，告诉我你要什么，我立刻给你搞来。"

"我记得。"

"那你为什么只记得和电话公司打太极，明明可以来找TJ的嘛！"

"你是说你知道怎么从电话公司搞到号码？"

"不知道，哥们儿。但我知道去哪儿找K兄弟。"

"K兄弟，"他说，"吉米和戴维。"

"亲兄弟？"

"我看没什么血缘关系。吉米·洪是华裔，戴维·金是犹太人，至少他父亲是犹太人，母亲好像是波多黎各人。"

"那为什么叫K兄弟？"

"吉米·洪和戴维·金？香港和金刚[1]？"

1　英语里分别是Hong Kong和King Kong。

“懂了。”

“加上他们最喜欢的游戏都是《大金刚》。”

“那是什么？电子游戏？”

他点点头：“很好玩的。”

我们在公共汽车终点站的小餐吧里，他坚持要我来这儿见他。我喝着一杯难喝的咖啡，他在吃热狗，喝百事可乐。他说：“记得那个叫‘袜子’的吗？咱们在街机厅见过他打游戏。他在那儿算是最厉害的了，但比起K兄弟，他连提鞋都不配。玩家必须赶上机器的速度，对吧？K兄弟不需要，他们永远比机器快。”

“你带我来这儿就是为了见两个弹子机圣手？”

“哥们儿，弹子机和电子游戏的区别太大了。”

“好吧，我知道肯定很大，但——”

“但还是不如电子游戏和K兄弟现在搞的名堂区别大。我说过街机厅的高手会怎么样，对吧？他们到最后太厉害了，厉害得不可能更厉害了，然后就失去兴趣了。”

“你好像说过。”

“然后有些人就对电脑产生了兴趣。根据我听说的，K兄弟一直对电脑感兴趣，他们其实是靠电脑战胜游戏机的，在机器采取行动前就知道它会采取什么行动。你下象棋吗？”

“我知道规则。”

“咱们有空下一盘，看看你的水平。知道华盛顿广场上摆的那些石头桌子吧？人们带着计时器去，一边看棋谱，一边等人来对局。我有时候去那儿下棋。”

“你肯定很厉害。”

他摇摇头。“那儿有些人，”他说，“你和他们下棋，就像在齐腰深的水里跑步。你哪儿都去不了，因为他们在脑袋里领先你五六步。”

“做我这一行，有时候我也有这种感觉。”

“是吗？嗯，电子游戏对于K兄弟来说也是这样，他们领先时代五六步。所以他们擅长电脑，他们就是所谓的黑客。知道黑客是什么吗？”

“听说过这个词。”

“哥们儿，你想查电话公司的东西，根本不用打给接线员，也不需要去糊弄副总裁。你找K兄弟就对了。他们会沿着电话线爬进去，在里面东看看西看看，就好像电话公司是怪物，他们在怪物的血管里游泳。你知道那个电影吧？叫什么来着，《神奇旅程》？只不过他们是在电话线里航行。”

“我说不好，”我说，“要是电话公司的管理人员都不知道怎么调取数据——”

“哥们儿，你没长耳朵吗？”他叹了一口气，然后咬住吸管使劲吸了一口，喝完了剩下的可乐。“你想知道街头在发生什么，堕落街、巴里奥、哈莱姆最新的动向，你该找谁问？难道是市长？”

“噢。”我说。

“明白我的意思了？他们混的是电话公司的街头。认识贝尔大妈[1]吗？K兄弟在偷窥她的裙底呢。”

“那该去哪儿找他们？街机厅？”

“我说过了，他们早就失去兴趣了。他们偶尔来街机厅看个新鲜，但已经不在那儿消磨时间了。咱们没法找他们，只能等他们来

1　指美国电话电报公司。

找我们。我告诉他们我们会在这儿。”

“你是怎么联系他们的？”

“你猜？打寻呼机呗。K兄弟身边永远有电话。说起来，热狗可真不赖。你不可能想到在这种地方能买到好东西，但他们的热狗非常好吃。”

“意思是你想再来一个？”

“那就最好了。他们来这儿需要一点儿时间，然后他们要好好观察一下你，再决定见不见你。他们想确定你是一个人，要是你让他们害怕了，他们一转眼就能逃个无影无踪。”

“他们为什么要害怕我？”

“因为你说不定是为电话公司做事的警察。哥们儿，K兄弟是法外狂徒！要是被贝尔大妈逮住，她会抽烂他们的屁股！”

“重点在于，”吉米·洪说，“我们必须谨慎。那些穿西装的家伙，他们认为黑客是美国大企业自从黄祸[1]以来受到的最严重的威胁。媒体的报道总是在说黑客能对整个系统为所欲为。”

“破坏数据，”戴维·金说，“修改记录，毁灭电路。”

“拿来当故事看当然很带劲，但他们无视了一个事实，那就是我们从不做这种烂事。他们以为我们会把炸药放在铁轨上，而我们想做的只是搭个顺风车。”

“呃，时不时就有某个机灵鬼造出新的病毒——”

“但他们绝大多数不是黑客，而是对某家公司怀恨在心的浑球儿，或是使用盗版软件的时候在电脑系统搞出了故障。”

1　指成形于19世纪的一种极端民族主义理论，宣扬黄种人对白人是威胁，白人应当联合起来对付黄种人。

“重点在于，”戴维说，“吉米太老了，不能冒险。”

“上个月满十八岁了。”吉米·洪说。

“所以要是他们逮住我们，他就会被当作成年人控罪。不过前提是他们按照生日计算年龄，但要是考虑到情绪成熟程度——”

“那戴维就不需要受罚了，”吉米说，“因为他还没到达理性时代呢。”

“介于石器时代和铁器时代之间。”

他们一旦认为可以信任你了，你就没法再让他们闭嘴了。吉米·洪身高六英尺二[1]，身材瘦削，黑色直发，长着一张忧郁的长脸。他先是戴着琥珀色镜片的飞行员墨镜，我们一起坐了一刻钟之后，他把墨镜换成了角质框眼镜，圆形的镜片没有上色，他的外表因此从时髦变得学生气。

戴维·金顶多五英尺七[2]，红头发，圆脸上长满了雀斑。两个人都穿着大都会棒球队的热身夹克、丝光卡其布的裤子和锐步运动鞋，但衣着的相似还不足以让他们看起来像一对双胞胎。

然而，假如你闭上眼睛，却很可能会被骗过去。他们不但声音很接近，讲话风格也非常相似，而且经常互相接话茬儿。

虽然我没说太具体的细节，但他们认为在谋杀案调查中出点儿力是个好主意，电话公司各级人员给我的反馈让他们觉得很好笑。“真是漂亮，”吉米·洪说，“居然说不可能做到，意思多半是他想不出该怎么做。”

“那是他们的系统，”戴维·金说，“而你认为他们至少应该懂自己的系统。”

---

1 约188厘米。

2 约174厘米。

"但他们没有。"

"而且他们恨我们，因为我们比他们更懂电话系统。"

"而且他们认为我们会破坏系统——"

"——但事实上我们热爱电话系统。因为假如你想搞点儿像样的黑客活儿，纽约电话公司就是你的战场。"

"那个系统很不错。"

"复杂得令人难以想象。"

"齿轮里套齿轮。"

"迷宫里套迷宫。"

"最高级的电子游戏，最高级的《龙与地下城》，打包卷成一团。"

"就是个宇宙。"

我说："但你们能做到？"

"做到什么？哦，号码。在一个特定日期打给一个特定号码的所有通话记录？"

"对。"

"是个难题。"戴维·金说。

"一个有趣的难题，他是说。"

"对，非常有意思。但这个难题肯定有解，一个可解的难题。"

"但很棘手。"

"因为数据量。"

"堆成山的数据，"吉米·洪说，"几百万几亿条的数据。"

"他说的数据就是通话记录。"

"几十亿次通话记录。不知道多少亿次通话记录。"

"那是你必须处理的。"

“但在开始处理前——”

“首先要闯进去。”

“以前很简单。”

“以前易如反掌。”

“他们连门都不关。”

“现在他们把门关上了。”

“更像是钉死了。”

我说：“假如你们需要买什么特殊器材——”

“哦，不。倒是不需要。”

“需要的东西我们全都有。”

“花不了几个钱。一台凑合能用的笔记本电脑、一个调制解调器、一个声频耦合器——”

“全部加起来也用不了一千两百美元。”

“除非你脑子一热，买了台超贵的笔记本电脑，但没这个必要。”

“我们那台才七百五十美元，需要的功能应有尽有。”

“所以你们能做到？”

他们交换一个眼神，然后望向我。吉米·洪说：“当然，我们能做到。”

“事实上，肯定很有趣。”

“值得熬个夜。”

“但今晚不行。”

“对，今晚要出去。你什么时候要？”

“呃——”

“明天是星期天。马特，星期天晚上怎么样？”

"我没问题。"

"你呢，金先生？"

"我可以，洪先生。"

"TJ，你能来吗？"

"明天晚上？"自从介绍我和K兄弟认识，这还是他第一次开口，"我想想啊，明天晚上，明晚我本来有什么节目来着？是要去瑰西园开记者会，还是去世界之窗和亨利·基辛格吃饭？"他假装一页一页地翻行事历，然后突然抬起头，眼睛发亮："你们猜怎么着？我有空！"

吉米·洪说："马特，会有一些开销。我们需要在旅馆开个房间。"

"我有个房间。"

"你是说你住的地方？"两个人互相咧嘴笑笑，嘲讽我的天真，"不，你需要一个匿名的地方。你想一想，我们要打进纽约电话公司的深处——"

"可以说是在野兽的肚子里爬来爬去——"

"——我们很可能会留下脚印。"

"或者指纹，你更喜欢指纹，对吧？"

"甚至声纹，当然，我是在打个比方。"

"所以你们不会想用任何能追查到我们身上的电话做这件事，而是会用假名租个旅馆房间，现金结账。"

"一个比较像样的房间。"

"也不需要有多豪华。"

"但必须有直线电话。"

"显然大部分旅馆都有直线电话了。而且电话要按键式的，必须是按键式的。”

“不能是老式的拨号盘。”

“嗯，这个应该不难。”我说，“你们平时就是这么做的吗？租个旅馆房间？”

他们又交换了一个眼神。

“因为要是你们有习惯去的旅馆——”

戴维说：“问题在于，马特，我们想当黑客的时候，往往没有一百美元或一百五十美元去租一间像样的客房。”

“甚至没有七十五美元去租个破烂客房。”

“甚至没有五十美元去租个垃圾客房。所以我们会——”

“我们会找一排没什么人用的投币电话，就像中央车站的通勤线路候车室里的那种——”

“——因为半夜三更很少会有通勤列车出站——”

“——或者在办公楼里，总之就是这种电话。”

“或者就像有一次，我们摸进了一间办公室——”

“太蠢了，哥们儿，我这辈子都不会再做这种事了。”

“我们进去只是为了用电话。”

“你试试看对警察这么说：‘我们没有闯空门，警官先生，我们只是进来用一下电话。’”

“总之很刺激，但我们再也不会那么做了。重点在于，你看，我们有可能花上许多个小时做这事——”

“而你肯定不会希望别人忽然走进来，或者我们刚进去就必须换线路。”

“没问题，”我说，“我去安排一间像样的客房。还有什么？”

“可口可乐。”

“或者百事可乐。”

“可口可乐更好。”

“或者焦特可乐。‘糖一样多，咖啡因加倍。’”

“还有垃圾食品。还有多力多滋玉米片。”

“要牧场口味的，不要烧烤口味。”

“薯片、奶酪泡芙——”

“天哪，哥们儿，不要奶酪泡芙！”

“我就喜欢奶酪泡芙。”

“哥们儿，那是有史以来最难吃的垃圾食品。你倒是说一个虽然能吃但比奶酪泡芙更差的东西给我听听。”

“品客薯片。”

“不公平！品客根本不是食物。马特，你给我们当个裁判。你觉得呢？品客算不算食物？”

“呃——”

“当然不算！洪，你太恶心了。品客就是油炸小飞盘，那就是品客。根本不能吃。”

凯南·库利没接电话，所以我打给了他哥哥。彼得听上去睡意蒙眬，我为吵醒他而道歉。“我总是打搅你睡觉，”我说，“对不起。”

“是我不好，大下午的打起了瞌睡。我的作息最近全乱套了。什么事？”

“没什么事。我在找凯南。”

“他还在欧洲，昨晚打过电话给我。”

“哦。”

“星期一回来。怎么了，有好消息？”

“还没有。我必须叫出租车到处跑。”

“什么？”

“费用，”我说，“明天我会有两千美元左右的开销。我想和他清一下账。”

“没问题的，他肯定会同意。他说过他会报销你的所有费用，对吧？”

“说过。”

“那就尽管花吧。他会还给你的。”

“问题就在这儿，”我说，“我的钱在银行里，今天是星期六。”

“不是有自动提款机吗？”

“我的钱在金库保管箱里。我的支票账户里的钱不够了，因为前两天我刚付过账单。”

“那就开张支票，星期一填上。”

“对方恐怕不收支票。”

“哦，懂了。”他停顿了片刻，“我不知道该怎么说，马特。我能凑个两美元出来，但两千美元是拿不出来的。”

“凯南的保险箱里不是有钱吗？”

“保险箱里的钱远不止这个数，但我拿不到。你不能把保险箱密码告诉一个毒虫，就算他是你亲哥哥也不行。除非你脑子不正常。”

我没法接话。

“我不是在怪他，”他说，“只是在陈述事实。我无论如何都不可能知道保险箱的密码。我必须告诉你，还好我不知道。我都信不过我自己。”

“彼得，你已经戒毒戒酒一年半了，对吧？”

“但我还是个酒鬼加毒虫。哥们儿，你知道这两者之间的区别吗？酒鬼会偷你的钱包。”

“毒虫呢？”

“哦，毒虫还是会偷你的钱包，然后会帮你找钱包。”

我险些问彼得要不要再一起去参加切尔西的戒酒会活动，但某些因素使得我打消了这个念头。也许是因为我想起来我并不是他的监督人，而且我也不想主动承担这份责任。

我打给伊莱恩，问她能不能借我点儿现金。“你过来拿吧，”她说，“我有一屋子那么多的钱。”

她身上有五十美元和一百美元面额的一千五百美元。她说她还能去自动提款机取一些，但每天限额五百美元。我拿了一千二百美元，总不能弄得她身无分文吧。加上我钱包里的现金和我能从自动提款机里取的钱，这就绰绰有余了。

我告诉她我为什么要借钱，她觉得整件事都很奇妙。“但安全吗？”她问我，“显然不合法，但有多不合法呢？”

“比乱穿马路严重。入侵电脑是一项重罪，破坏电脑系统也是重罪，而我觉得明晚K兄弟只怕都要犯一遍。而我是同案的从犯，另外我已经犯了教唆罪。告诉你吧，现如今你只要转个身，都会触犯天晓得多少条刑法。”

“但你认为值得冒这个险？”

“是的。”

“因为他们只是孩子。你可别把他们往火坑里推。”

“我自己也不想往火坑里跳。不过他们每天都在冒这种风险。至少这次他们有钱赚。”

“你打算给他们多少？”

“每人五百美元。”

她吹了声口哨：“一个晚上挣这么多，不错嘛！”

“是啊，确实挺多，要是让他们自己开价，报给我的数字肯定小得多。我问他们要多少钱，他们一脸茫然，于是我主动说每人五百美元。他们似乎挺满意。他们是中产子弟，我不认为他们对钱有多大的欲望。我觉得我甚至能说服他们免费干活儿。”

“利用他们善良的天性。”

“还有他们想找刺激的欲望。但我不想那么做。他们为什么不该收钱呢？要是我能搞清楚该去贿赂谁，我愿意付给电话公司雇员的钱远不止这个数。但我找到的那些人都说我想要的东西在技术上不可能做到。所以我为什么不给K兄弟？反正不是我的钱。凯南·库利说过，你有慷慨的本钱。”

“要是他决定放弃呢？”

“似乎不太可能。”

“当然，除非他在过海关的时候被逮住背心里塞满了白粉。”

“我猜这种事是有可能发生的，”我说，“但就算发生了，我也只需要自掏腰包不到两千美元，而我两周前刚开始查案的时候收了他一万美元。怎么一转眼就两个星期了？到星期一刚好两周。”

“怎么了？”

“唉，这么长的时间里，我几乎什么都没查到。感觉就像——真该死，我已经尽力了。总之，重点在于，就算这笔钱没法报销，我也能承担这点儿风险。”

"应该是吧。"她皱起眉头，"但为什么需要两千美元？开个房间一百五十美元，K兄弟加起来一千美元。两个小子能喝多少可口可乐？"

"我也喝可乐。别忘了还有TJ呢。"

"他很能喝可乐？"

"要多少有多少。我也要给他五百块美元。"

"因为介绍你认识K兄弟。我都忘了还有他。"

"因为介绍我认识K兄弟，还有想到可以介绍我认识K兄弟。想从电话公司搞到情报，找他们是最正确的，而我永远也不会想到可以去找他们这种人。"

"嗯，你听说过电脑黑客，"她说，"但怎么找他们呢？他们不会把自己列在黄页上。马特，TJ多少岁了？"

"不知道。"

"你没问过他？"

"他没好好回答过我。我猜十五六岁，左右顶多差一岁。"

"而他在街头生活？他有地方睡觉吗？"

"他说他有个窝，但没说过在哪儿或是同住的还有谁。混街头你很快就会学到一课，那就是别急着把你的私事告诉其他人。"

"甚至你的真名。他知道他能拿到多少吗？"

我摇摇头："我们没讨论过。"

"他不会想到有那么多吧？"

"是的，但为什么不该给他呢？"

"我不是不赞成给他钱。我只是在想，他有了五百美元会怎么做。"

"爱做什么就做什么。两毛五打一个电话，他可以打给我两千次。”

“也许吧，”她说，“我的天，我想了想咱们认识的各色人物。‘丹尼男孩’、卡莉、米克、TJ、K兄弟。马特啊，咱们永远也别离开纽约，好吗？”

第11章

星期天，吉姆·法布尔和我通常在一家中餐馆吃每周一次的晚餐，不过我们有时候也会换个地方。六点半，我们在老地方见面，七点刚过几分钟，他问我是不是要去赶火车。“因为十五分钟里你已经看了三次表。”

“对不起，”我说，“我都没意识到。”

“你急着要办什么事吗？”

“嗯，晚一点儿我还有事，”我说，“但时间足够。八点半以前我哪儿都不用去。”

“我八点半要去参加戒酒会的活动，但你要去办的应该不是这种事吧？”

“不是。今天下午我去过了，因为我知道今晚我没空参加。”

“你的这个约会，”他说，“你紧张不是因为桌上会有烈酒，对吧？”

“天哪，当然不是。最烈的也只会是可口可乐，除非有人买了焦特。”

“那是什么，我没听说过的什么新毒品？”

“那是一种可乐，就像可口可乐，但咖啡因多一倍。”

“我不知道你能不能受得了。”

“我不知道我会不会试试看。想知道等会儿分开后我要去干什么吗？我要用假名住进旅馆，然后叫三个少年来我的房间。”

“别往下说了。”

“我也不会说的，因为我不希望你对一项重罪知情不报。”

“你打算和三个孩子一起犯一项重罪？”

“会犯重罪的是他们，我只会旁观。”

“多吃点儿海鲈鱼吧，”他说，“今晚烧得格外好。”

晚上九点钟，我们四个人聚在了一间拐角客房里，房费每晚一百六十美元。酒店名叫福隆特纳克，共有一千两百个房间，几年前由日本人出资建造，然后被卖给了一个荷兰企业集团。酒店位于第七大道和五十三街的路口，我们的房间在二十八层，能看见一小段哈德逊河。准确来说，应该能看见，假如我们没有拉上窗帘。

梳妆台上摆满了零食，有奶酪泡芙，但没有品客薯片。小冰箱里有三种可乐，每种六听。电话从床头柜被移到了写字台上，听筒插在一个叫声频耦合器的东西里，然后接在一个叫调制解调器的东西上。写字台上还摆着K兄弟的笔记本电脑。

我登记的名字是约翰·J. 冈德曼，留的地址在伊利诺斯州斯科基市的山巅大道上。我付的是现金，交了五十美元押金，想使用电话和迷你吧的现金客人必须交这笔钱。迷你吧我倒是无所谓，但电话必不可少。我们来这儿就是为了用电话。

吉米·洪坐在写字台前，手指在电脑键盘上飞舞，然后在电话上输入号码。戴维·金也拖了一把椅子到写字台前，但他站在吉米背后盯着电脑屏幕。之前他尝试过向我解释调制解调器如何能让一台电脑通过电话线连接其他电脑，但这就像向田鼠解释非欧几何的原理。我尽管能听懂从他嘴里冒出来的单词，但还是不知道他到底在说什么。

K兄弟穿正装打领带，但只是为了混进酒店大堂。领带和外衣这会儿都被扔在床上，两个人把衬衫袖子卷了起来。TJ还是他平时的打扮，但前台没拦他。他拎着两大口袋零食和饮料，伪装成送货小弟。

吉米说："我们进去了。"

"没问题！"

"嗯，我们进了纽约电话公司，但这就像站在旅馆大堂里，而你必须去四十楼的某个房间。好，咱们先试试手。"

他的手指开始飞舞，数字和字母的一个个组合在屏幕上跳出来。过了一会儿，他说："密码倒是换得勤快。你知道这帮杂种费了多大的力气把我们这种人挡在外面吗？"

"就好像他们真能挡住似的。"

"要是他们把同样的精力放在改进系统上——"

"白痴。"

更多的字母，更多的数字。"该死，"吉米说，伸手去拿他那罐可口可乐，"知道吗？"

"该我们的人对人程序上场了。"戴维说。

"我也是这么想的。想锻炼一下你的人际交往技能吗？"

戴维点点头，拿起听筒。"有人管这个叫'社会工程'，"他对我说，“很难用来对付纽约电话公司，因为他们提醒过员工当心我们。还好在那儿工作的人以智障为主。”他拨了个号码，等电话接通，他说：“你好，我是拉尔夫·威尔克斯，我在给你这条线路排障。你进COSMOS系统时遇到问题了，对吧？”

“他们总是进不去，”吉米·洪说，“所以这么问很安全。”

“嗯，对。”戴维说。接下来是一大堆我听不懂的术语，然后他说：“你是怎么登录的？你的登录码是什么？不，对，你别告诉我，你不该告诉我的，这是安保规定。”他翻了个白眼。“对，我知道，这破事儿他们也唠叨了我们一万遍。听着，别把登录码告诉我，你直接在你的键盘上输入。”字母和数字出现在我们这头的屏幕上，吉米飞快地在我们这头的键盘上输入。“很好，”戴维说，“现在你能再输一遍COSMOS系统的密码吗？别告诉我，直接输入。嗯哼。”

“漂亮！”吉米轻声说。看着数字出现在我们这边的屏幕上，他在键盘上原样输入。

“这样应该就行了，”戴维对电话另一头的人说，“接下来应该不会遇到任何问题了。”他挂断电话，长舒一口气。“咱们这儿应该也不会遇到任何问题了。‘别把密码告诉我，直接输入就行。亲爱的，你别告诉我，告诉我的电脑就行。’”

“妙！”吉米说。

“进去了？”

“进去了。”

“好耶！”

“马特，你的电话号码是多少？”

“别打给我，”我说，“我不在家。”

“我不是要打给你。我想试试你的线路。号码是多少？算了，好像我需要你告诉我似的。‘马修·斯卡德。’西五十七街，对吧？眼熟吗？”

我看着屏幕。“我的电话号码。”我说。

“嗯哼。喜欢这个号码吗？要我改个更好记的号码吗？”

“你打给电话公司说要换号码，”戴维说，“他们需要一个星期左右才能走完所有流程。但我们这就能给你办好。”

“我看我还是就用这个号码吧。”我说。

“随你便。嗯，你只订了最基础的服务，对吧？没有呼叫转移，没有呼叫等待。你住在旅馆里，有总机当靠山，所以不需要呼叫等待，但你还是应该有个呼叫转移的。比方说你在别人家过夜？这样打给你的电话就能自动转过去了。”

“我大概很少需要用到，所以没必要花这个钱。”

“并不花钱。”

“我记得有个月租费的。”

他咧嘴笑笑，手指疯狂敲打键盘。“你不需要，”他说，“因为你的朋友很厉害。现在你有呼叫转移了，K兄弟向你致意。我们已经进了COSMOS系统，我们入侵的系统就是这个，我在这儿可以随意更改你的账户内容。计算费用的系统无法知晓这个改变，因此不需要你花一分钱。”

“随便你。”

“我看见你用AT&T打长途电话，没有选择Sprint或MCI。”

“对，我觉得省不了几个钱。”

“好的，你现在有Sprint了，”他说，“能节约一大笔钱呢。”

“是吗？”

“嗯哼，因为纽约电话公司会把你的长途呼叫转进Sprint，而Sprint不会知道。”

“这样就不会算你的钱了。”戴维说。

“我不确定。”我说。

“相信我。”

“哦，我不是在怀疑你的话。我只是不确定我该怎么看。这是盗用服务。”

吉米扭头瞪我。“我们说的是电话公司啊。”他说。

“我知道。”

“你以为他们会在乎这点儿小钱？”

“不，但是——”

“马特，假如你用投币电话打给别人，电话打通了，但硬币退了出来，你会怎么做？是自己留着还是塞回电话里？”

“还是装在信封里寄给电话公司？”戴维插嘴道。

“我明白你的意思了。”我说。

“因为我们知道有时候电话明明没打通，但机器还是会吃掉你的钱。面对现实吧，在贝尔大妈面前，咱们没人能占到便宜。”

“我猜也是。”

“所以你有免费的长途电话和呼叫转移了。要转移呼叫，你必须输入一个密码，你可以打电话给电话公司，就说你弄丢了记密码的单子，他们会念给你听的。小事一桩。TJ，你的号码是多少？”

“我没电话。”

“你最喜欢的投币电话呢？”

“最喜欢的？我也不确定。再说我也不知道那些电话的号码。”

“呃，随便挑一个，把地址告诉我。”

“港务局里有一排三部电话，我用得比较多。”

“不行。那儿的电话太多了，没法确定我和你说的是不是同一部电话。给我一个在路口的。”

他耸耸肩：“第八大道四十三街。”

“上城区还是下城区方向？”

“上城区，马路东面。”

“好的，我来看看……好，找到了。你把号码记下来吧。”

“直接改掉好了。”戴维建议道。

“好主意。改个容易记的。TJ-5-4321如何？”

“就像是我专用的号码？嘿，我喜欢！”

“让我看看这个号码有没有被占用。不行，已经分配出去了。那就往后数吧？TJ-5-6789。没问题，这个号码归你了。量身定做。”

“还能这么改？”我好奇地说，“前三位数不是指向不同的区域吗？”

“以前是。交换台现在也还是这么设置的，但那只针对特定的线路号码而言，与你拨出的电话毫无关系。你看，你拨的号码，就像我刚刚分给TJ的那个，和你用来在自动提款机取钱的密码一样，实际上只是个识别码。”

“对，这是个访问码，”戴维说，“但它访问的是电话线，而电话是通过电话线传送的。”

“TJ，看我把那部电话分给你。那是个投币电话，对吧？”

“对。”

“错了。曾经是，现在不要钱了。”

“就这么简单？”

“就这么简单。过上一两周也许会有个白痴报告公司，但在此之前你可以省下几个角子了。记得咱们扮罗宾汉那次吧？”

“哈，太好玩了，”戴维说，“一天晚上我们在世贸中心打投币电话，我们首先做的当然是改系统，把它变成免费的——”

“——否则我们整个晚上就要不停地塞硬币了，那太荒唐了——”

“——然后洪说投币电话应该人人免费打，就像地铁应该免费乘一样，应该把投币闸机全拆掉——”

“——或者你投不投币，闸机都能转动放行，假如是电脑控制的，肯定有办法改，可惜是机械控制的——”

“——仔细想来，还真是原始——”

“——但在投币电话上我们就可以为所欲为了，因此我们用了两个小时——”

“——更接近一个半小时——”

“——我们在COSMOS系统里跳来跳去，也可能是MIZAR——”

“——不，就是COSMOS系统——”

“——我们一台接一台地修改投币电话的设置，解放它，把它变成免费——”

“——洪是真的玩上瘾了，就像‘权力归于人民’什么的——”

“——等我们搞完，我都不知道我们到底改掉了多少台电话。”他抬起头，“知道吗？有时候我也能理解纽约电话公司为什么想把我们钉死在墙上。从某个角度来看，我们就是他们的眼中钉，肉中刺。”

“所以呢？”

“所以也能理解他们的心态，没别的了。”

“才不可能呢，”戴维·金说，“你最不需要的就是理解他们的心态。这就像玩《吃豆人》，你会可怜蓝皮怪吗？”

吉米·洪反唇相讥，在他们你一言我一语的时候，我又开了一罐可乐。等我走回写字台前时，吉米说：“好了，我们进布鲁克林的线路了。把你要查的号码报给我。”

我翻出号码，念给他听，他输入电脑。屏幕上出现了更多字母和数字，对我来说完全是天书。他的手指在键盘上舞动，我的委托人的姓名和地址跳了出来。

“这就是你的朋友？”吉米问我。我说对。“他没在打电话。”他说。

“你看得出来？”

“当然。要是他在打电话，我们可以偷听。你可以切进去偷听任何一通电话。”

“但很无聊。”

“对，我们以前偶尔会这么做。你以为你也许会听到点儿什么劲爆的，或者有人在聊犯罪或间谍勾当，但事实上你听到的东西都特别没意思。‘亲爱的，回家路上买盒牛奶。’无聊死了。”

“另外还有很多人连话都说不清楚。他们支支吾吾、结结巴巴，你都想叫他们有屁快放，要么就闭嘴算了。”

“当然了，永远少不了电话性爱。”

“别提醒我这个。”

“那是金的最爱。用家里电话打，三美元一分钟，但要是你用投币电话，并且你又把它改成不需要投币了，那就是免费的。”

“但感觉很恶心。不过有一次我们直接切进去偷听这种线路。”

“然后忽然跳出来当评论员，把一个男人吓得够呛。他花钱和一个女人一对一私聊，女人的声音太动听了——”

“——但长得说不定像哥斯拉，不过没人知道——”

“——然后男人一句话说到一半，金切进去，疯狂嘲笑他的性幻想。”

“那姑娘也吓坏了。”

“姑娘？她说不定都抱孙子了。”

“她怎么说的来着？‘刚才谁在说话？你在哪儿？你怎么插进来的？’”

两个人闲聊的时候，吉米·洪还在参与另一场交谈，谈话的对象是电脑。他突然举起一只手，示意大家安静，同时用另一只手敲键盘。“好了，”他说，“日期给我。是三月，对吧？”

“二十八号。”

“月是三，日是二十八。要查打给04-053-904的电话。”

“不，他的号码是——”

“马特，这是他的线路号码。还记得区别吗？哈，我猜到了，数据无法调取。”

“什么意思？”

“意思是还好我们聪明，带了很多吃的。哪位行行好给我一包多力多滋？咱们要在这儿待一阵儿了，没什么。既然已经进了系统的这个部分，你想瞅一眼他从这条线路打出去的电话吗？浪费机会似乎有点儿可惜。”

“那就瞅一眼呗。”

“我来看看有什么。你看，鬼东西什么都不想告诉我。好的，咱们试试这一招儿。嗯，好了，现在——”

系统开始输出通话记录，按时间排序，起点是午夜过后的几分钟。凌晨一点以前有两通电话，然后一直安静到上午八点四十七分，系统记录下了一通打给212开头号码的电话。上午另外还有一通电话，中午刚过又有几通，下午两点五十一分到五点十八分之间没有呼出记录，然后他打给他哥哥，持续时间一分半。我认得彼得·库利的号码。

那天晚上没有打出过电话。

“马特，有什么需要抄下来的吗？”

“没有。”

“那好，”他说，“现在轮到困难的那部分了。”

我没法解释他们究竟做了什么。十一点过了一会儿，两个人换手，戴维坐在电脑前，吉米在房间里踱来踱去，打哈欠，伸懒腰，上厕所，回来后狼吞虎咽地吃了一包纸杯蛋糕。十二点半，两个人再次换手，戴维去卫生间冲了个澡。这时候TJ已经在床上睡死了，他没脱衣服，就躺在床罩上，连鞋都穿得好好的。他紧抱着一个枕头，就好像全世界的人都想把枕头从他怀里抢走。

凌晨一点半，吉米说：“真难以置信，我居然进不了NPSN。”

“电话给我。”戴维说。他拨了个号码，咆哮几句，挂断电话，再次拨号，尝试到第三次，电话接通了。“哎，”他说，“请问你是哪位？很好。听着，丽塔，我是NICNAC中心的泰勒·菲尔丁，我接到了一个五号紧急情况。给我你的NPSN访问码和密码，免得整件烂事捅到克利夫兰去。是五号情况，你听清楚了吗？”他专注地听着，一只手伸向电脑键盘。“丽塔，”他说，“你太美了。你救了我的命，不开玩笑。你能相信吗？之前连续两个人都不知道五号情况必须优先处理。嗯，对，所以你才这么上心嘛。听着，要是有人因此找你的麻烦，责任完全由我来负。好的，你也是。再见。”

“责任完全由你来负，”吉米说，“我喜欢这句。”

“嗯，听上去很对路。”

“五号情况到底是什么，你能告诉我吗？”

“我不知道。NICNAC中心是什么？泰勒·菲尔德曼是谁？”

“你说的是菲尔丁。”

“哦，他以前姓菲尔德曼，后来改掉了。天晓得，哥们儿，我是随口瞎编的，但显然镇住了丽塔。”

“你听上去真绝望。”

“那当然，我怎么可能不绝望？凌晨一点半了，咱们连NPSN都还没进去。”

“现在进去了。”

“而且别提多爽了。我跟你说，洪，天大地大比不过五号情况大。所有的官僚狗屁见了它都要让路，你明白我在说什么吗？‘我接到了一个五号紧急情况。’哥们儿，这一句简直轰开了她家大门。”

“‘丽塔，你太美了。’”

“哥们儿，我不得不说，我恋爱了。知道吗？等咱们干完这一票，我就算是和她建立关系了。”

“你会再打电话给她？”

“我打赌我随时都能问她要密码，除非有人通知她说她刚把整家店都送人了。否则等我下次打给她，我们就已经是老朋友了。”

“找个时间打给她，”我说，“而且别再骗她的密码或者访问码或者其他什么码了。”

“你是说就找她聊个天？”

“就是这个意思。告诉她一些你的情况，但别再从她嘴里挖东西了。”

“想都别想。”戴维说。

“然后过一阵——”

“我懂了，”吉米说，“马特，我不知道你对数码世界有没有敏感性，也不知道你的手眼协调水平，而且你对科技显然一窍不通，但有句话我必须告诉你：你拥有黑客的心灵和灵魂。”

按照K兄弟的说法，他们进入NPSN（天晓得那是什么）以后，整个过程才变得有趣起来。“从技术角度来看，迷人的正是这个部分，”戴维解释道，“因为到了这儿，我们就要想办法提取电话公司的人声称不存在的信息了。他们那么说只是为了搪塞你，但有些人说的是实话，或者是他们想象中的实话，因为实际上他们根本不知道怎么查这种数据。因此，我们必须自己写程序，然后塞进他们的系统，让程序吐出我们想要的数据。”

“但是，”吉米说，“假如你对技术方面的东西不感兴趣，那就不可能看得心潮澎湃了。”

TJ已经醒了，站在戴维的椅子背后，像是被催眠了似的盯着电脑屏幕。吉米去打开冰箱，拿了一罐焦特。我坐进安乐椅，戴维说得对，确实没东西让我看得心潮澎湃。我往软垫里一躺，等我再有意识时，TJ正在轻轻摇晃我的肩膀，叫我的名字。

我睁开眼睛：“我肯定睡着了。”

“没错，睡得很香。有一阵还打呼呢。”

“几点了？”

“快四点了。通话记录调出来了。”

“他们不能打印出来吗？”

TJ扭头替我转述请求，逗得K兄弟咯咯笑。戴维控制住自己，提醒我们没带打印机。我险些说我的监督人就是搞印刷的，但我没说，而是说：“对，当然没带。不好意思。我还没睡醒。”

“你躺着吧。我们会复制下来给你的。”

“我去给你拿罐焦特。”TJ说。我说算了，但他还是拿了一罐给我。我尝了一口，这并不是我想喝的东西，但我不完全确定我到底想喝什么。我站起来伸了伸懒腰，活动僵直的腰背和肩膀，然后走到写字台前，看着戴维·金操作电脑，吉米·洪正在抄写屏幕上的信息。

“调出来了。”我说。

我要的信息就在屏幕上，从下午三点三十八分通知凯南·库利说他妻子失踪的那通电话开始。接下来是另外三通电话，彼此间隔都约为二十分钟，最后一次呼叫是四点五十四分。五点十八分，凯南打给他哥哥，他接到的下一个电话是六点零四分，过后没多久，彼得就赶到了他在殖民路的住处。

然后是第六通电话，八点零一分，应该是命令他们去法拉格特路的那一通，然后他们在法拉格特路接到电话，对方命令他们火速赶往韦特兰斯大道。然后他们回到家，绑匪声称会把弗朗辛送到他家里，他们在空荡荡的家里等到十点零四分，最后一个电话打进来，叫他们去路口找那辆后车厢里塞满尸块包裹的福特天霸。

“哇，”戴维说，“这真是……怎么说呢……一堂最有意义的教育课。因为我们必须锲而不舍，明白吗？你需要的数据肯定存在，因此我们不能半途而废。平时当黑客的时候，你只能忍受一定程度的无聊，然后就会放弃，去换点儿其他事情做做，但今天我们必须坚持下去，直到突破无聊，登上彼岸。”

“也就是更大的无聊。”吉米说。

“但你学到了很多东西，真的学到了。要是再找我们搞一次同样的行动——”

“上帝保佑，别了。”

“对，但如果真的要搞，我们只要一半时间就能搞定，应该更少，因为快速搜索可以提高一倍速度，只要我们切回——”

接下来的话我就更加听不懂了，而我反正也已经不需要听了，因为吉米·洪递给了我一张纸，上面写着三月二十八日打进库利家的所有电话。“我应该说一声的，”我说，“比较早的那些不重要，只要三点三十八分以后的那七通电话。”我仔细研究这份清单。他抄下了所有信息：呼叫时间、来电者的线路号码、拨号所用的电话号码和通话时长。我其实不需要这么详细的信息，但实话实说就没必要了。

“七次通话，每一次的号码都不一样，”我说，“不，我看错了。有一部电话被用了两次，第二个和第七个。”

“你想知道的都在这儿了？”

我点点头：“但能给我什么线索就是另一码事了。有可能很多，也有可能很少。我必须先去搞一本反查目录，搞清楚这些号码都属于谁。”

他们瞪着我。我不明白他们的意思，直到吉米·洪摘掉眼镜，诧异地打量我：“反查目录？我们两个大活人就在你面前，所有数据都装在NPSN的肚子里，你为什么还需要反查目录？”

“因为他还当我们是闹着玩呢。”戴维·金说着坐回电脑前。“好了，”他说，“把第一个号码报给我。”

全都是投币电话。

我担心的就是这个。他们自始至终都体现出了职业绑匪的谨慎，没有理由会粗心大意到使用有可能与自己产生联系的电话。

但每次都是不同的投币电话，这就更加令人难以理解了，但K兄弟里的一个提出了一种合乎情理的推测——绑匪在提防一种可能性：凯南·库利有可能监听电话线路并追踪呼叫方的所在地。他们每次电话都打得很简短，这样能保证自己在追踪通话的人赶到现场前离开；他们从不使用同一部电话，这样就算库利追踪了通话，派人监视投币电话，他们也依然是安全的。

“因为现在可以实时追踪呼叫了，”吉米告诉我，“实际上根本不需要追踪，只要你把线路接在这么一个装置上就行。你看着屏幕，念出来就行。”

最后一通电话为什么会无视安全问题呢？因为当时他们很清楚已经没有这个必要了。库利按照他们的嘱咐做了所有的事情，没有干扰他们收取赎金的行动，因此绑匪不再需要费尽心思采取预防措施了。到了那一刻，他们应该觉得可以高枕无忧了，甚至会使用家里或公寓里的电话。假如他们真的这么做了，我就能逮住这帮杂种了。要是当时在下雨，要是有什么不得已的原因让他们不能出门，要是三个人都不放心把赎金交给另外两个人保管，那就好了。

真可惜。运气怎么就不愿意站在我们这一边呢？

但另一方面，这一整夜的忙碌和一千七百多美元的支出也绝非白费力气。我掌握了一些情况，而且知道了我在找的三个家伙不仅仅是变态杀人狂，同时还非常谨慎且老谋深算。

投币电话的地址全都在布鲁克林，所在区域比库利案涉及的区域小得多。绑架和交赎金始于湾脊区，随后转移到科布尔山的大西洋大道，接下来是弗拉特布什大道和法拉格特路，然后一直到韦特兰斯大道，最终回到湾脊区的弃尸地点。这涵盖了布鲁克林的很大一部分，再加上他们先前的活动轨迹遍及布鲁克林和皇后区。他们的大本营有可能在任何一个地方。

但那些投币电话的间距并不遥远。我可以拿着清单和地图坐下来，标出它们的具体方位，但我已经看得出它们都在一小块区域内了，这块区域位于布鲁克林西侧，在湾脊区的库利家北面，在格林伍德公墓南面。

格林伍德公墓，莱拉·艾尔瓦雷斯的弃尸之处。

一部电话在六十街上，另一部在新乌得勒支大道和四十一街的路口，但这不等于他们就一定在步行能走到这两部电话的地方。他们可以离开住处，开着车跑来跑去打电话。但更符合逻辑的结论是他们的大本营就在那儿附近，而且很可能离他们用了两次的那部电话不远。事情结束了，他们尽兴了，剩下的只有给凯南·库利的伤口上撒把盐了，他们还有什么必要开车到十个街区外去打电话呢？为什么不直接用身边最方便的那部电话呢？

而那部电话凑巧就在第五大道上，四十九街和五十街之间。

我没有把情况全告诉小伙子们，事实上，很多细节都是后来我一个人琢磨出来的。我给了K兄弟一人五百美元，说我对他们的帮助感激不尽。他们反复说这个活儿非常有意思，就连无聊的那部分也不例外。吉米说他头疼，而且黑客常见的腱鞘炎严重发作，但这一切都值了。

“你们俩先下去，”我说，“穿上外衣，系好领带，板着脸从大门出去。我要确保房间里不留下任何可追查的东西，还要去前台结一下电话费的账单。我存了五十美元的押金，但七个多小时电话就没断过，天晓得他们会收我多少钱。”

“哎呀，我的天，”戴维说，“他怎么还不明白呢？”

“真好玩！”吉米说。

“什么？我不明白什么？”

“你连一分钱电话费都不用付，”吉米说，“我们连上电话后，我做的第一件事情就是绕过总机。就算我们一个国际长途打到上海，也不会在前台留下任何记录。”他咧嘴笑了笑：“不过押金你大概要不回来了。因为金吃了迷你吧里至少三十美元的夏威夷果。”

“也就三十颗吧，算下来一美元一颗。”戴维说。

“反正换了我是你，”吉米说，“我就直接回家了。”

他们走后，我付钱给TJ。他把我给他的钞票呈扇形展开，看看我，看看钞票，然后又看着我，说：“这是给我的？”

“要是没有你，就打不了这一场。球棒和球都是你带来的。”

“我以为会有个一百美元，”他说，“我什么都没做，只是这儿坐坐那儿躺躺，而且你花了那么多钱，我以为你不会给我钱的。这儿有多少？”

“五百美元。”我说。

“我就知道努力一定会有回报，”他说，“我和你，我喜欢侦探这一行。我有门路，我还很擅长，而且我喜欢。”

“通常没这么挣钱。”

“不重要。哥们儿，还有什么行当能用上我知道的那么多破事儿？”

“所以等你长大了，TJ，也想当侦探？”

“用不着等那么久，”他说，“现在就可以当。而且就在这儿，马特。”

我说他的第一个任务是离开酒店，但不能引起工作人员不该有的关注。“要是你穿得像K兄弟一样，肯定容易得多，”我说，“但现在也只能这样了。咱们一起走出去吧。”

“你这把年纪的一个白人和一个黑人少年？你知道他们会怎么想。”

“嗯，他们爱怎么摇头就随便他们摇去好了。但假如你一个人出去，他们会认为你撬窃了客房，很可能会不让你离开。”

“唉，你说得对，”他说，“但你没有看到所有的可能性。客房都是先付钱的，对吧？计费时间算到中午。我见过你住的房间，哥们儿，我不是看不起你，但你的房间可没这么好。”

“那是当然，但住一晚也不需要一百六十美元。”

“对，我住这个房间连一分钱也不需要花，我要好好洗个热水澡，用三条毛巾擦干净，然后上床一口气睡六七个小时。因为这个房间不但比你那儿好，比我那儿更是好十倍。”

“哦。”

“所以我会把‘请勿打扰’的牌子挂在门上，然后舒舒服服地睡它一个没人打扰的觉。到了中午，我会大大方方走出去，没人会多看我一眼，我这么一个乖孩子，肯定是来送外卖的。对了，马特，你说我能不能打电话给前台，请他们十一点半叫醒我？”

“我看应该没问题。”我说。

第12章

我在百老汇大街的一家二十四小时咖啡馆坐了坐。有人把一份《纽约时报》留在了卡座里，于是我一边吃煎蛋、喝咖啡，一边读报，但一个字都没看进去。我昏昏沉沉，剩下的那点儿精神都在自作主张地琢磨日落公园地区的六部投币电话。我一次又一次地掏出那份清单研究，就好像电话的顺序和方位里蕴含着某种秘密，你需要的只是一把钥匙。应该有个什么人可以让我打电话给他，声称发生了五号紧急情况。“告诉我你的访问码，”我会命令对方，“告诉我你的密码。”

等我回到旅馆，黎明已经点亮了天空。我洗了澡，躺下，辗转反侧了一个多小时后，终于放弃，起来打开电视。我看了一个电视网的早间新闻。国务卿刚访问完中东回来，他们先采访他，然后采访一名巴勒斯坦问题发言人，听他评论在中东建立永久和平的可能性。

这让我想到了我的委托人，尽管他其实一直没离开过我的脑海。节目接下来访问的是一名新晋奥斯卡金像奖得主，我按下遥控器上的静音键，打电话给凯南·库利。

电话没人接，但我反复尝试，每隔半小时打一次，最后在十点半左右联系上了他。“刚进门，”他说，“这一趟最吓人的就是从肯尼迪机场坐出租车回家的这段路。司机是个从加纳来的神经病，一颗假牙是钻石，两边脸颊上都有出身部落的疤痕标记，开车疯得像是死于交通意外能保证你优先进天堂，顺便还能发张绿卡。”

“我好像也坐过他的车。”

“你？我以为你从来不坐出租车的。我以为你只喜欢坐地铁。”

“昨天我坐了一夜出租车，”我说，“计价器都快跳爆了。”

“嗯？”

“一种说法而已。我认识了两个搞电脑的人，他们设法从电话公司的记录里扒出了公司声称不存在的数据。”我大致说了说我们都做了什么和我了解到了什么。“我找不到你，来不及等你批准，于是我就自作主张了。”

他问花了多少，我告诉了他。“小事情，”他说，“你自己垫上的吗？你应该问彼得要的。”

“我倒是不介意自己垫上。说起来，我确实找过你哥哥，因为周末我没法从银行取现金。但他也没钱。”

“是吗？”

“不过他给我开了绿灯，说你肯定不希望我耽搁时间。”

“嗯，这一点他没说错。你是什么时候找他的？我刚才进门就给他打过电话，但没人接。”

“星期六，”我说，“星期六下午。”

“我上飞机前也找过他，想叫他来接我，省得我被加纳佬迫害，但没找到他。你怎么处理的，赊账吗？”

“我找朋友借了点儿现金。”

“哦，要过来取你的钱吗？我累坏了，这一周我飞得比那个谁都多，就是刚访问完中东回来那位，我们的国务卿。”

“电视里刚播过他。”

“我们进出过相同的几个机场，但不确定有没有走相同的路线。真不知道他是怎么处理常客飞行里程数的。我现在应该能免费飞一趟月球了。你要过来吗？我虽说筋疲力尽，而且有时差，但一时半会儿恐怕睡不着。”

“但我大概能睡着，”我说，“事实上，我觉得我最好先睡一觉。我不习惯熬通宵——这是我的犯罪同党的叫法。他们熬夜像喝水似的，但他们比我年轻好几岁呢。”

“年纪大了真的不一样。我以前根本不相信还有时差这回事，现在要是有人组织全民抗议这玩意儿，我保证去摇旗呐喊。我自己也去躺会儿吧，说不定会吃粒安眠药。日落公园，对吧？我在想那一片有没有我认识的人。”

“我认为应该不是你认识的人。”

“是吗？”

“他们作过案，”我说，“但当时还是新手。现在我知道一些一周前我不知道的事情了。”

“接近破案了吗？”

“我不知道算是多近，”我说，“但肯定有进展。”

我打电话给前台，对雅克布说我会把听筒摘下来。“我不希望有人打搅，”我说，“无论谁找我，你都说请下午五点以后再打来吧。”

我设好闹钟，上床躺下。我闭上眼睛，想象着布鲁克林的地图，但还没等我把注意力放在日落公园，就已经人事不省了。

车声在某个时候把我拽出了黑甜乡，我对自己说，你应该睁开眼睛看一眼时间，但我没能做到，而是掉进了一个复杂的怪梦，其中有钟表、电脑和电话。至于为什么会梦见这些东西，我觉得一点儿也不难猜。我们在酒店房间里，有人在砸门。我在梦里走过去开门，外面没人，但砸门的声音依然如故，然后我从梦中醒来，发现有人正在使劲敲门。

敲门的是雅克布，说马德尔小姐在电话上，说有急事找我。“我知道你想睡到五点，”他说，“我这么告诉她了，她说不管你是怎么说的，反正去给我叫醒他。她听上去真的很急。”

我把听筒放好，他下楼帮我转接电话。我火急火燎地等电话响。上次她打给我说有急事的时候，是冒出来一个怪物想杀了我们俩。电话铃刚响，我一把抓起听筒。她说：“马特，我也不想吵醒你的，但事情真的很重要。”

“怎么了？”

“大海里真的有针。我刚和一个叫帕姆的女人打完电话。她正在过来的路上。”

“所以？”

“她就是我们要找的人。她遇到了那伙人，被他们拖进了车厢。”

“然后活了下来？”

“险些没命。我拿拍电影那套说辞去哄骗的一个心理医生立刻打给了她，上个星期她一直在鼓足勇气好打给我。我在电话里听了几句就知道绝对不能放过这条线索。我承诺只要她愿意过来，面对面讲一遍她的经历，就可以拿到一千美元。没问题吧？”

“当然没问题。”

“但我没有现金。星期六我把钱全给你了。”

我看了看手表。抓紧时间的话，我还来得及跑一趟银行。“我去取钱，”我对她说，“然后就赶过去。”

第13章

“快来，”伊莱恩说，“她已经到了。帕姆，这位是斯卡德先生，马修·斯卡德。马特，这是帕姆。”

她坐在沙发上，见到我们走近就站了起来。她很苗条，身高五英尺三[1]左右，黑色的头发剪得很短，一双蓝眼睛炯炯有神。她穿着深灰色的长裙和浅蓝色的安哥拉羊毛衫。口红、眼影、高跟鞋。我感觉到她特地为这次会面打扮过，但她心里又不太确定是不是做出了正确的选择。

伊莱恩穿着长裤和丝绸衬衫，看上去既沉着又干练。她说：“请坐，马特，坐那把椅子。”她和帕姆一起在沙发上坐下，说：“我刚向帕姆解释完，我是冒名把她骗来的。她不会见到黛布拉·温格。”

“之前我问她女主角由谁演，”帕姆说，“她说是黛布拉·温

1　约160厘米。

格。我惊呼：‘哇，黛布拉·温格要来演周末档电视电影了？’我猜她应该不会来混小荧幕。”她耸耸肩：“不过看来根本不会有什么电影了，所以谁演女主角有什么区别呢？”

“但那一千美元是真的。”伊莱恩说。

“嗯，对，有钱当然好，”帕姆说，“因为我确实需要。但我来不是为了钱。”

“我知道，亲爱的。”

“不只是为了钱。”

我带了钱来，给她的一千美元、欠伊莱恩的一千二百美元和我自己需要的活动经费，一共从保管箱里取了三千美元。

“她说你是侦探。”帕姆说。

“没错。”

“还说你在找这伙人。我和警察说了很多，至少和三四个不同的警察谈过——”

“什么时候？”

“事情刚发生之后。”

“那是——？”

“哦，我没反应过来你还不知道。七月，去年七月。”

“你报警了？”

“天哪，”她说，“我还能不报警吗？我必须去医院，对吧？医生见到我就说，哇，谁把你弄成这样的？我该怎么回答？我滑了一跤？自己用刀划的？所以他们当然会报警。我是说，就算我什么都不说，他们也一样要报警。”

我打开记事本，说：“帕姆，我好像还不知道你的全名。”

“因为我没说过。唉，好像也没理由不告诉你。我姓卡西迪。”

“年龄？”

“二十四岁。”

“事情发生的时候二十三岁？”

“不，已经二十四岁了。我的生日在五月底。”

“你是做什么的？”

“接待员。目前失业，所以我才说我需要钱。我猜一千美元对任何人来说都算是一笔能用上的钱，但我现在尤其需要，因为我没工作。”

“你住在哪儿？”

“二十七街，第三大道和莱克星敦大道之间。”

“事情发生的时候你就住在那儿吗？”

“事情，”她说，像是在琢磨这个词的发音，“哦，对，我在那儿住了快三年了。从我来到纽约一直住到现在。”

“你从哪儿来？”

“俄亥俄州的坎顿市。要是你听说过那地方，我能猜到是为什么。职业橄榄球名人堂。”

“有次我差点儿去了坎顿，”我说，“我去马西隆办事。”

“马西隆！天哪，我以前经常去那儿。我在马西隆认识不少人。”

“我恐怕一个都不认识，”我说，“帕姆，你住在二十七街的多少号？”

“151号。”

“那个街区环境很好。”伊莱恩说。

“对，我很喜欢那儿。唯一的问题是——虽说有点儿傻，但那一片没有名字。它在基普湾以西，在默里希尔以南，在格拉梅西以北，当然，还在切尔西以东。有些人最近开始管它叫咖喱山，因为你知道的，那儿附近有很多印度餐馆。”

“你单身吗，帕姆？”她点点头。“一个人住？”

“还有我的狗。尽管只是一条小狗，但无论狗大狗小，只要家里有狗，很多罪犯就不会闯进来。他们害怕狗，就是这样。”

“帕姆，能说一说当时的情况吗？”

“你是说那件事情？”

“对。”

“好的，”她说，“应该可以。我来就是为了这个，对吧？”

那是一个夏天的傍晚，某个周三或周四。她离家还有两个街区，站在公园大道和二十六街的路口，等红灯变成绿灯。这时一辆货车突然停下，一个男人叫她过去，向她问路，她没听说过他问的那个地方。

他下了车，说他也许搞错了地名，地址写在收据上，于是她跟着他来到车尾。他打开后车门，车厢里还有一个人，两个人都掏出了匕首。他们逼着她跟着第二个人一起上车，司机回到驾驶座开车离开。

说到这儿，我打断了她，问她为什么会乖乖地听话上车。附近有没有其他人？有没有目击者见到她被绑架？

“我对细节的记忆有点儿模糊了。”她说。

“没关系。”

“事情发生得太快了。”

伊莱恩说：“帕姆，我能问个问题吗？”

“当然。”

“你是做那一行的，对吧，亲爱的？”

我心想，我的天，我怎么会没想到？

“我不明白你的意思。”帕姆说。

“你正在拉客，对吧？”

“你怎么会知道？”

伊莱恩握住姑娘的手。“没关系的，”她说，“这儿没人会伤害你，也不会评判你。没关系的。”

“但你怎么知道——”

“哦，那是个著名的红灯区，对吧，公园大道南段？不过我早就猜到了。亲爱的，虽然我从没站过街，但我做这一行已经快二十年了。”

“不可能！”

“真的。就在这套公寓里，它刚被改建成合作公寓的时候我买了下来。我学会了管嫖客叫客户，和普通人在一起的时候，我说我是研究艺术史的，这么多年来我一直认真理财，但说到谋生之道，亲爱的，我和你是一样的。所以你可以告诉我们究竟发生了什么。”

“我的天，”她说，“说真的，你能明白吗？我松了一口气。因为我不想来这儿编故事给你们听，明白吗？但我也觉得我没什么选择。”

“因为你认为我们会看不起你？”

“差不多吧。也因为我对警察说的话。”

“警察不知道你在拉客？”我问。

“是的。”

“他们甚至没提到这个可能性？因为绑架就发生在红灯区的正中间。”

“他们是皇后区的警察。”她说。

“为什么是皇后区的警察在办案？”

“因为我出现在那儿。我被送进埃尔姆赫斯特综合医院，它在皇后区，所以警察也是皇后区的。他们对公园大道南段知道个什么呢？”

“你为什么会被送进埃尔姆赫斯特综合医院？算了，你会说到的。你还是从开头说起吧。”

“好的。”她说。

那是一个夏天的傍晚，某个周三或周四。她离家两个街区，站在公园大道和二十六街的路口，等人来和她搭话，这时一辆厢式货车停下，一个男人招手示意她过去。她走了过去，从乘客座一侧上车，男人将车开出一两个街区，拐进一条小路，在消防栓旁停了车。

她以为男人想坐在驾驶座上草草了事，五分钟挣个二十或二十五美元。开车来的男人要的差不多都是这个，而且都想就在车里进行。有时候他们还一边开着车，她觉得这是在发疯，但随他们的便。步行的嫖客通常会去旅馆开房，二十六街公园大道路口的埃尔顿旅馆既便利又价格合理。当然也可以去她的公寓，但除非特别缺钱，她几乎从不带人回家，因为她认为那样不安全。另外，谁想在自己睡觉的床上做生意呢？

在车停好之前，她不知道车厢里还有个男人。她以为车里没有其他人了，直到他用胳膊勒住她的脖子，用手捂住她的嘴。

他说：“给你个惊喜，帕米！”

天哪，她吓坏了，她吓得动弹不得。开车的男人放声大笑，把手伸进她的衣服里。她知道怎么在街头穿得突出重点，总是穿吊带衫或低胸衬衫，因为迷恋胸部的男人永远会直奔主题，所以你还不如一开始就亮出货物。“咱们去后面吧，”开车的男人说，“更私密，而且施展得开。咱们应该弄得舒服一点儿，对吧，帕米？”

她不喜欢他们这么称呼她。她自我介绍说她叫帕姆，而不是帕米，他们说话的语气充满嘲讽，非常凶恶。

车厢里的男人松开她的嘴，她说：“哎，别动粗，可以吗？”

“你嗑药吗，帕米？你认识什么大毒贩吗？也许有个卖货的男朋友？”

她说不，因为她确实没有。

而雷说：“咱们一起去一个地方，帕米，咱们去兜兜风。”

这就是他的名字，雷。第二个男人叫他雷，所以她才会知道。至于第二个男人的名字，她就算听见了也没有记住，因为她完全没印象。但开车的男人叫雷。

不过两个人交换了位置，因此现在开车的不是他。第二个男人爬到前面，坐进驾驶座，雷和她待在车厢里，那把刀被他拿在手里，而他当然没有允许她穿上衣服。

从这儿开始，她的记忆变得混乱。她在后车厢里，周围很黑，她看不见外面，他们开车一直走一直走，她完全不知道车在哪儿以及要去哪儿。雷再次问她有没有嗑药，这个话题让他兴奋，他说毒虫都是存心找死，那条路的终点是死亡。既然他们在找死，那就应该通通去死。

然后车又停下了，天晓得在什么地方，随后是漫长的肉体折磨，而她时而清醒，时而恍惚，就好像那段时间里她并不是百分之百在场。她不是非常清楚他们都用了什么。有些东西很疼，有些不疼但很难受，全都非常可怕，然后她想起来了一件事，先前她忘了个一干二净，那就是有段时间她变得非常平静。

因为她知道她难逃一死了。倒不是说她想死，因为她不想，绝对不想，但这个念头还是出现在了她的脑海里：即将发生的就是死亡，然后一切就会结束了。

她心想，好吧，我似乎能接受。就好像面对死亡，我能忍得下来。这当然很荒谬，因为重点就在这儿，要是她死了，就谈不上忍不忍得下来了。

“好的，我能接受。”实际上，就这么简单。

然后，就在她已经与死亡和解，正在享受这种平静感的时候，雷忽然说：“知道吗，帕米？你可以得到一个机会。我们可以让你活下去。”

两个男人吵了起来，因为另一个男人想杀了她，但雷说他们要放她走，因为她是妓女，没人在乎妓女的死活。

但她不只是一个妓女，他说，她拥有整条街上最漂亮的胸部。他说：“你喜欢你的胸部吗，帕米？为它们感到自豪吗？”

她不知道她该怎么回答。

“你更喜欢哪一个？来吧，点兵点将，点到谁就是谁。帕米，帕——米”——像是淘气的孩子在唱歌——“选一个吧，帕米。你更喜欢哪一个？”

他手里拿着什么东西，似乎是一圈钢丝，在暗淡的光线中泛着紫铜色。

“帕米，选一个你希望留下的。你一个，我一个，这样最公平，对吧，帕——米？你留下一个，我带走另一个，帕——米，你自己选，你必须选一个。帕——米，你最好选一个，否则两个都归我了。”

上帝啊，他太疯狂了，她会怎么做呢？她怎么可能选择一个乳房呢？肯定有办法能赢下这一局，但她绞尽脑汁也想不到。

“选一个吧，帕米。到底哪一个？这个？还是这个？帕米，你还在等什么？你是想拖延时间吗？你想让我生气吗？来吧，帕米。快点儿。摸一摸你想留下的那一个。”

天哪，她还能怎么做呢？

“那个？你确定吗，帕米？”

天哪——

“我认为你选得很好，非常好，那么这个归你，那个归我，咱们说好了。一言既出，驷马难追，帕——米。”

钢丝套在她的乳房上，钢丝的两头各有一个木柄，就像从捆扎绳底下穿过去、用来提包裹的那种东西。他双手各握住一个木柄，两条胳膊向外一分，而——

而她离开了肉体，就这么突然，她变成了没有身体的游魂，悬浮在货车上空，视线穿过车顶向下看，看着血液逐渐渗出来。

她一直看着，直到鲜血充满她的视野，看着一切变暗，越来越暗，直到世界变得漆黑一片。

第14章

凯利不在办公桌前。布鲁克林警察局凶杀科接电话的男人说假如有急事，他可以帮忙打凯利的寻呼机。我说事情非常重要。

电话响了，伊莱恩接听，说：“稍等。”她朝我点点头。我接过听筒，说你好。

“我老爸记得你，”他说，“说你这人特别执着。”

“哈，那是很久以前了。”

“他也是这么说的。所以你有什么急事，非要在我吃饭的时候打我的寻呼机？”

“我有个关于莱拉·艾尔瓦雷斯的问题。”

“你有个问题？我还以为你有情报呢。”

“关于她做的手术。”

“‘手术’，你这个词倒是用得好。”

“你知道凶手是用什么工具割掉她的乳房的吗？”

“知道，断头台。斯卡德，你为什么忽然想起来问这些？”

“他有没有可能用的是一段钢丝？比方说钢琴弦，就像勒杀索那么使用？”

一阵漫长的沉默，我在想我会不会发音不准确，他不知道我在说什么。然后他的声音忽然变得紧绷起来，说：“你到底掌握了什么情况？”

“我等着和你讨论这个情况等了十分钟，其中五分钟在等你打电话给我。”

“真该死，先生，你到底查到了什么？”

“艾尔瓦雷斯不是他们唯一的受害者。”

“你说过了，还有戈特斯坎德。我读过案卷，认为你说得对，但那该死的钢琴弦是从哪儿变出来的？”

“还有一名受害者，”我说，“受到强奸、凌虐，并且被割掉一侧乳房。区别在于她还活着。我猜你肯定想和她聊一聊。”

德鲁·卡普兰说：“pro bono，对吧？你能告诉我为什么每个人都认识这两个拉丁单词吗？我从布鲁克林法学院毕业的时候，学会的拉丁文都够我自己开教堂了。Res gestae、corpus juris、lex talionis。从来没有人对我说过这些词。只有pro bono。你知道pro bono是什么意思吗？”

“你肯定会告诉我的。”

“说全了应该是pro bono publico——为了公众利益。因此大型法律事务所才会用这个词来指代他们屈尊接下的那一丁点儿公益法务工作，他们认为这么做能稍微安抚一下良知，他们的良知当然非常不安，因为他们把九成以上的时间花在羞辱穷鬼上，为此每小时要收至少两百美元。你为什么这么看着我？”

“这是我听你说过的最长的一句话。”

“是吗？卡西迪小姐，作为你的律师，我有责任要提醒你，别和这位先生之类的男人扯上任何关系。马特，说真的，卡西迪小姐是一名曼哈顿居民，是九个月前发生在皇后区的一起犯罪事件的受害者。而我是布鲁克林区一名拼死拼活讨生活的律师，在法院街上有个最寒酸的办公室。所以请允许我问一句，我为什么要来掺和这个案子？”

我们在他寒酸的办公室里，耍嘴皮子只是他活跃气氛的手段，因为他早就知道帕姆·卡西迪为什么需要一名布鲁克林的律师：她需要他帮助她熬过一名布鲁克林凶杀科警探的盘问。我在电话上向他仔细解释过了整个情况。

“我可以叫你帕姆吗？”他问。

“哦，当然可以。”

“还是你更喜欢帕米？”

“不，帕姆就很好。千万别叫我帕米。”

这一点的重要性对卡普兰来说还是个不解之谜。他说：“那就帕姆好了。帕姆，在咱们去见凯利警员之前——是警员吗，马特，还是警探？”

“约翰·凯利警探。”

“在咱们去见好心的警探之前，咱们先来捋一捋角色。你是我的委托人，因此除非我在场，否则任何人都不能向你提问。明白了吗？”

“明白了。”

“这包括了所有人，无论是警察、媒体，还是把话筒捅到你脸上的电视台记者。‘请你去和我的律师谈。’来，跟着我说一遍。”

“请你去和我的律师谈。”

“非常好。要是有人打你的电话，问你外面天气如何，你怎么回答？”

“请你去和我的律师谈。”

“我看她明白了。再来一个。有人打电话说你中奖了，他们正在搞一场特别促销活动，可以免费送你去巴哈马的天堂岛玩一趟。你怎么回答？”

“请你去和我的律师谈。”

“不，碰到这种人，你可以叫他滚蛋。但地球上的其他所有人，他们都必须去和你的律师谈。现在咱们来说一说具体情况，不过总体而言，我希望只有我在场的时候你才回答问题，而且只回答与那场严重侵犯你的人身的暴行有关的问题。你的背景、事情发生前的生活、事情发生后的生活，这些和任何人都没有关系。假如问话拐上了我不同意的方向，我会插进来阻止你回答。而且就算我不说话，他们的问题出于任何原因让你觉得不舒服，你都可以不回答。你就说你想先和你的律师单独商量一下。‘我想和我的律师单独商量一下。’来，跟着我说一遍。”

“我想和我的律师单独商量一下。”

“非常好。重点是你没有受到任何指控，而且也不会受到任何指控，因此你从一开始就是在帮他们的忙，这样我们就有了一个非常好的出发点。现在趁马特也在，咱们先过一遍背景情况，然后你和我就可以去见凯利警探了。帕姆，告诉我，你是怎么想到要请马修·斯卡德去查绑架并伤害了你的凶手的？”

在我打电话给约翰·凯利和德鲁·卡普兰之前，我们就已经商量好了这些细节。我们需要一套说辞来让帕姆担任调查的发起者，把凯南·库利排除在案情之外。她、我和伊莱恩反复讨论之下，最后编出来的故事是这样的：

事情发生九个月后，帕姆想让生活回到正常的轨道上，但恐惧让这一点变得极为困难，因为她害怕同一伙罪犯会再来残害她。她甚至考虑过要离开纽约，但觉得无论逃得多远，恐惧永远会如影随形。

不久前，她认识了一个男人，她把自己如何失去一侧乳房的经历告诉了他。这位先生是个有地位的已婚人士，因此她无论如何都不会透露他的身份。他在震惊和同情之余，说除非那伙罪犯伏法，否则她就不可能过得安心，而且即便找不到他们，采取一定行动来促成他们的被捕对治疗精神创伤也不无裨益。由于警方已经调查了相当长的时间，但显然一无所获，因此他建议她雇用一名私家侦探，后者可以全心全意地侦办此案，而不需要像警方那样蹚过优先级选择的泥潭。

事实上，他刚好认识一名信得过的私家侦探，因为这位无名氏曾经是我的客户。他介绍她见我，还答应支付我的费用和其他开销，而前提是在任何情况下都不得透露他的身份。

与帕姆面谈两次后，我意识到想要破案，最有效的方法是假设她不是他们唯一的受害者。事实上，仅以他们讨论要不要杀死她的语气而言，就足够证明他们确实杀过人了。我因此设计了几条调查路线，想要发掘出那两个男人在伤害我的委托人之前或之后犯下其他罪行的证据。

我在图书馆查阅旧报纸，找到了我认为同伙人作案可能性很大的两个案件，一个是玛丽·戈特斯坎德案，另一个是莱拉·艾尔瓦雷斯案。戈特斯坎德案件牵涉到使用厢式货车绑架受害者，我通过某些非官方渠道搞到了戈特斯坎德的案卷，证实受害者也遭受了身体损毁。艾尔瓦雷斯案件似乎也牵涉到绑架，受害者被弃尸墓园的情节也有相似之处——绑匪把帕姆扔在皇后区的锡安山公墓。星期四我得知艾尔瓦雷斯遭受的身体损毁（报纸中没有详细说明）与帕姆的完全相同之后，我认为罪犯是同一伙人的事实已经不证自明了。

那么，当时我为什么没有告诉凯利呢？原因非常简单，若是没有委托人的同意，擅自透露调查情况有违职业道德。我花了一整个周末说服她，帮助她为即将面对的盘问做好思想准备。另一方面，我也想看看我扔进水里的其他诱饵有没有鱼儿咬钩。

其中一个诱饵就是所谓的周末档电视电影，我请伊莱恩打电话给全城各处的性犯罪调查人员，希望能找到侥幸逃生的受害者。有几个女人打过电话，但事实证明可能性都微乎其微，不过我还是想等到周末结束再放弃这个调查方向。

说来好笑，帕姆本人也接到了皇后区性犯罪调查科一个女人的电话，建议她联系这位马德尔小姐，也许会值得她花点儿时间问问对方想干什么。当时她不知道我们也在尝试走这条路，因此她在接电话的时候说得很犹豫，然而后来她向我提起这件事，发现所谓的电影制作人其实是谁之后，我们都笑得前仰后合。

到了星期一，也就是今天下午，我再也找不到理由向警方隐瞒线索了，既因为我们的行为无疑妨碍了他们对这两起谋杀案的侦办工作，也因为我不知道该怎么单枪匹马地查下去了。我尝试说服帕姆接受我的观点，但想到要再次接受警方的盘问，她自然感到有所保留，不过等我告诉她可以请律师来保护她的权益之后，她的态度就没那么抗拒了。

于是他们去见凯利，而我也可以卸下追查色情杀人犯的重任了，事情就是这样的。

“我认为说得通，”我告诉伊莱恩，“我认为已经面面俱到了，包括了我从接到第一个电话后的所有行为，而且没有把库利牵涉进来。我认为无论帕姆说什么，都不会导致警方发现我在大西洋大道上做的调查和我昨晚看着K兄弟玩的‘电子游戏’。再说，帕姆对这些事情一无所知，因此就算想说也没什么可说的，她根本没听过弗朗辛和凯南·库利的名字。说起来，她甚至不知道我到底是怎么被卷进来的。我认为她只知道她的这套说辞。”

“也许她真的相信了。”

“等她讲完，自己多半也会相信。卡普兰认为这套说辞听上去合情合理。”

“你把真实情况告诉他了？”

“没有，我没有理由要告诉他。他知道他得知的情况并不完整，但他没什么意见。重点在于，他能阻止警方严厉逼问她，把警方的注意力引向罪犯，而不是我在里面扮演的角色。”

“他们会那么做吗？”

我耸耸肩：“我不知道他们会怎么做。有一伙连环杀人狂在活动，偷偷摸摸作案一年多，而纽约警局甚至不知道他们的存在。一个私家侦探发现了被所有人遗漏的线索，这会害得很多人丢面子的。”

“所以他们会弄死报信的人。”

“他们不是第一次做这种事了。事实上，警方并没有遗漏任何明显的线索。连环杀人案并不容易识别，尤其是当不同的案件落在了不同的辖区和大区分局手上，而犯案细节上一致的特征又是不会登在报纸上的那种。但他们依然有可能会因为帕姆害得他们丢脸而难为她，特别是考虑到她的妓女身份，而且在案发的时候她也没有提到这个小细节。”

“她这次会提到吗？”

“这次她会提到她偶尔会通过出卖身体来贴补家用。我们知道她在警方那儿有案底，她被抓过两次，原因是卖淫和意图卖淫。他们调查她的案件时没有发现这一点，因为她是受害者，没有理由去查她有没有前科。”

“但你认为他们应该查一下的。”

“嗯，他们做事太马虎了，”我说，“妓女是这种案件的理想目标，因为太容易对她们下手了。他们应该查一下的，就像是一种条件反射。”

“不过她会说自从出院回家她就不再卖身了。说她很害怕，不敢再去做。”

我点点头。她上岸了一段时间，想到要上陌生人的车就怕得要死，然而积习难改，她最后还是走上了回头路。刚开始她仅限于车上幽会，以免脱掉上衣引起男人的失望或厌恶，但她发现大多数男人其实并不在乎这点儿残疾。有些男人觉得这个缺陷很有意思，还有极少数人因此而特别兴奋，成为她的常客。

但没人必须知道这些隐私。因此她会对警方说她找了几份女招待的工作，在住处附近打零工，把我介绍给她的那位匿名好心人也多多少少照顾了她一些。

“你呢？”伊莱恩问，“你要去找凯利，也录一份证词吗？”

“应该是的，但不用着急。我明天找他聊聊，看他要不要我正式做证。也许不要。我对他其实没有任何用处，因为我没有发现任何证据。我只是发现三起已经发生的案件之间存在某些隐形联系。”

“所以对你来说，我的船长，战争已经结束了？”

“似乎是的。”

“我猜你一定累坏了。要去隔壁房间躺一会儿吗？”

“我看我还是不睡为好，这样能尽快恢复正常作息。”

“有道理。你饿吗？我的天，早饭之后你就没吃过东西，对吧？你坐着，我去做饭。”

我们吃了蔬菜沙拉和一大碗橄榄油大蒜拌意大利蝴蝶面。我们坐在厨房的小桌前，饭后她给自己泡茶，给我煮咖啡，我们去客厅，一起坐在沙发上。聊天的时候她说了句粗话，完全不符合她的性格，我放声大笑，她问我笑什么。

我说：“我就喜欢你说街头用语。”

“你认为我是在装腔作势，对吧？你认为我是温室里的一朵娇花，没错吧？”

“不，我认为你是西班牙哈莱姆的带刺玫瑰。”

“我不知道我混街头能不能成功，”她若有所思地说，“还好我不需要知道答案。不过有一点我可以向你保证，等这件事结束，咱们的街头智慧小姐可就不再是无名小卒了。”

“你打算收留她？”

“才不呢，我们也不可能变成室友，互相帮忙做头发。不过我可以帮她找个像样的住处，告诉她怎么建立客户群，在自己的公寓里做生意。要是她足够精明，你知道她该怎么做吗？在《云雨》杂志上登广告，告诉那些迷恋胸部的人现在可以花两份钱买一个了。你又在笑了，我难道又在说街头用语了？”

“不，纯粹因为好笑。”

“那就允许你笑了。我也不确定，也许我应该走远点儿，让她过自己的生活。不过我喜欢她这个人。”

“我也是。”

“我认为她配得上比站街更好的生活。”

“每个人都一样，”我说，“她最后也许能得到些好处呢。假如警方抓到那伙罪犯，他们出庭受审，她说不定也能红个十五分钟。另外，她有律师，他会保证没人能不花钱就拿走她的人生故事。”

“也许真的会拍一部电视电影。”

“不是没有这个可能性，但未必能请到黛布拉·温格来扮演咱们这位朋友。”

“是啊，恐怕不行。哈，我想到一个点子。你听听觉得如何？这电影该怎么拍呢，就该去找个在现实生活中切除了一侧乳房的女演员来扮演她。我是说，这算是个高概念了，对吧？你看到我们正在传达什么信息了吗？”她使了个眼色，“这是我的演艺人格。我猜你还是更喜欢我的街头人格。”

“要我说，成败可能性各半。”

“有道理。马特，你把一个案子办到这个程度，然后拱手让给警方，心里不难受吗？”

“不难受。”

“真的？”

“为什么要难受？我没理由要把案子扣在我自己手里。纽约警局拥有我缺少的资源和人力。我尽我所能推进到这一步，我的能力已经到头了。我会继续查我昨晚搞到的那条线索，看看我能在日落公园发现什么。”

“你不打算把日落公园的情况告诉警察？”

“我没办法告诉他们。”

“是呀。马特，我有个问题。”

“问吧。”

“我不知道你想不想听，但我必须问：你确定是同一伙凶手吗？”

“肯定是。用一段钢丝割乳房，先是莱拉·艾尔瓦雷斯，然后是帕姆·卡西迪，两个受害者都被扔在墓地，不可能不是同一伙人。”

“我认为残害帕姆的凶手也杀害了艾尔瓦雷斯。还有森林公园的那个老师。”

“玛丽·戈特斯坎德。”

“但弗朗辛·库利呢？她的尸体没有被扔在墓地，也未必被勒杀索割掉了一侧乳房，而且目击者说她是被三个男人掳走的。帕姆对一点非常肯定，那就是凶手只有两个人。雷和另外一个。”

“抓走库利太太的同样有可能只是两个人。”

“你说过——”

“我知道我说过什么。帕姆也说他们先从前排到车厢里，后来又回到前排。也许只是看上去像是三个人，因为你看见两个男人进了车厢，然后车开走，你想当然地认为驾驶座上还有一个人。”

“有可能。”

“我们知道戈特斯坎德死在这伙人手上。戈特斯坎德和艾尔瓦雷斯都被割掉手指，因此联系在了一起，而艾尔瓦雷斯和帕姆都被割掉了乳房，这意味着——”

“这三个案子是同一伙人做的。好的，我明白了。”

“对，戈特斯坎德案件的目击者也说有三个人，两个掳人，一个开车。有可能是障眼法。也可能那天确实有三个人，他们抓弗朗辛那天也是三个人，但抓帕姆那天，另一个家伙得了流感，只能在家休息。”

“在家打飞机。”她说。

“管他在家干什么。我们可以问问帕姆，他们有没有提到过第三名罪犯。‘迈克肯定会喜欢她的屁股。’就是这种话。”

“也许割掉她的乳房就是为了带回家给迈克。”

“‘嘿，迈克，你真该看看我们放走的那一个。’”

“饶了我吧，谢谢。你认为警方能从她嘴里问出一个像样的描述吗？”

“不太可能。”她说过她不记得那两个男人的相貌了，每次尝试回忆他们的脸，浮现出来的都是一团模糊，就好像他们套着尼龙丝袜充当面具。先前查案的时候，警方请她看性犯罪者的大头照相册，结果却徒劳无功。她根本不知道自己该找两张什么样的脸。警方请面容拼图技师来帮她回忆，同样无济于事。

“她在这儿的时候，”她说，“我一直在想雷·加林德斯。”他是纽约警局的警察和画家，拥有一项出类拔萃的技能，他擅长和目击者沟通，根据证词绘制像得出奇的罪犯画像。他的两张素描在装裱加框后被挂在伊莱恩的浴室里。

“我也想到了他，”我说，“但我不确定他能从她的嘴里问出什么来。要是他在案发一两天内见她，也许还有点儿指望。现在时间已经隔得太久了。”

“催眠呢？”

“有成功的可能性。她肯定阻断了那段记忆，催眠师也许能解除封锁。我不怎么了解催眠术。陪审团未必会采信，我自己都不太有把握。”

“为什么？”

“我认为证人接受催眠后有可能会为了讨好问话者而通过想象捏造记忆。我在戒酒会活动上听到过很多乱伦的故事，我怀疑这种记忆的真实性，它们总是在事情发生后二三十年突然浮现出来。我相信其中有一些是真的，但我感觉大多数都是无中生有，因为患者想取悦心理医生。”

“有些是真的。”

“毫无疑问。但有些不是。”

“也许吧。有一点我承认，乱伦是如今最热门的心灵创伤。用不了多久，没有乱伦记忆的女性就要开始担心她们的老爸是不是嫌弃她们太难看了。你想玩‘我是顽皮小女孩，你是我老爸’的游戏吗？”

“你放过我吧。”

“你这人真是没情趣。想玩‘我是站街时髦酷妞，你开车来嫖’的游戏吗？”

“要我去租辆车吗？”

“咱们可以假装沙发就是车，不过似乎有点儿勉强了。咱们总得做点儿什么来让咱们的关系保持激情火热吧？我可以把你绑起来，但我了解你，你会直接睡过去。”

“尤其是今晚。”

“嗯哼。咱们可以假装你慕残，而我少了一个乳房。”

“老天在上，算了吧。”

“你说得对，阿门。就像我老妈说的，我不想beshrei。你知道beshrei是什么意思吗？大致是意第绪语里的自招天罚。‘你别乱说话，免得神动了念头。’”

“对，别乱说话。”

“是啊。亲爱的，要不然只是简简单单上个床？”

“正有此意。”

第15章

星期二我睡了个懒觉，醒来时伊莱恩已经出去了。厨房桌子上有张字条，说我愿意待到几点都行。我给自己做早饭，看了会儿CNN。然后我出去溜达了一个小时左右，来到花旗银行大楼的时候刚好赶上戒酒会的午间活动。散场后我在第三大道看了电影，出来后走到弗里克博物馆看画展，然后坐公共汽车沿着莱克星敦大道去下城区，在离中央车站还有一个街区的地方参加五点半的戒酒会活动，看着下班的通勤人员狠心拒绝餐车的诱惑。

这场活动的主题是“第十一步”——通过祈祷和冥想知晓神的旨意。大多数发言都是没完没了的灵性探讨。好不容易等到散场，我决定款待自己叫个出租车。两辆车从我面前驶过，第三辆刚停下，一个穿定制礼服、扎漂亮领结的女人用胳膊肘挤开我，抢先钻进车里。我没有祈祷和冥想过，但没费什么力气就知晓了神在这件事上的旨意：他老人家要我乘地铁回家。

前台有三通留言，分别要我给约翰·凯利、德鲁·卡普兰和凯南·库利回电。这让我想到姓氏第一个字母都是K的人还真是多得出奇，更别提还没算上K兄弟呢。第四张字条上没有名字，只有一个号码；就当我这人拧巴好了，我回的第一个电话就是它。

我拨打号码，但听见的不是铃声，而是一个电子音。我以为电话断了，于是放下听筒。我突然反应过来，于是再次拨号，听见电子音后，我输入我的号码，然后挂断电话。

没过五分钟，我的电话就响了。我拿起听筒，TJ说："嘿，马特，我的好哥们儿。什么事？"

"你有寻呼机了。"

"吃了一惊，对吧？哥们儿，我突然有了五百美元，你觉得我会干什么，买储蓄债券吗？最近刚好有特价活动，寻呼机加三个月服务费只要一百九十九美元。你想买的话，我可以陪你去，保证店里不会宰你。"

"我过一阵儿再说吧。过了三个月呢？公司把寻呼机收回去？"

"不，哥们儿，寻呼机是我的。只是我需要付月租费了。不付月租费，寻呼机还是我的，但你打我的号码就不会有任何动静了。"

"那有个寻呼机也没用了。"

"但很多人有这玩意儿。成天带在身上，但你从来没听见它响过，因为他们不付月租费。"

"月租费多少？"

"他们说了，但我没记住。不重要。按照我的看法，等三个月到了，你会替我付账单，确保我能随叫随到的。"

"我为什么要这么做？"

"因为我不可或缺啊，哥们儿。对于你的行动，我是一项关键资产。"

“因为你很有办法。”

“你看，你明白过来了。”

我打给德鲁，但他不在办公室，我也不想打搅他的家庭生活。我没有打给凯南·库利和约翰·凯利，觉得让他们等一等也无妨。我在路口的小店就着可乐吃了块比萨，然后去圣保罗教堂参加当天的第三场戒酒会活动。我不记得上次我去得这么勤快是什么时候了，但肯定已经有段时间了。

原因不是我觉得我有开戒的危险。喝酒的念头离我的脑海从没这么遥远过。也不是因为形形色色的难题在滋扰我，而我无法下定决心。

我意识到，我感觉自己在经历某种损耗和枯竭。在福隆特纳克酒店熬的那一夜固然让我付出了代价，但两顿饱饭和九小时不间断的睡眠已经抵消了它的影响。然而案件本身对我的影响还没有过去。我费尽心力办案，完全沉浸在这个案子里，但现在一切都过去了。

但是，当然了，案件并没有结束。凶手的身份还没有被查明，更别说落网了。我自认我的侦探工作做得非常出色，也产出了令人瞩目的成果，但案子本身离结案还差得远呢。因此我感觉到的疲惫并不是那种光荣的成就感。无论劳累与否，我的承诺都还没有完成。前路漫漫，道阻且长。

因此我又去参加了一场戒酒会活动，那是个安全平静的场所。茶歇时间，我和吉姆·法布尔聊了聊天，散场后一起离开。他没时间陪我喝咖啡，于是我送他走到离他公寓不远的地方，告别前我们站在路口聊了几分钟。然后我回到家，但依然没有打给凯南·库利，不过我打了个电话给他哥哥。我和吉姆聊天的时候提到了他，过去这一周我们都不记得见过他。于是我打给彼得，但没人接电话。我又打给伊莱恩，我们聊了几分钟。她说帕姆·卡西迪打过电话，说她不会再打电话来了，因为德鲁请她暂时不要和我或伊莱恩联系，她想通知伊莱恩一声，免得她担心。

第二天上午，我先打给德鲁，他说一切都很顺利，他觉得凯利这人很固执，但也算通情达理。“要是你想祈祷点儿什么，”他说，“就祈祷那家伙是个有钱人吧。”

“凯利？在凶杀科可发不了财。没有油水可捞。”

“我的天，我说的不是凯利，是雷。”

“哪个雷？”

“凶手呗，”他说，“我的天，还能是谁？你都不听你的委托人说话的吗？”

她不是我的委托人，但他不知道。我问他我们倒是为什么要希望雷是个有钱人。

“这样就可以起诉他，让他赔光家底了。”

“我希望他一辈子都能烂在牢里。”

“当然，我也这么希望，”他说，“但咱们都知道刑事法庭上有可能发生什么。不过有一点我可以肯定，只要他们能起诉他，我就能在民事法庭上掏光他的最后一分钱。但除非他口袋里有钱，否则就不值得了。”

“谁能说得准呢。”我说。但我知道，住在日落公园地区的百万富翁恐怕少之又少，但我不想向卡普兰提到日落公园，更何况我也没有理由认定那两个家伙（或者三个，说不定团伙确实有三个）真的住在日落公园。根据我知道的情况，雷说不定住在皮埃尔饭店的套房里。

“我希望能找到一个什么人起诉一下，”他说，“也许那伙浑球儿用的是公司货车。我希望能在这个方向找到一个有连带责任的被告，这样至少能给她搞到一笔像样的和解金。她遭了那么多罪，应该得到些补偿。”

“这样你的公益活动到头来就能计算投入产出率了，对吧？”

“那又怎样？我不能考虑效率吗？不过我告诉你，这个案子里我最在乎的并不是我的利益。说真的。”

“好的。”

“她真是个好姑娘，”他说，“既坚强又勇敢，但骨子里还有一股天真，明白我的意思吗？”

“明白。”

“但那帮浑球儿让她经历了什么？她给你看他们对她做的事情了吗？”

“她告诉我了。”

“她也告诉我了，但她也让我看了。你以为知道情况能帮你做好思想准备，但相信我，那种视觉冲击太惊人了。”

“不用你说，”我说，“她有没有给你看剩下的另一边，好让你理解一下损失究竟有多么严重？”

“你的思想太肮脏了，你知道吗？”

“我知道，”我说，“至少别人都是这么说的。”

我打给约翰·凯利的办公室，对方说他出庭做证去了。我报上我的名字，接电话的警察说：“噢，他想和你谈一谈。把你的号码给我，我打他的寻呼机。”没过多久，凯利打电话给我，我们约好在一家叫诉讼记录的餐厅里见面；从区政府出来，拐过路口就是那地方。我没听过这个名字，但感觉肯定是曼哈顿下城区遍地开花的那种酒吧兼餐厅，客户群体以警察和律师为主，装潢上大量使用黄铜、皮革和深色木料。

凯利和我没碰过面，我们在电话里都忘了这一点，不过我不费吹灰之力就认出了他。他和他父亲像是一个模子里铸出来的。

“这话我从小听到大了。”他说。

他去吧台拿了杯啤酒，我们到最里面找了张桌子坐下。女招待长着狮子鼻，脾气好，很有感染力，她认识我的这位同伴。他问今天的五香熏牛肉怎么样。她说：“对你来说不够瘦，凯利，你还是吃烤牛肉吧。”我们要了黑麦面包的烤牛肉三明治，肉切得很薄，堆得高高的，配的薯条炸得酥脆，芥末酱辣得能让雕像流泪。

“地方不错。”我说。

“一等一的。我每天都在这儿吃饭。”

他就着第二瓶摩森啤酒吃三明治。我点了杯香草汽水，女招待摇头，我说那就可口可乐好了。我意识到凯利注意到了这一点，但他没有立刻说什么。等女招待端来饮料，他说：“你以前喝酒。”

“你父亲告诉你的？我认识他的时候喝得还不算凶。”

“不是听他说的。我打了几个电话，询问你的情况。听说你喝出过事情来，后来戒酒了。”

“可以这么说。”

“听说你在参加匿名戒酒会。了不起的组织，每个人都这么说。”

“它有它的优点。但要是想喝点儿好的，那就不是你的去处了。”

他花了两秒钟才意识到我在开玩笑。他哈哈一笑，然后说：“你是在那儿认识他的吗？她的神秘男友？”

“我不会回答这个问题。”

“你不打算向我透露他的任何情况。”

“是的。”

“没关系，我不会在这个话题上难为你。你说服了她来见警察，我欠你一个人情。但见到证人拉着律师的手出现，我就不怎么开心了，然而就她的情形而言，我不得不承认她做得对。另外卡普兰也不是个真正的讼棍。要是他愿意，他能在法庭上把你当猴耍，但没什么，那是他的工作，律师全都是这个德行。你能怎么做呢？吊死整个行当的从业人员？”

“有些人会认为这是个好主意。”

“你指的是现在店里的一半人，”他说，“而另一半人就是律师。不过无所谓。卡普兰和我都同意向媒体隐瞒这些情况。他说他确定你也会赞成的。”

“当然。”

“要是能给两名罪犯好好画个像就好了，我给她安排了一个画家，但顶多只能证明他们各有两只眼睛、一个鼻子和一张嘴。她对耳朵不太确定，认为每人各有两只，但不敢保证。那就像在《每日新闻》第五版登一张笑脸符号，然后问：‘你见过这个人吗？’我们现在只知道三个案件有联系，警局已经正式并案按连环凶杀案处理了，但向大众公开这件事能有什么意义呢？除了吓得人们屁滚尿流，你说还能做到什么？”

吃过午饭，我们没有逗留。他必须在两点前赶回法院，在一起与毒品有关的谋杀案审判中做证，正是因为这种事情，他的办公桌才永远清静不下来。“你很难在乎他们你杀我我杀你，”他说，“也懒得劳神费力去抓他们归案。”

“我死也不会想到会听见警察这么说。”

“最近每天都会听到了。警察、检察官、所有人。禁毒署当然还在唱他们的老调：‘我们正在毒品战争中取得胜利。给我们需要的工具，让我们施展拳脚。’谁知道呢，也许他们真的相信，但你还不如去相信牙仙女呢，至少牙仙女会在你枕头底下放个两毛五。

“我知道，那东西会死人。比如天使尘，一个生性和平的普通人去嗑点儿天使尘，一闭眼睛就失去了意识，然后大开杀戒。几个小时后他醒来，发现有人死了，而他连个屁都不记得，他甚至没法告诉你他有没有享受快感。我愿意看见路口的糖果店卖天使尘吗？天哪，我不敢说我愿意，但在店里卖难道就会比现在卖得多吗？你知道毒贩就在糖果店门口当街兜售呢。”

“我不知道。”

“没人知道。事实上，现如今天使尘的销量并不好，但不是因为人们不嗑药了。快克抢占了天使尘的大量市场。所以各位运动迷，请听来自毒品世界的好消息：快克在帮助我们打赢这场战争。”

我们平摊账单，在人行道上握手告别。我保证要是想到什么应该告诉他的就立刻联系他，他说要是案件有所进展就立刻通知我。“我可以告诉你，局里会投入一些人力，”他说，“他们是我们真的想从街头清除的那种垃圾。”

我对凯南·库利说过那天下午晚些时候我要出去，因此我不想食言。诉讼记录餐厅位于乔拉勒姆街上，布鲁克林高地在这儿一屁股撞上了科布尔山。我向东走上法院街，然后沿着法院街向南朝大西洋大道而去，经过德鲁·卡普兰的事务所和彼得·库利带我去吃饭的餐馆。我拐上大西洋大道，这样可以从阿尤伯的店门口走过，在现场（in situ）想象一下绑架的全过程，这又是一个拉丁文词组，德鲁可以把它和pro bono放进同一个篮子。我打算坐公共汽车往南走，但等我走到第四大道，一辆公共汽车刚好开走，再说那是个春光明媚的好日子，走一走让我觉得很愉快。

我走了两个小时。我没打算一口气走到湾脊区去的，但最后我确实就这么做了。刚开始我以为我只会走八九个街区，然后跳上见到的第一辆公共汽车。但等我来到第一条以数字编号的街道时，我意识到一英里外就是格林伍德公墓了。我拐上第五大道走到公墓，在墓碑之间溜达了十分钟至一刻钟。草色艳丽，只有在初春才能见到这种色彩，墓碑周围春花绽放，映衬着人们放在墓前的其他鲜花。

公墓占地很大，我不知道莱拉·艾尔瓦雷斯的尸体被扔在哪块区域，不过新闻报道里应该提到过。然而就算读到过，我也早就忘记了，再说即便知道，那又有什么用处呢？我不会通灵，没法从弃尸的那块草地感应到她发散的电波。我愿意相信有人能做到，他们手持柳枝就能找到遗失的物品和下落不明的孩子，我甚至相信他们能看见我见不到的灵光（我不确定“丹尼男孩”最近的那个女朋友有没有这种能力）。但我做不到。

不过，在实地走一走，说不定真能撬动某个线索，接上某条很可能永远无法打通的思路。天晓得你的大脑是怎么运转的。

也许我去那儿是想感受一下那个姓艾尔瓦雷斯的姑娘。也许我只是想在草地上走个几分钟，欣赏一下美丽的花朵。

我从二十五街拐进墓地，在南边半英里外拐上三十四街。这时我已经穿过了整个公园坡，来到了日落公园的北侧边缘，再走两条马路就是这块区域因其而得名的小公园。

我走到公园，从中间穿过。然后我从新乌得勒支大道和四十一街路口的电话亭开始，依次走过凶手用来给库利家打电话的六部投币电话。我最感兴趣的那部电话在第五大道上，位于四十九街和五十街之间。他们在那儿打了两次电话，因此可以推断它离他们的大本营最近。与其他的投币电话不一样，这部电话不在街上，而是在一家二十四小时洗衣房的进门处。

店里有两个女人，都很胖。一个正在叠洗好的衣物，另一个翘起椅子腿背靠水泥墙坐着，她手里那本《人物》杂志封面上是桑德拉·迪。我往电话里投了一枚硬币，打给伊莱恩。她接起电话，我说："所有的自助洗衣房都有公用电话吗？到处都是这样？你总能在自助洗衣房里找到投币电话？"

"你知道我等你问我这个已经多少年了吗？"

"什么？"

"你以为我什么都知道，真是太看得起我了，然而我不得不告诉你，我好几年没进过自助洗衣房了。事实上，我甚至怀疑我以前有没有去过。我这幢楼的地下室有洗衣机。因此我无法回答你的问题，但我有个问题想问你。为什么问这个？"

"绑架案发生的当晚，库利接到的两个电话都来自日落公园一家自助洗衣房里的投币电话。"

"而你这会儿就在那儿，正在用那台电话打给我？"

"对。"

"然后呢？其他洗衣房有没有装电话有什么关系呢？别告诉

我，让我自己想。算了，我想不出来。为什么？”

“我在考虑他们会不会就住在附近，因此才会想到要用这台电话。你从街上看不见它，除非你住在一两个街区之内，否则当你想打电话的时候，首先想到的肯定不会是它。除非现在每一家洗衣房里都装了电话。”

“好吧，我不了解自助洗衣房。我们公寓楼的地下室里反正没电话。你的脏衣服是怎么处理的？”

“我？我那儿路口有个洗衣房。”

“他们有电话吗？”

“不知道。我早上把脏衣服送过去，晚上去取洗干净的。其他一切都交给店里。”

“我打赌他们不分颜色。”

“什么？”

“当我没说。”

我离开自助洗衣房，在路口的古巴小餐馆喝了杯拿铁。那伙杂种，他们用过洗衣房里的电话。我离他们就有那么近。

他们肯定就住在附近。不只是在这块城区内，而且就在洗衣房一两个街区的半径内。要我相信我能感觉到他们离我只有几百码并不困难，但那只是自欺欺人。我不会感应电波，我能做的仅限于推测当时发生了什么。

她离开家，他们盯上她，尾随她来到达戈斯蒂诺超市，拎袋小弟送她上车，因此他们没有出击；接下来他们尾随她来到大西洋大道。她走出阿尤伯的店，他们抓住她塞进车厢，然后扬长而去。接下来去了哪儿呢？

无数个地方之中的一个。红钩区的某条小道、某个仓库背后的小巷、某个车库。

从绑架发生到绑匪第一次打电话之间隔了几个小时，我猜这几个小时的大部分时间他们都在折磨她，就像折磨帕姆·卡西迪那样。她死后，他们直接回家，把车停在平时的泊位上，也可能车一开始就停在那儿。那辆货车现在需要化个妆了，因为车身文字显示它属于皇后区的一家电视修理店。他们用喷漆盖住文字——也可能直接洗掉，因为那些字有可能本来就是用可洗涂料写上去的。要是他们的车库里有合适的工具，还可以给整辆车换个颜色。

然后呢？飞快地复习一下《屠宰分割技术入门》？他们有可能立刻碎尸，也有可能等到事后。这个细节不重要。

然后，下午三点三十八分，第一通电话。四点零一分，第二通，是雷从自助洗衣房打的。然后是另外几通电话，直到八点零一分，第六通电话差遣库利兄弟去送钱。打完这个电话，雷或另一个人埋伏在弗拉特布什大道和法拉格特街路口的投币电话附近，见到凯南接近就拨号。

不过，有这个必要吗？他们要求凯南八点半赶到那儿。他们可以从指定时间前几分钟开始，每隔一分钟打一次电话。无论库利几点钟赶到那儿接电话，他都会认为绑匪是在他们开车到那儿的时候打电话的。

不重要。无论他们是怎么安排的，总之他们打了电话，凯南接听后赶往韦特兰斯大道，而一名或多名绑匪很可能已经就位。绑匪再次打电话，很可能是见到库利兄弟抵达后才打的，因为这次他必须在附近，看着库利兄弟从赎金旁离开。

等两兄弟离开后，一旦他们不再碍事，而且能确定没有留下任何人监视车辆，雷和他的一名或多名同伙就去拿钱，然后逃之夭夭。

不对。

至少有一个人留在附近，看着库利兄弟在车里寻找弗朗辛但没有找到，然后打给投币电话，命令他们回家，说她会在他们之前到家。然后，等库利兄弟真的回到殖民路，绑匪也回到了大本营。停好货车，然后——

不对。不，货车一直停在车库里。他们还没完成伪装，况且弗朗辛·库利的尸体很可能就在车里。他们开另一辆车从大本营前往韦特兰斯大道。

那辆福特天霸，是为这个用途而偷的？有可能。或者还有第三辆车，他们偷走天霸藏在某处，只有一个用途：运送尸块。

无数的可能性……

但无论如何，到了这个时候，他们把天霸取了出来，装上弗朗辛的尸体。先分尸，用塑料袋包裹，再用胶带捆扎好。破坏后车厢的锁，把后车厢当肉店的冷柜，开着两辆车来到殖民路，拐过路口驶向停车地点。停好天霸后，开车的人到另一辆车上和伙伴会合，然后一起回家。

去享受四十万美元和天衣无缝地完成犯罪计划所带来的满足感。

现在只剩下一件事了：打电话让库利拐过路口去找那辆福特。任务圆满完成，你高兴得满脸红光，但你还必须羞辱他一把。拿起你自己的电话，就在你面前桌上的那部电话，这是个莫大的诱惑。库利不可能报警，他没有任何后援，他二话不说就给了钱，因此他怎么可能查到最后一通电话是从哪儿打来的呢？

管他的……

不，等一等，迄今为止，你的每一步都尽善尽美，你完全是个职业老手，所以现在为什么要破例呢？没有这个道理，对吧？

另一方面，你也不想搞得太夸张。在此之前，你每次打电话都会换个地方，而且确保每两部电话之间总是相隔至少五六个街区，就是为了防止有人追踪，防止他们会监视那些投币电话。

但他们没有。现在可以确定了，他们没有做这种事情，因此没必要采取必需之外的预防措施。当然应该用投币电话，对，这个没错，但就用附近最方便的那一部好了。那是你的第一选择，你自己第一次打电话就是从那儿打的。

既然要去打电话，那就顺便洗个衣服好了。你做了见血的活儿，弄脏了衣服，那就全扔进洗衣机洗洗干净好了。

不，应该不是这样。四十万美元摆在厨房的桌子上，你用不着费神洗衣服。你会扔掉这一身，回头去买新的。

我走遍了自助洗衣机周围两个街区内的每一条街道，矩形的边界分别是第四和第六大道、四十八和五十二街。我不知道我具体在搜寻什么，但碰到车身上有手写文字的蓝色厢式货车肯定会多看几眼。我的主要目的是感受一下这块区域，看会不会有东西吸引我的视线。

这块区域在经济水平和人种民族方面都极为多样化，散落的房舍情况各不相同，有的因为年久失修而破败不堪，有的则被其高消费阶层的屋主翻新改建成了独门独户的住宅。这儿有成片的排屋，有些还被铝合金和沥青毡包得严严实实，有些已经拆掉翻建的成果，重新砌上了红墙。这儿也有彼此分开的框架式房屋，门前是小小的草坪。有些草坪被用来停车，另一些屋子则自带车道和车库。我在这里见到了大量的街头生活，有很多母亲带着幼儿，很多小孩看起来精力过剩，还有很多男人在洗车修车，或者坐在门廊上用棕色纸袋包着酒瓶喝酒。

等我走完那儿的每一条街道，我也不知道自己获取了什么信息。但我有理由相信，途中我经过了他们行凶的那座屋子。

没过多久，我站在了另一座屋子的前面，这里曾经发生过一起凶案。

看完六十街和第五大道路口的那部最南端的投币电话之后，我走到第四大道，从达戈斯蒂诺超市门前经过，终于进入了湾脊区。走到参议员街，我忽然想到两个街区外就是汤米·蒂拉里杀死他妻子的屋子。过了这么多年，我不知道自己还能不能找到那儿，刚开始我确实遇到了困难，在另一个街区找来找去。还好我及时意识到了错误，很快就找到了正确的地方。

它比我记忆中小了一圈，就像你的小学教室，但除此之外，它完全就是我记忆中的模样。我站在屋前，仰望三楼的阁楼窗户。蒂拉里把妻子藏在那儿，然后搬下楼，杀害了她，将现场布置得像是劫匪逞凶。

玛格丽特，她叫这个名字。我全想起来了。玛格丽特，但汤米叫她佩格。

他杀妻子是为了钱。我一向觉得对于杀人而言，求财是个糟糕的理由，但也许是因为我太不看重金钱，却把生命看得太重。不过我还是要承认，相比为了取乐而杀人，求财已经算是个比较好的动机了。

我在办那个案子的时候认识了德鲁·卡普兰。他在第一起凶杀指控中担任汤米·蒂拉里的律师。警方释放了蒂拉里，但后来他再次被捕，理由是谋杀他的女朋友，这次卡普兰就让他另请高明去了。

屋子看上去维护得很好。不知道现在的屋主是什么人，知不知道它的历史。假如这栋屋子在这些年里转了几次手，目前的屋主很可能不知道那段往事。不过这是个相当稳定的住宅区。人们并不喜欢搬来搬去。

我在那儿站了几分钟，回想我酗酒的那段时光，我认识的那些人，我往日的那种生活。

很久以前了。也可能并不久，取决于你怎么数日子了。

第16章

凯南说："我没想到你会那么做。你把案子办得有了眉目，然后打包拱手送给警察。"

我也向他解释了一遍，讲述这个决定对我来说多么显而易见，还有我认为我真没什么选择余地。情况发展到了这个程度，警方在目前这些调查路线上的办案效率必定比我高得多，而且这么做能把我发现的大部分情况告诉警方，同时又不会让我的委托人和他遇害的妻子进入他们的视线。

"是啊，我完全明白，"他说，"我理解你为什么会这么做。为什么不让他们也干点儿活儿呢？这本来就是警察的职责嘛，对吧？我只是没想到这一步，就这么简单。我本来想象我们追查罪犯，最后要上演一场追车大戏，还有枪战或者类似的场面。我说不准，也许我浪费在电视上的时间太多了。"

他看上去像是在飞机上待得太久了，在室内工作得太久了，在里屋和厨房里喝了太多的咖啡。他没刮胡子，满头乱发也需要理一理了。和上次见到他相比，他不但掉了体重，而且肌肉也松弛了，他英俊的面庞非常憔悴，黑眼睛底下是一对黑眼圈。他穿着浅色的亚麻裤和黄褐色的丝绸衬衫，懒汉鞋里面没穿袜子。换作平时，他这身打扮会显得沉稳而优雅，但今天他看上去衣衫不整，甚至有那么点儿蓬头垢面。

“假如警察抓住了他们，”他说，“会发生什么？”

“这取决于警方能立一个什么样的案子。在理想的情况下，你能找到大量禁得起推敲的物证，把他们和一起或多起凶杀案联系起来。要是没有这样的证据，那就只能说服一名罪犯做证告发其他罪犯，换取从轻发落。”

“换句话说，让他们狗咬狗。”

“没错。”

“为什么要让罪犯之一做证呢？那姑娘不能做证吗？”

“仅限于她是受害者的那起案件，但那起案件本来就比谋杀轻。强奸和强迫鸡奸都是B级重罪，可判六至二十五年的有期徒刑。假如能以二级谋杀罪起诉，那就有可能是无期徒刑了。”

“割掉她一个乳房呢？”

“只能算是一级伤害罪，甚至还不如强奸和强迫鸡奸的罪行重。我记得刑期顶格也只有十五年。”

“我觉得不公平，”他说，“我认为他们对她做的事情比谋杀更可怕。一个人杀了另一个人，也许他只是一时失手，也许他有合适的理由。但为了取乐而那么伤害其他人，什么样的人会做出这种事？”

“变态或者恶魔，随你选。”

“你知道的，想到他们对弗朗辛做的事情，我就气得发疯。”

他站了起来，踱到房间的另一头望着窗外，背对着我，“我尽量不去想。我想说服自己，他们一上来就杀了她，她反抗，他们揍她，想让她闭嘴，但下手太重，她死了。就这样，咣的一下就死了。”他转过身来，垂头丧气：“但有什么区别呢？无论他们是怎么对待她的，现在都已经过去了。她的苦难已经结束。她死了，化成了灰，没有化成灰的那部分去见上帝了——假如真的存在上帝。或者安息了，或者重生变成了一只鸟或一朵花或天晓得什么。也可能就是没了。我不知道生命是怎么一回事，人死了以后会怎么样，没人知道。”

“是啊。”

“你听说过濒死体验对吧？穿过隧道，见到耶稣或你最喜欢的舅舅，看着自己的人生一闪而过。也许真是这样的，我说不准。也许只有濒死体验才会这样。也许真正的死亡就不一样了。谁知道呢？”

“反正我不知道。”

“是啊，而且谁在乎呢？等发生在咱们身上再操心好了。强奸最多能判多久？你说二十五年？”

“法条是这么说的。”

他皱起眉头：“我不能继续想了。无论咱们谈什么，我都会立刻对照弗朗辛的情况，我不能这样下去了，我会逼疯我自己的。强奸有可能判你二十五年，但割掉她的胸部顶格也只有十五年。这事情不对劲。”

“想修改法律是很困难的。”

“是啊，我只是想把责任推给体制罢了。再说了，二十五年也远远不够。无期徒刑也不够。他们是畜生，他们该死。”

“法律不能这么做。”

“是啊，”他说，“真是好极了。法律能做的只有找到他们，然后一切都有可能发生。假如他们进监狱，在监狱里想干掉一个人倒是不难。里面有很多人并不介意挣他一笔。或者他们在法庭上胜诉了，或者交保候审，回到外面也很容易下手。”他摇摇头：“你听一听，我都在说什么啊？就好像我是教父，坐在家里下令杀人。谁知道会发生什么呢？也许到时候我就没这么愤慨了，也许在号子里蹲二十五年听上去也不错。谁知道呢？”

我说：“说不定咱们运气好，能在警方之前找到他们。”

“怎么找？绕着日落公园转圈，甚至不知道你在找谁？”

“利用警方找到的线索。有一件事他们肯定会做，那就是把他们掌握的所有情况送到联邦调查局，对比连环杀人狂的档案。也许我们的证人能填上她空缺的记忆，这样我就能拿到罪犯的图像了，或者至少是详尽的体貌特征。”

“所以你想查下去？”

“那还用说。”

他想了一会儿，点点头：“说说我欠你多少。”

“我给了那姑娘一千美元，律师没收她的钱。给了从电话公司搞到记录的电脑高手一千五百美元，我们用的客房一百六十美元，外加五十美元的电话押金，那笔钱我没去拿回来。就算两千七百美元好了。”

“嗯。”

“我还有一些其他的开销，不过我觉得应该由我自己来出。都是意外支出，我不想等你批准再动手。要是你觉得有什么不合理的，尽管提出来和我讨论。”

“有什么好讨论的？”

“我觉得你好像有心事。”

他重重地叹了一口气：“你感觉到了，对吧？我回来那天第一次接你电话的时候，你好像说过你问了我哥哥。”

“没错。他没钱，所以我自己凑了一笔。怎么了？”

“他是说没钱，还是说必须等我点头才行？”

“没钱。事实上，他说得很清楚，他确定你一定会出这笔钱，只是他身边没现金。”

“你确定？”

“百分之百确定。怎么了？出什么事了吗？”

“他没说可以让你用我的钱？没说类似的话吗？”

“没有。事实上——”

“嗯？事实上什么？”

“他说你家里肯定有钱，但他拿不到。他还自嘲说你不可能把保险箱密码告诉一个毒虫，就算他是你兄弟也不行。”

“他真的这么说了？”

“我不确定他这个‘你’指的是不是你，”我说，“感觉意思是在说，一个人只要脑子正常，就不会把这种信息告诉一个吸毒成瘾的人，因为他不值得被信任。”

“所以他是在泛指？”

“我觉得是的。”

“但也有可能在说我，”他说，“而且他是正确的。我不可能把那么多钱托付给他。我的哥哥，我可以把我这条命托付给他，但六位数的现金？不，我做不到。”

我没有接话。

他说："前两天我给彼得打过电话，他应该过来一趟的，但他一直没出现。"

"嗯。"

"还有一点。我出发那天，他送我去机场，我给了他五千美元以备不时之需。所以你问他要两千七百美元——"

"不到这个数。我是星期六下午找他的，那时候我还不需要给卡西迪的一千美元。我忘记我报给他的是多少了，比较有可能的是一千五百美元或两千美元。"

他摇摇头："你能想通发生了什么吗？反正我想不通。你星期六打电话给他，他说我要到周一才回来，不过你尽管花钱好了，我会补给你的。他是这么说的，对吧？"

"对。"

"他为什么要这么说呢？假如他认为我也许会反对，那我能理解他为什么不愿意把我的钱给你。但他没有拒绝你，也没有刁难你，只是说他没钱，所以给不了你。然而他一方面说这笔开销没问题，但另一方面又守着钱不给你。我没说错吧？"

"没有。"

"你会不会给他留下了你现金够用的印象？"

"不会。"

"因为假如他认为你身边有钱，可以先垫付一下，那我可以理解。但否则的话……马特，我不愿意这么说，但我的感觉不太好。"

"我也是。"

"我认为他在吸毒。"

"听上去很像。"

“他和我保持距离，他说会过来，但没有露面。我打电话给他，他不在家。你说这听上去像什么？”

“我一个半星期没在戒酒会的活动上见到他了。虽说我们不总是参加同一场活动，但——”

“但三天两头总能碰到一次。”

“对。”

“我给了他五千美元当备用金，但真的发生事情了，他却说他没钱。他把钱花在哪儿了？假如他在骗你，那他攒钱干什么？要我说，问题有两个，但答案只有一个：毒品。还能是什么？”

“还有另一个解释。”

“我洗耳恭听。”他拿起电话拨号，站在那儿听铃响，做好说话的准备。铃声响了至少十次，他才终于放弃。“没人接，但什么都说明不了。他以前抱着酒瓶窝在家里的时候，会一连几天不接电话。有一次我问他为什么不干脆把听筒搁在一边，他说这样我就知道他在家了。我这个哥哥，思路真是扭曲。”

“要怪就怪那种病。”

“你说的是酒瘾吧？”

“我们通常管它叫生病。不过两者应该是一码事。”

“他戒毒了，你知道的。他曾经毒瘾很大，但他戒掉了，却一头扎进了酒海。”

“他告诉过我。”

“他戒酒多久了？一年多？”

“一年半。”

“你会认为既然能忍住这么久，那就能一辈子不开戒。”

“几乎每个人都能坚持忍一天。”

“是啊，”他不耐烦地说，“每次坚持一天。我全都知道，我听过所有的口号。彼得刚开始戒酒的时候，他满嘴都是这些东西。弗朗辛和我会陪他坐着，给他倒咖啡，听他唠叨。无论他在戒酒会的活动上听到什么，他回来都会一五一十说给我们听，但我们不介意，因为他总算开始回归正轨了。然后有一天，他说他不能再和我每天混在一起了，因为那样会破坏他的戒酒大业。现在天晓得他带着一袋毒品和一瓶威士忌躲在哪儿，他的戒酒大业他妈的去哪儿了？”

“凯南，你还不能确定呢。”

他转向我：“否则还能是什么？他拿着五千美元能做什么，去买彩票吗？我就不该给他那么多钱的，诱惑太大了。无论他发生了什么，那都是我的错。”

“不，”我说，“要是你给他满满一雪茄盒的海洛因，说‘替我保管到我回来’，那才是你的错呢。没有人能抵抗这么大的诱惑。但他戒毒戒酒一年半了，他知道怎么为他自己的清醒负责。要是钱让他坐立不安，他可以存进银行，或者找个戒酒会的同伴替他保管。他有可能破戒了，也有可能没有，我们现在还不知道，但无论他做了什么，都不是你逼着他做的。”

“是我让破戒变得容易了。”

“破戒从来都不困难。我不知道现在一小袋毒品卖多少钱，但两美元就能好好喝一杯了，而破戒需要的只是那一杯。”

“但一杯没法让你醉太久。不过，五千美元应该能让他畅饮好一阵儿了。买酒能花多少钱呢？在家喝，一天二十美元，去酒吧，翻个两三倍？海洛因贵得多，但你每天顶多也就能往胳膊里打个两百美元买的海洛因的量，而且他需要一段时间才能把毒瘾捡回来。

就算他日夜不停嗑药，五千美元也够他花一个月了。”

“你呢？”

“我又不是毒虫。”

“彼得说你一个月左右会用掉一小袋。”

“什么时候说的？星期六打电话的时候？”

“一周前。我和他一起参加戒酒会的活动，然后吃了顿饭，一起逛了逛。”

“然后他对你说了这些？”

“他说几天前他去你家，而你嗑嗨了。他说他揭穿你，而你不肯承认。”

他垂下眼睛，过了一会儿才开口，声音也变得低沉。“唉，他说得对，”他说，“他确实揭穿了我，我也确实矢口否认。我以为他相信了。”

“他没有。”

“嗯，看来没有。在这件事上撒谎让我觉得很难受。嗑药倒是并不让我难受。我不会当着他的面吸毒，要是我知道他会过来，也不会选那个时候吸，但偶尔心情不好的时候用一小袋，除了我自己也不会伤害任何人。”

“随你怎么说。”

“他说一个月一袋？实话实说，我估计没那么多。要是我没记错，一年也就是七八次，顶多十次，不可能更多了。我不该骗他的。我应该说：‘对，我心情非常差，所以我发泄了一下，那又怎样呢？’因为我能做到一年碰个几次但从不过线，而他只要尝上一小口，整个瘾头就会卷土重来，昏在地铁上不省人事，被蟊贼把鞋偷走。这是真事，有一次他在D线上醒来，发现自己只穿着袜子。”

“很多人都发生过这种事。”

“包括你？”

“不，但本来也许会的。”

“你曾经酒精成瘾，对吧？你来之前我喝过一杯。要是你问我，我会痛痛快快地承认，不会撒谎骗你。但我为什么要骗我的哥哥呢？”

“因为他是你哥哥。”

“唉，这是一部分原因。妈的，哥们儿，我真的很担心他。”

“现在你什么也做不了。”

“是啊，我能怎么做呢？开着车满街找他？不如咱们一起去吧。你在马路这边找杀我老婆的那伙浑蛋，我在另一边找我哥哥。这个计划怎么样？”他做个鬼脸，“我都忘记我还欠你钱了。多少来着？两千七百美元？”他从口袋里掏出一卷百元大钞，数出二十七张，差不多用完了这卷钞票。他把钱递给我，我找了个口袋装好。他说：“现在呢？”

“我会继续查的，”我说，“有些方面要取决于警方的调查结果，但——”

“不，”他打断我，“我不是问这个。你现在去哪儿？约了人吃饭？还是有事要回城里？”

“哦。”我不得不想了一下，“大概是回我住的旅馆吧。我走了一整天，想洗个澡，换身衣服。”

“打算走回去吗？还是搭地铁？”

“哦，不走了。”

“那我开车送你吧。”

“不用麻烦你了。”

他耸耸肩。“我必须做点儿什么。”他说。

他在车里问我那家自助洗衣房的地址，说他想去看一看。我们开车到那儿去，他把别克停在马路对面，熄灭发动机。“所以咱们开始蹲守了，”他说，“警察是这么说的吧？还是只有电视剧里这么说？”

“蹲守通常要持续几个小时，”我说，“所以我希望我们这会儿不是在蹲守。”

“当然，我只是想在这儿坐上几分钟。天晓得我开车路过这儿多少次了。我从没想过要停车进去打个电话。马特，你确定是同一伙人杀了那两个女人，还伤害了那个姑娘？”

“对。”

“因为这次是为了求财，而另外几次纯粹是为了，呃，该怎么说呢？过瘾？取乐？”

“我知道，但这几起案件的相似之处过于具体和明确了，因此肯定是同一伙人。”

“为什么是我？”

“什么意思？”

“为什么选中我？”

“因为毒贩是理想的目标，有大量现金，也有理由不去惊动警察。我们已经讨论过了。另外，其中一名绑匪对毒品有意见。他反复问帕姆认不认识毒贩以及她吸不吸毒。他似乎对这个话题很着迷。”

“你说的是为什么选中毒贩，不是为什么选中我。”他向前趴在方向盘上，“谁会知道我贩毒呢？我没有被抓过，名字没上过报纸。我的电话没被监听，家里没被装过窃听器。我肯定邻居们不知道我靠什么挣钱。一年半以前，禁毒署调查过我，但什么都没查出来，所以就撤了。至于纽约警局，我觉得他们甚至不知道有我这个活人。假如你是个人渣，喜欢杀女人，想靠敲诈毒贩挣一笔大的，你怎么会知道我的存在的呢？我想知道的就是这个。为什么选中我？”

“我明白你的意思了。”

“刚开始我以为我是他们的目标。你明白的，我以为整件事起源于有人想伤害我，搞掉我。但根据你的说法，情况并不是这样。整件事的起源是一伙疯子，靠强奸和杀人发泄兽欲。然后他们决定顺便挣点儿钱，于是决定向毒贩下手，就选中了我。因此去追查我做这一行认识的人也毫无意义，不会是某个人认为我在某次交易中坑了他，觉得这么做能报复回来。我不是说做毒品生意的没有疯子，但——”

“对，我明白你的意思。你说得对，你是被偶然选中的目标。他们想找毒贩下手，而他们知道你是个毒贩。”

“怎么知道的呢？”他犹豫片刻，“我有个想法。”

“说来听听。”

“唉，我觉得未必能说得通，但我猜我哥哥在戒酒会活动上说过他的经历，对吧？他坐在会场最前面，告诉大家他都做过什么，酒瘾是怎么找上他的。我估计他提到过他弟弟靠什么谋生，对吗？”

“嗯，我知道彼得有个贩毒的兄弟，但我不知道你叫什么、住在哪儿。我甚至不知道彼得姓什么。”

“要是你去问他，他很可能会告诉你。查出其他的细节能有多困难呢？‘我觉得我认识你弟弟。他住在布什维克，对吧？’‘不，湾脊区。’‘咦，是吗？哪条街？’我说不准，也许有点儿牵强。”

“要我说，”我说，“我承认匿名戒酒会的活动上什么人都有，也不可能阻止连环杀人狂进门。老天做证，很多臭名昭著的杀人狂都有酒瘾，而且常常是在酒精的作用下杀人的。但我想他们中没有哪个靠参加活动戒掉了酒瘾。”

“但存在这个可能性？”

“应该存在。但可能归可能，假如咱们要找的人住在日落公园，而彼得在曼哈顿参加戒酒会活动——”

“嗯，你说得对。他们的窝点离我只有一英里半，我却想让他们赶到曼哈顿去打听我的消息。当然了，我说这些话的时候不知道他们就在布鲁克林。”

“你什么时候说过？”

他望着我，痛苦在他的额头交织。“我对彼得说，他参加活动的时候不该多嘴，乱说我做的是什么生意。我说他们说不定就是这么找上我的，所以他们才会选中弗朗辛。”他扭头望向窗外的洗衣房，“那是在他开车送我去机场的路上说的。我只是一时没控制住。他说了什么让我不高兴的话，我忘了具体是什么，然后我朝着他吼了一顿。他有两秒钟像是被我一脚踹在了心窝上。然后他说什么，你明白的，他会左耳进右耳出，说他不会往心里去，他知道我只是在发泄愤怒。”

他转动点火钥匙。“去他妈的洗衣房，”他说，“我没看见很多人排队打电话。咱们走吧。”

“好。”

车子开出一两个街区后，他说：“假如他一直想来想去，钻了牛角尖，假如他怎么都忘不了这个念头，假如他开始怀疑会不会真是这样。”他瞥了我一眼：“你说他会不会因此去找警察？因为我必须告诉你，假如我是彼得，我肯定会那么做。”

回到曼哈顿，他说：“我想去他家转一圈，敲敲他的门。能陪我一起吗？”

寄宿公寓大门的锁坏了。凯南拉开门，说：“安保措施真不赖。这地方整个儿好极了。”我们进了门，顶着老鼠屎和被褥发霉的怪味爬了两段楼梯。凯南走到一扇门前，听了几秒钟，然后敲了敲门，喊他哥哥的名字，但没人回应。他重复一遍这个流程，结果相同，他抓住门把手试了试，门锁上了。

“我害怕我会在里面发现东西，”他说，“但同时又不敢走开。”

我从钱包里抽出一张过期的信用卡，几下就撬开了门锁。凯南看着我，眼神里充满另一种敬意。

房间里没人，而且一片狼藉。被单有一半拖在地上，衣物乱糟糟地堆在一把木椅上。我在橡木五斗橱上看见了一本摄影集《大书》和几本戒酒会的小册子。我没看见酒瓶和吸毒用具。床头柜上有个水杯，凯南拿起来闻了闻。

“我不确定，”他说，“你觉得呢？”

杯子是干的，但我似乎闻到了烈酒的余味，然而也有可能是心理暗示在作祟。这不会是我第一次在没有酒的地方闻到酒味。

“我不喜欢乱翻他的东西，”凯南说，“尽管他没什么东西，但还是有隐私权的。可我一闭上眼睛就能看见他脸色发青。你明白我的意思吗？”

回到街上，他说：“至少他有钱，不需要去偷东西。除非他嗑上了可卡因，那玩意儿能吸得你倾家荡产，但他从来都不喜欢可卡因。彼得喜欢重低音，喜欢一个猛子扎到海底最深处。”

“我看得出来。”

“是啊。要是没钱了，他还可以卖掉弗朗辛的凯美瑞。虽说他不是车主，但凯美瑞在旧车目录里的标价是八九千美元，所以不走正规程序肯定也能换个几百美元。这是毒虫经济学，完全说得通。”

彼得说过一个关于酒鬼和毒虫区别的笑话，我说给凯南听：酒鬼和毒虫都会偷你的钱包，但毒虫会帮你找钱包。

“是啊，”他说着点点头，“一针见血。”

第17章

接下来的一个星期里，发生了几件事情。

我跑了三趟日落公园，两趟是我单独去的，第三趟TJ陪着我。一天下午我心烦意乱，打他的寻呼机，几乎立刻接到了他的回电。我们在时报广场地铁站碰头，一起乘地铁去布鲁克林。我们在一家熟食店吃午饭，在那家古巴小馆子喝拿铁，然后走了好一会儿。我们一直在聊天，尽管我对他依然没什么了解，他却知道了我的一些事情——只要他真的在听我说话。

等回城的地铁时，他说："喂，今天你不用给我钱，因为咱们什么都没干。"

"你的时间总该值点儿什么的。"

"那得做事才行，但我今天一直在闲逛。哥们儿，我从小到大这么做都是免费的。"

另一个晚上，我正要出门去参加戒酒会的活动，却接到了"丹尼男孩"的电话，于是火速赶往科罗纳的一家意大利餐馆，有三个小痞子在那儿活动，他们最近变成了散财童子。他们是绑匪的可能性不大，因为科罗纳在皇后区北部，离日落公园足有几光年，但我还是去了。我坐在吧台前喝圣培露矿泉水，等那三个穿丝绸礼服的家伙来撒钱。

电视开着，十点钟的第5频道新闻说警方刚刚逮捕了三名男性，他们不久前抢劫了四十七街的一家钻石店，还用枪托打伤了店员。酒保说："哎，你说巧不巧！这帮浑球儿连着来我们这儿玩了三个晚上，花钱好像怎么花都不嫌快。我就觉得他们的钱来路不正。"

"他们用传统的老办法挣钱，"我旁边的男人说，"盗抢。"

我离谢亚球场只有几个街区远，然而离大都会球队还有几百英里远，那天下午他们在瑞格利球场以一两分之差输给了芝加哥小熊球队。洋基队在主场迎战印第安人队。我走到地铁站，上车回家。

另一天我接到德鲁·卡普兰的电话，他说凯利和布鲁克林凶杀科的伙计要帕姆跑一趟华盛顿，去匡提科拜访联邦调查局总部的暴力犯罪分析科。我问她哪天去。

"她不去。"他说。

"她拒绝了？"

"在她律师的建议下。"

"我不确定，"我说，"联邦调查局最强的向来是公关科，但据说他们给连环杀人狂做侧写的部门也很厉害。我认为她应该去。"

"嗯，"他说，"可惜你不是她的律师。亲爱的朋友，我的职责是保障她的利益。再说，大山反正会来穆罕默德这里[1]，他们明天派人来见帕姆。”

“结束后让我知道一下情况，”我说，“只要不和你委托人的利益相抵触就行。”

他大笑：“别挖苦我，马特。她为什么非要大老远地跑一趟华盛顿？让他来这儿好了。”

见过侧写师之后，他打电话给我，说侧写师对这次会面不以为意。“他似乎有点儿漫不经心，”德鲁说，“就好像两死一残还不值得他花时间。我猜凶手杀的人越多，他们就越有事可做。”

“有道理。”

“是啊，但对后面的受害者来说就没什么安慰性了。他们恐怕更希望警方能尽早抓住罪犯，而不是让他为调查局的数据库加料。他告诉凯利说他们为西海岸的一个变态做了一份非常详尽的侧写。他们敢确定那家伙小时候集邮，知道他做第一个文身是几岁，但他们还是没抓住那个该死的家伙。我记得他说受害者目前已经达到四十二名，还有另外四个人很可能也死在他手上。”

“我明白雷和他的朋友为什么是小角色了。”

“而且他对犯罪频率也没什么兴趣。他说连环杀人狂的活动通常更加频繁，也就是说他们不会隔几个月才犯一次罪。他说要么是他们还没磨合好，要么他们只是偶尔来纽约，大多数时候在其他地方作案。”

“不可能，”我说，“他们太熟悉这座城市了，不可能是外地人。”

1　该句出自俗语“如果大山不走向穆罕默德，穆罕默德就必须走向大山”，比喻如果对方不肯按你的意志行事，你就只得调整自己的做事方式。——编者注

“为什么这么说？”

“嗯？”

“你怎么知道他们很熟悉这座城市？”

因为他们差遣库利兄弟跑遍了布鲁克林，但我不能这么说。“他们把两座外区公墓当作弃尸地点，”我说，“还有森林公园。你说哪个外地佬会在莱克星敦大道掳走一个姑娘，然后把尸体扔在皇后区？”

“任何人都有可能这么做，”他说，“假如他掳走的姑娘不是他想要的。让我想一想他还说了什么。他说他们很可能三十岁出头，小时候很可能受过虐待。他说了很多泛泛之谈，但他提到的一点让我浑身发冷。”

“什么？”

“这个人在分析科待了二十年，自从科室组建就加入了。他很快就要退休了，他说他非常高兴。”

“因为他耗尽热情了？”

“没这么简单。他说这类案件的数量一直在以可怕的速度递增。从增长曲线目前的形状来看，他们认为这类案件会在眼下到世纪末之间的某个时候达到峰值。他管这个叫‘运动杀人’，说按照他们的看法，它即将成为风靡九十年代的休闲活动。”

我刚开始参加的时候，他们并不这么做，但戒酒会活动近来经常会邀请戒酒还不到九十天的新人上台，先做自我介绍，然后报告天数。大多数时候，这样的宣告会引来全场鼓掌。但圣保罗教堂的活动不会这么做，因为曾经有个会员连续两个月每晚都来，每次开场前都会说一遍：“我叫凯文，我有酒瘾，我已经戒酒一天了。昨晚我喝了酒，但今天我没喝！”人们受够了为这种声明鼓掌，因此下一次组织会议的时候我们在激烈讨论后投票，决定取消鼓掌这个环节。要是有人说：“我叫艾尔，我戒酒十一天了。”我们会说：“你好，艾尔。”

我从布鲁克林高地走到湾脊区找凯南·库利要钱的那天是星期三。星期四晚上八点半的那场活动中，后排响起了一个熟悉的声音：“我叫彼得，我有酒瘾和毒瘾，我戒掉两天了。”

“你好，彼得。”大家齐声说。

我原打算在中间休息的时候找他聊一聊，却被坐在我旁边的女人拖住了，等我转身去找他时，他已经走了。散场后我从旅馆打给他，他不接电话。我打到他弟弟家。

“彼得在戒酒，”我说，“至少一小时前是在戒酒。我在戒酒会上见到了他。”

“今天早些时候我找到了他。他说我给他的钱大部分都在，那辆凯美瑞也没出事。我说我在乎的不是钱和车，而是他，他说他挺好。你觉得他看上去怎么样？”

“我没看见他，只是听见他发言了。等我去找他的时候，他已经走了。我打给你只是想说一声他还活着。”

他说谢谢。两天后的晚上，凯南打电话给我，说他在楼下的大堂里。“我的车违章停在门口，”他说，“你吃过饭了吗？下楼吧，我在外面等你。”

我坐进车里，他说：“你比我熟悉曼哈顿。想去哪儿？选个地方吧。”

我们去了第九大道的巴黎花园餐厅。布莱斯唤着我的名字打了招呼，给我们安排了一张靠窗的桌子，盖瑞在吧台像演电影似的挥了挥手。凯南要了一杯红酒，我要了矿泉水。

“地方不错。”他说。

点完菜，他说：“我不知道，哥们儿，我没有理由要进城。我只是在开车乱转，却想不到能去哪儿。我以前经常这么做，只是开车乱转，为汽油短缺和空气污染贡献一份力量。你这么做过吗？哦，你不行，你没车。要是周末想出城玩玩，你会怎么做呢？”

“租车呗。”

“哦，对，”他说，“我怎么没想到。你经常出城吗？”

“天气好的时候算是经常吧。我女朋友和我喜欢去州北，或者去宾夕法尼亚。”

“哦，你有女朋友？我一直想问来着。你们在一起很久了吗？”

“不算太久。”

“她是做什么的？不介意我问一下吧。”

“研究艺术史的。”

“非常好，”他说，“肯定很有趣。”

“她似乎觉得很有趣。”

“我是说她肯定很有趣。一个有趣的人。”

“非常。”我说。

今晚他的气色好了一些，头发理过，脸也刮干净了，但依然带着某种疲惫感，而焦躁的情绪在底下涌动。

他说：“我一个人不知道该做什么。我在家里走来走去，坐立不安，都快把自己逼疯了。我老婆死了，我哥哥天晓得在干什么，我的生意要完蛋了，而我不知道该做什么。”

“你的生意怎么了？”

“也许没事，也许会出大事。前几天去欧洲的时候，我安排了一笔交易。下周应该有一批货到岸。”

“也许你不该告诉我的。”

“你试过掺鸦片的大麻膏吗？不过既然你只酗酒，那就应该没试过。”

“没试过。”

“我这次进的就是这东西。在土耳其东部种植，通过塞浦路斯运往美国，反正他们是这么说的。”

“问题出在哪儿呢？”

“问题出在我应该放弃这笔交易的。参与者里有几个人，我找不到理由信任他们，而我之所以会加入，是因为全世界最糟糕的理由——因为我必须找点儿事做做。”

我说：“我为你工作仅限于调查你妻子的案件，为此我可以无视你的谋生方式，甚至愿意为你违反几条法律。但一旦牵涉到你的那个行当，我就不能为你工作或帮你做事了。”

“彼得说为我工作会导致他开戒。这对你来说也是个影响因素吗？”

“不是。”

“只是因为你绝对不会碰这个行当。”

“对，应该是这样。”

他思考片刻，然后点点头。“我能理解，”他说，“我尊重你的立场。但另一方面，我希望你能帮我，因为假如有你援助，我就能放手大干了。另外，这一行非常挣钱。你知道的。”

“当然。”

“但也很肮脏，对吧？我知道。我怎么可能不知道呢？这是个肮脏的行当。”

"那就脱身吧。"

"我正在考虑。我没打算要一辈子做这一行。我每次都对自己说再干几年，再做几单，再往海外账户里存几笔。熟悉的故事，对吧？"

"到时候你去干什么呢？"

"卖别的东西呗。"他哈哈大笑起来，"这次去欧洲我认识了一个人，和我一样，也是黎巴嫩裔，我在巴黎和他还有他老婆做伴。'凯南啊，'他说，'你必须从这个行当脱身，它会杀死你的灵魂。'他希望我去当他的合伙人。你知道他是干什么的吗？他是军火商，老天在上，他卖武器。'哥们儿，'我说，'我的客户买了货只会去杀自己。你的客户会去杀别人。''不一样的，'他坚持说，'和我做生意的都是好人，有地位的人。'然后他给我列举他认识的重要人物，比如中央情报局、其他国家的秘密情报组织。所以说不定我会退出毒品生意，去当一个了不起的军火商。你难道更喜欢这样？"

"你难道只有这一个选择？"

"你说真的？不，当然不是。我可以买卖任何东西。我说不准，我老爸说到腓尼基人的经商天赋时也许有点儿夸张，但我们的族人确实是遍布全世界的商人。我从大学退学后，做的第一件事情就是旅行。我去探望亲戚。地球上每个角落都能见到黎巴嫩人，我在尤卡坦有姨妈和姨父，中美洲和南美洲到处都有我的表兄弟。我去非洲，一个名叫多哥的国家有我母亲那边的亲戚。在我去那儿之前，我甚至没听说过这个国家。多哥的首都叫洛美，我家亲戚在那儿做外币兑换的黑市生意。他们在洛美市中心租了个办公室套间。大堂里没有牌子，你必须爬楼梯才能找到他们。但他们的生意倒是做得正大光明，从早到晚都有人带着想要兑换的外币进进出出，美元、英镑、法郎，还有旅行支票。黄金，他们也买卖黄金，称重估值。

“办公室里有一张长桌，从早到晚都有钱在桌上换手。我不敢相信他们每天要经手多少钱。我当时还是个孩子，从没见过大量现金，那会儿却看见了堆积如山的钱。你要明白，他们每笔交易只抽一两个点，但交易量巨大。

“他们住在城市边缘一座有围墙的庄园里。地方必须足够宽敞，否则住不下那么多仆人。我是个从卑尔根街来的小子，从小到大和我哥哥住一个房间，而我的这些亲戚，每个家庭成员都有至少五个仆人，孩子也不例外。一点儿也不夸张。刚开始我很不自在，我觉得这太浪费了，但他们向我解释了原因。富人有义务多雇用人，创造职位就是在帮助他人。

“‘留下吧。’他们对我说，想拉我入伙。要是我不喜欢多哥，他们的姻亲在马里做同样的生意。‘但多哥更舒服。’他说。”

“你现在还能去吗？”

“换个国家开始新生活，那是你二十岁的时候才会做的事情。”

“你多大了，三十二岁？”

“三十三岁。对于入门级的工作来说老了点儿。”

“你不一定要从收发室做起嘛。”

他耸耸肩。“说来有趣，弗朗辛和我也讨论过。她不能接受，因为她害怕黑人。想到要去一个黑人国家，成为那儿屈指可数的白人之一，她就心惊胆战。她说，万一他们决定接管呢？我说，亲爱的，有什么好接管的？本来就是他们的国家，他们已经是主人了。但她在这个话题上不是很讲道理。”他的声音变得冷厉，“可你看看是谁把她拖上了那辆货车，看看是谁杀害了她。白人。你一辈子害怕一样东西，却被另一样东西摸上来要了性命。她不复存在了。我甚至没看见尸体，我见到的是残缺的尸块。我半夜去我表哥的兽医诊所，把尸块烧成骨灰。她消失了，在我的生命中留下一个黑窟窿，我不知道该怎么填补。”

“他们说时间能抚平伤痕。”我说。

“拿我的时间去填窟窿好了。我的时间多得不知道该怎么打发。我从早到晚一个人坐在家里，都开始自言自语了，而且嗓门儿还挺大。”

“身边曾经有伴儿的人确实会这么做。你会克服的。”

“不克服又能如何呢？就算我自言自语，又有谁会听见呢，对吧？”他拿起水杯喝了一口。“然后还有性，”他说，“我不知道该怎么处理。我有性欲，你明白吗？我还年轻，这是天性。”

“刚才你还说你太老了，没法去非洲开始新生活。”

“你明白我的意思。我有性欲，我不但不知道该怎么发泄，而且觉得不该拥有它。无论我是不是真的和其他女人上床，光是这么想，我就觉得不忠了。再说，就算我想和女人上床，又能去找谁呢？我该怎么办，在酒吧里用甜言蜜语勾搭女人？去按摩店，花钱找个对眼的韩国妞帮我解决？去约会，带女人看电影，和她探讨人生？我想象自己这么做，但发现我宁可待在家里打手枪，可我连手枪都不会打，因为甚至打手枪都让我觉得不忠。”他突然泄气，向后靠在椅背上。“对不起，”他尴尬地说，“我不想对你说这种话的。我根本没打算要说这些。我都不知道话是从哪儿冒出来的。”

我回到旅馆，打电话给我“研究艺术史”的女朋友。那天晚上她去上课了，还没有回来。我在答录机上留言，但不确定她会不会打给我。

前几天的一个晚上，我们过得很不愉快。晚饭后我们租了一部电影，她想看，但我不想看，也许我因此有点儿生气，我也不确定。总之不管为什么，我和她之间的气氛不太对劲。电影结束后，她说了句带点儿颜色的评语，而我说她说话该注意点儿，别那么像是出来卖的。换作平时，这种话是可以被接受的打趣，但我的语气听上去很认真，而她用同样刺人的话还击。

我道歉了，她也道歉了，我们都同意翻过这一篇了，但感觉起来就是另一码事了。到了睡觉时间，我们在城区两头各自上床。第二天打电话的时候，我们没提昨晚的事情，而且一直到现在也没提过，然而每次我们交谈，它就会沉甸甸地横在我们之间，甚至不说话的时候也一样。

十一点半左右，她打给我。“我刚进门，”她说，“我们几个同学下课后去喝了一杯。你今天过得怎么样？”

“挺好。”我说。我们聊了几分钟，然后我问我这会儿过去是不是太晚了。

“我的天，”她说，“我也很想见到你。”

“但时间太晚了。”

“我看是的。我累坏了，只想冲个澡就睡觉。没问题吧，亲爱的？”

“当然。”

“明天再聊？”

“嗯。睡个好觉。”

我挂断电话，对着空荡荡的房间说“我爱你”，听见这三个字在墙壁之间回荡。我们在一起的时候，两个人都能熟练地把这三个字从言谈中剔除出去，此刻听着自己说这句话，我不禁怀疑它到底是不是真的。

我感觉到了一些情绪，但无法确定究竟是什么。我冲了个澡，擦干身体，对着浴室洗脸池上方的镜子打量我的脸，然后意识到了那是什么情绪。

戒酒会每晚都有两场午夜活动。离我比较近的一场在西四十六街，我赶到的时候他们刚好开始。我给自己倒了杯咖啡，找位置坐下，几分钟后我听见一个熟悉的声音说："我叫彼得，我有酒瘾和毒瘾。"很好，我心想。"我戒掉一天了。"他说。

这就不太好了。星期二他戒掉了两天，今天他只戒掉了一天。我想到戒酒戒毒的困难程度，那就像你想爬上救生艇，却怎么也找不到能抓住的地方。然后我就不再去想彼得·库利了，因为我来这儿是为了我自己，而不是他。

我认真地听着主讲者的发言，但我没法告诉你我究竟听见了什么。台上的人说完了，公开讨论环节开始，我立刻举起手。我得到发言机会，于是说："我叫马特，我有酒瘾。我戒酒好几年了，自从入会以来，我已经走过了一段漫长的路，有时候我会忘记我依然过得一塌糊涂。我和女朋友的关系正在经历困难期，而直到没多久以前，我甚至都没有意识到。在我来这儿之前，我觉得坐立不安，不得不冲了五分钟的淋浴，熄灭我内心的情绪。然后我才明白过来，那是恐惧，是我在害怕。

"我甚至不知道我在害怕什么。我感觉要是我放开头脑，会发现我害怕这世上的所有事物。我害怕长期关系，也害怕结束关系。我害怕某天醒来照镜子，会看见一个老人盯着我；害怕有朝一日我会一个人死在住处，直到臭味飘出去才会被人发现。

“于是我穿好衣服来到这儿，因为我不想喝酒，也不想有这样的感觉。另外，尽管已经这么多年了，我还是不明白像这样乱说一通为什么有助于保持清醒，但确实有帮助。谢谢各位。”

我猜我听上去多半像个情绪不稳定的绝望中年人，但参加活动会让你学会不在乎自己听上去像什么，因此我也不在乎。在那个房间里你确实很容易掏心掏肺，因为除了彼得·库利，我一个人也不认识，而既然他才清醒了第一天，这会儿很可能连一句完整的话都听不完，更别说在五分钟后还能不能记得了。

不过，也许我听上去并没有那么糟糕。活动结束时，全体起立，齐声念诵静心祷文，然后前面两排的一个男人过来问我要电话号码。我给了他一张名片。“我经常外出，”我说，“但你可以留言。”

我们聊了一分钟，然后我去找彼得·库利，但他已经走了。我不知道他是在活动结束前离开的，还是一结束就溜掉了，但反正就是走掉了。

直觉告诉我他不想见到我，而我可以理解。我记得自己刚开始戒酒时遇到的种种困难，坚持清醒几天，然后开戒，然后周而复始。他还有一个不利因素，那就是羞耻感，因为他戒断了一段相当长的时间，然后再次失去控制。各种事情加在一起，他很可能要努力一段时间才能找回自尊。

但另一方面，至少他此刻是清醒的。尽管他只戒了一天，然而从某个角度来看，你能拥有的永远只是一天的清醒。

星期六下午，电视转播的体育比赛看到一半，我打电话给电话公司的接线员，说我弄丢了启动和解除呼叫转移的说明书。我想象她检查记录，发现我从没订购过这项服务，于是打电话报警，巡逻车立刻包围了我入住的旅馆。“放下电话，斯卡德，举起手，出来！”

还没等我想象完，她就播放起了一段录音，电脑合成的人声向我解释我该怎么做。它说得太快，我来不及记录，于是我又打了一次电话，重复这个流程。

出门去伊莱恩家之前，我按照提示一步步设置，把打给我的电话自动转接到她的线路上。至少理论上是这样的。设置的时候我谈不上有多大的信心。

她买了曼哈顿戏剧俱乐部的票，看的是一场晦涩而忧郁的话剧，作者是某个南斯拉夫人。我猜翻译大概损伤了一些寓意，然而台上演绎的剧情依然发人深省，拽着我走进了心灵深处的黑暗通道，但就是不肯开灯。

整出戏都没有安排休息时间，因此它造成的苦难更是雪上加霜，从头到尾就是一种折磨，九点三刻散场的时候，我们连一秒钟都不想多待了。演员谢幕，场内亮灯，观众蹒跚离开，就像一群僵尸。

“真是良药苦口。”我说。

“也可能是毒药。对不起，最近我选东西的眼光特别好，对吧？上次是你讨厌的那部电影，这次是这出戏。”

“我不讨厌这出戏，”我说，“我只是觉得我和它打了十个回合，脸上挨了好几记重拳。”

“你觉得它到底想传递什么信息？”

“也许用塞尔维亚-克罗地亚语才能说清楚。至于想传递的信息？我不确定。大概是说这个世界已经烂透了吧。”

“这还需要看话剧吗？”她说，“翻开报纸就知道了。”

“啊，”我说，“也许在南斯拉夫不一样呢。”

我们在剧院附近吃晚饭，话剧的气氛压迫着我们。吃到一半，我说：“我有话想说。我想为那天晚上的事情道歉。”

“已经过去了，亲爱的。”

“我不确定有没有过去。我最近情绪不太对劲，部分是因为这个案子。我们有过一些突破，感觉像是取得了进展，但现在又完全卡住了，我自己也觉得进退不得。但我不希望它影响到我们。你对我非常重要，我们的关系对我非常重要。”

“对我也一样。”

我们又聊了一会儿，情况似乎有所好转，尽管话剧的气氛没那么容易消散。吃过饭，我们去她家，我上厕所的时候，她去查看答录机。等我出来，她好奇地看着我。

她说：“沃尔特是谁？”

“沃尔特？”

“他说打电话就是想打个招呼，没什么重要的，想告诉你他还活着，回头也许会再打给你。”

“哦，”我说，“前天夜里戒酒会上认识的一个人。他才戒酒不久。”

“你把我的号码留给他了？”

“没有，”我说，“我为什么要留你的号码？”

“我也在思考这个问题。”

“哦，”我忽然明白了，“哈，看来设置好了。”

“什么设置好了？”

“呼叫转移。我告诉过你，K兄弟他们折腾电话公司的时候帮我订了呼叫转移服务。今天下午我启用了。”

“所以你的电话会转到这儿来？”

“没错。我不怎么相信真能成功的，但显然我设置好了。怎么了？”

“没什么。”

“你确定？”

“当然。你想听一听留言吗？我可以再放一遍。”

“要是只说了那些，就不需要了。”

“所以我可以删掉它了？”

“随便你。”

她删掉这段留言，然后说：“他拨你的号码，接电话的却是一段女声的自动答录，真不知道他是个什么心情。”

“嗯，他显然不认为他拨错了号码，否则也就不会留言了。”

“不知道他认为我是什么人。”

“一个神秘的女人，声音特别性感。”

“他很可能认为咱们住在一起。除非他知道你一个人住。”

“他对我的了解仅限于我戒酒了以及我脑子不正常。”

“为什么不正常？”

“因为我在认识他的那次活动上说了很多胡话。在他看来，说不定我是个神父，而你是教区宿舍的管家。”

“我们没玩过这个游戏。神父和女管家。‘祝福我吧，神父，因为我是个坏女孩，我需要被好好打一顿屁股。’”

“那我可一点儿也不吃惊。”

她咧嘴一笑，我向她伸出手，电话铃声却专挑这个时刻响了。

“你去接，”她说，“多半是沃尔特。”

我拿起听筒，一个声音低沉的男人说他找马德尔小姐。我一言不发地把听筒递给她，走进另一个房间。我站在窗口，望着东河对面的灯光。过了几分钟，她走过来站在我身旁。她没提起刚才的电话，我也没有。十分钟后，电话又响了，这次她去接，结果是找我的。是沃尔特，戒酒会鼓励新人多打电话，于是他就打给我。我没和他聊多久，等我放下电话，我说：“对不起，我不该这么做的。”

“没关系，你经常来这儿。总得让别人能找到你。”过了几分钟，她说，“把听筒摘下来吧。今晚咱们都不接电话了。”

第二天上午，我去找乔·德金，最后和他还有他的两个重案组朋友一起出去吃午饭。回到我住的旅馆，我问前台有没有留言，前台说没有。上楼回到房间里，我拿起一本书看，三点二十分，电话响了。

伊莱恩说：“你忘记取消呼叫转移了。”

“哦，我的天，”我说，“难怪没有留言呢。我刚到家，整个上午都在外面，完全忘记这回事了。我本来想直接回家设置的，结果忘记了。电话肯定烦了你一整天。”

“没有，但是——”

“但你是怎么打进来的？你打这个号码，按理说信号应该弹回去，你听见的是忙音才对。”

“第一次打的时候确实是的。然后我打给前台，他们把电话转给你。”

“哦。”

“看来从总机转过来的电话不会被转移。”

“看来是的。”

“TJ打过电话，但不重要。马特，凯南·库利刚打过电话，叫你立刻打给他，他说情况紧急。”

“是吗？”

“他说生死攸关，而且很可能是死。我不知道什么意思，但他听上去很认真。”

我立刻打给他，凯南说：“马特，谢天谢地。别挂电话，我哥哥在另一条线路上。你在家，对吧？好的，你千万别挂电话，等我一会儿。”听筒里咔嗒一声，过了一分钟左右，又是咔嗒一声，他回到了线上。“他正在路上，”他说，“去你住的旅馆，他会在门口接你的。”

“他出什么事了？”

“彼得？不，他没事。他送你去布莱顿海滩。今天没空坐地铁转来转去了。”

“布莱顿海滩有什么？”

“很多俄国人，”他说，“该怎么说呢？他们中的一个人刚打电话给我，说他经历了我经历过的商业难题。”

只可能代表一件事情，但我想确定一下。

“他妻子？”

“更糟糕。我得走了，咱们在那儿见。”

第18章

去年九月底的一天，伊莱恩和我在布莱顿海滩享受了一下午的乡下风光。我们坐Q线地铁到终点站，然后沿着布莱顿海滩大道散步，逛特产市场，看商店橱窗，然后去小街探险，欣赏简朴的框架式房屋，走遍了纵横交错的后巷、步道、弄堂、小径和便道。那儿的居民以俄裔犹太人为主，其中很多人刚来不久，整个住宅区既有异国风情，也保留着纽约的精髓。我们在一家格鲁吉亚餐馆吃饭，然后沿着海边栈道一直走到科尼岛，看着比我们勇敢的人还在海里翻腾。然后我们在水族馆待了一个小时，出来后才回家。

就算那天下午我们曾与尤里·兰道擦肩而过，我猜我们也不会多看他一眼。他在这儿会显得如鱼得水，就像走在基辅或敖德萨的街头。他块头很大，虎背熊腰，那张脸可以用来当社会主义现实派壁画里工人典范的模特。他额头很宽，颧骨很高，面部棱角分明，下巴凸出。他长着一头中度棕色的直发，动不动就向后摆头，甩开挡住脸的头发。

他四十六七岁，在美国已经待了十年。他带着妻子和四岁的女儿柳德米拉来到美国。他在苏联曾经从事黑市贸易，扎根布鲁克林后，很快就开始染指当地的各种偏门生意，没过多久便运送起了毒品。他混得不错，不过这个行当本来就没有人勉强度日。你只要不死或进监狱，通常来说总能混得不错。

四年前，他妻子被诊断出患有卵巢癌，而且已经扩散。化疗帮助她又活了两年半。她本来希望能活着见到女儿从初中毕业，却在那年秋天过世了。柳德米拉现在自称露西亚，于第二年春天毕业，如今就读于奇切斯特学院——布鲁克林高地的一家私立女子高中。那儿学费高昂，但入学标准同样很高，而且擅长把毕业生塞进各所藤校和布林莫尔及史密斯之类的女子学院。

前一阵儿凯南给业内人士打电话，提醒他们当心绑匪，当时他险些跳过尤里·兰道。两个人关系并不好，几乎没打过照面。更重要的是，凯南认为兰道不可能成为目标，因为他的妻子已经去世了。

他甚至忘记了兰道还有个女儿。但他还是打了电话，兰道认为这证明了女儿刚去奇切斯特上学时他的做法是正确的：他不允许露西亚乘地铁或公共汽车，而是安排专车每天早晨七点半从家里送到学校，每天下午两点三刻在学校门口接人。要是女儿想去朋友家，专车会送她去，要是想回家了，就打电话叫车来接。假如她想去住处附近走走，就总会带上他们家的狗。那是一条罗得西亚猎犬，尽管性情温和，但看上去非常凶猛，足以构成强有力的威慑。

那天中午刚过，一个电话打到奇切斯特学院的办公室。一名谈吐文雅的男人声称他是兰道先生的助理，请求学校允许柳德米拉早半小时离开，因为家里出了些急事。“我已经安排好了专车，”他对接电话的女人说，“两点一刻会在校门口等她，不过有可能不是今天上午送她来的同一辆车和同一位司机。”他又说，假如她还有其他问题，请不要打电话到兰道先生的住所，而是可以联系他——佩蒂伯恩先生，然后给了她一个电话号码。

她没打过那个号码，因为执行他的请求时没发生任何问题。她把露西亚（学校里没人知道她叫柳德米拉）叫进办公室，说她今天可以提前走。两点十分，这位女士向窗外望去，看见一辆深绿色货车或面包车停在了菠萝街上的学校门口。这辆车和早上送女孩来的那辆新款通用轿车毫无相似之处，但显然就是来接她的。车身上用白色油漆写着专车公司的名字和地址。查维里姆专车服务，下面是一个位于海洋大道的地址。司机下车，绕到乘客座一侧为露西亚开门，他身穿专车司机平时穿的那种蓝色上衣，戴着他们平时戴的那种帽子。

于是，露西亚毫不犹豫地上了车。司机关上车门，绕到驾驶座一侧上车，开到柳树街拐弯，然后这位女士就从窗口走开了。

三点差一刻，学校按时放学。几分钟后，日常接送露西亚的司机出现了，开着当天上午送露西亚上学的那辆灰色奥兹莫比尔摄政王。他耐心地在路边等候，知道露西亚通常会晚一刻钟走出校门。他本来会毫无怨言地等一刻钟，甚至更久，但露西亚的一名同学认出了他，说他肯定是弄错了。“因为她今天提前放学，”她说，“半个小时前就被接走了。”

“别开玩笑了。”他说，以为她在逗他玩。

“真的！她父亲打电话到办公室，你们公司的一辆车来接走了她。要是不相信我，你就去问塞弗伦斯小姐吧。”

司机没有进去找塞弗伦斯小姐核实，要是他进去了，那位女士肯定会打电话到兰道家里，而且很可能会报警。所以他没有，而是用车载无线电呼叫位于海洋大道的调度室，问调度员究竟发生了什么。“要是她提前需要用车，”他说，“你也可以派我来的。就算当时找不到我，至少应该通知我一声，免得我白跑一趟。”

调度员当然不知道司机在说什么。等弄明白了情况，她认为唯一的解释就是兰道出于某些原因叫了另一家专车公司。她本来可以到此为止的。也许公司的电话当时刚好全部忙线，也许他特别着急，也许他亲自去接女儿，但忘记了取消订好的专车。但她显然觉得事情不太对劲，于是查到尤里·兰道的号码打了过去。

尤里刚开始不明白她有什么好着急的。不就是专车公司有人搞错了吗，前后派了两辆车去接她，结果后一辆车扑了个空。这有什么好打电话给他的？然后他忽然意识到发生了不寻常的事情。他尽量详细地向调度员了解情况，为他造成的种种不便道歉，然后挂断电话。

接下来他打给学校，找到塞弗伦斯小姐，得知他的助理佩蒂伯恩先生打过电话，顿时完全明白了过来。有人把他女儿骗出学校并弄上了一辆货车。有人绑架了她。

到了这时候，塞弗伦斯小姐也意识到了，但兰道说服她不要报警。他说这件事最好交给他私下处理，然后临时编了个故事。“她母亲那边的亲戚是极为正统的东正教徒，说他们是宗教狂热分子都行。他们一直在逼我让她从奇切斯特退学，去上布碌仑公园的一所宗教学校。你别担心，我保证她明天就能回来上学。”

他挂上电话，忍不住开始发抖。他们抓走了他女儿。他们想要什么？无论他们要什么，他都会双手奉上。但这些浑蛋是什么人？老天在上，他们到底会要什么呢？

好像几个星期前有人提过要当心绑架来着？

他想了起来，打电话给凯南。凯南打给我。

尤里·兰道住在明水大楼，他的顶层公寓位于一幢十二层的红砖建筑物里。我们刚走进这座合作公寓的大堂，两个壮实的俄国年轻人就迎了上来，他们身穿粗呢上衣，戴着粗呢帽。彼得没有理会穿着制服的门卫，而是对两个年轻人说他姓库利，兰道先生在等我们。他们分出一个人陪我们坐电梯上楼。

我们是四点半左右到的，尤里不久前刚接到绑匪的第一通电话。他的情绪还没平静下来。“一百万现金，”他喊道，“我上哪儿去搞一百万现金？凯南，是谁干的？是黑鬼吗，牙买加来的那群疯子？”

“是一伙白人。”凯南说。

“我的露什卡[1]，”他说，“怎么会发生这种事？这算是个什么样的国家？”他看见我们，停了下来。“你是他哥哥，”他对彼得说，接着面向我，“你呢？”

“马修·斯卡德。”

“你为凯南做事。很好。谢谢你们能来见我。但你们是怎么进来的？就直接走进来的？我有两个人守在楼下大堂，他们应该——”他瞅见了陪我们上楼的年轻人，“哦，达尼，你也来了，好孩子。回大堂去吧，给我盯着点儿外面。”他对我们解释道：“现在我在布置守卫了。马已经被偷走了，我这才想起来要锁门。还有什么用？他们能从我这儿夺走什么？神夺走了我老婆，现在这帮浑蛋劫走了我的柳蒂[2]，我的露什卡。”他转向凯南：“就算你打

1　即露西亚。

2　即露西亚。

完电话我就安排人守在楼下，又有什么用处呢？他们从学校带走了她，他们在所有人的眼皮子底下抢走了她。我怎么不学学你呢？你送你妻子出国了，对吧？”

凯南和我对视一眼。

“怎么了？你说过你把妻子送到国外去了。”

凯南说：“尤里，那是我们商量出来的说法。”

“说法？你们为什么需要一个说法？发生什么了？”

“她被绑架了。”

“你妻子。”

“对。”

“他们问你要了多少？”

“他们要一百万美元。一番讨价之后，定了个更低的数额。”

“多少？”

“四十万美元。”

“你就付钱了？把她赎回来了？”

“我付钱了。”

“凯南，”他说着抓住凯南的肩膀，“求求你，告诉我吧。你把她赎回来了，对吧？”

“她死了。”凯南说。

“天哪，不！”尤里喊道。他像是挨了一拳，踉跄后退，抬起一条胳膊挡住脸。“不，”他说，“不许你这么说。”

“兰道先生——”

他没有理会我，而是抓住凯南的胳膊。“但你付钱了，”他说，“你如数付钱了，对吧？没有企图坑他们？”

“我付钱了，尤里。但他们还是杀了她。”

他的肩膀沉了下去。“为什么？”他问，但问的不是我们，而是夺走他妻子的那个浑蛋——上帝，“为什么？”

我走上前去，说：“兰道先生，那是一伙非常危险的暴徒，非常凶残，难以预料。除了库利夫人，他们至少还杀了两个女人。就目前的情况来看，他们根本不打算把你女儿活着放回来。我担心她非常有可能已经遇害了。”

“不。”

“假如她活着，那我们就还有一线机会。但你必须想清楚你打算怎么处理这件事。”

“什么意思？”

“你可以报警。”

“他们说不许报警。”

“他们当然会这么说。”

“我最不希望的就是警察来这儿，刺探我的生活。要是我能凑齐赎金，他们立刻就会问钱是从哪儿来的。但只要能把我女儿救回来……你们怎么看？报警的话，希望会不会更大？”

“要是你想抓住绑走她的那伙人，希望也许会更大。”

“该死，把她救回来的希望呢？”

她已经死了，我心想，但我对自己说，你还不能确定，而且这话也不是非要说给他听不可。我说：“我不认为在目前这个阶段把警方扯进来能提高活着救出你女儿的可能性。我认为很可能会起到反作用。要是警察来这儿，绑匪知道了，他们就会切断联系，直接逃跑。而且他们不可能留你女儿的活口。”

“那就别管警察了，咱们自己干。现在怎么办？”

“现在我必须打个电话。”

“你打吧。等一等，别用这条线路。他们打过电话，我和对方谈了几句，我有一百万个问题，他却挂了我的电话。‘保持线路畅通。我们会联系你的。’用我女儿的电话好了，从那扇门进去就是。现在的小孩子，没日没夜地打电话，你往家里打永远也打不通。我总是碰上什么呼叫等待，把所有人都气得要死。在你的耳朵里咔嗒咔嗒响个不停，叫那头等一等，你必须接个电话。简直可怕。于是我取消了，给她拉了一条自己的电话线，她爱打多久就打多久。天哪，把我的东西全拿走好了，只要把她还给我就行。”

我打给TJ的寻呼机，在兰道女儿的史努比电话机上输入回电号码。从房间的装饰来看，史努比和迈克尔·杰克逊在她的个人神话体系里扮演着关键角色。我踱来踱去，等他的电话打回来，在白色珐琅梳妆台上看见一张全家福，照片里是尤里、一个黑发女人和一个少女，少女的黑色小鬈发像瀑布似的垂过肩头。这张照片里的露西亚大约十岁。另一张照片里只有她一个人，年纪大了一些，似乎是去年六月在毕业典礼上拍的。后一张照片里，她的头发比较短，表情很严肃，就她的年龄而言有点儿过于成熟。

电话响了。我拿起听筒，他说：“哎，谁找TJ？”

“是我，马特。”我说。

“嘿，我的好哥们儿！发生什么了？”

“很严重的事情，”我说，“十万火急，我需要你帮忙。”

“听候差遣。”

“你能找到K兄弟吗？”

“你是说立刻？他们有时候很难联系。吉米·洪有寻呼机，但他不是每天都带在身上。”

“你看看你能不能找到他，叫他打我这个号码。”

“没问题。就这样？”

“不，还有，”我说，“记得咱们上周去的那家自助洗衣房吗？”

“当然。”

“知道怎么去那儿吗？”

“R线到四十五街，离第五大道一个街区，离洗衣房四五个街区。”

“我都没发现你在注意看。”

他说：“哥们儿，我永远很注意，好不好？我的注意力很集中的。”

“不只是有办法？”

“既专注又有办法。”

“你现在能去那儿吗？”

“现在？还是先联系K兄弟？”

“先找他们，然后去那儿。你离地铁站近吗？”

“哥们儿，我永远离地铁站很近。我正在用K兄弟改成免费的那部电话，四十三街第八大道的路口。”

“你到了那儿就打给我。”

“好的。出大事了，对吧？”

“非常大。”我说。

我没关露西亚卧室的门，因此外面的电话一响我就能回到客厅里。彼得·库利站在窗口眺望大海。我们一路上没怎么交谈，但他主动告诉我，自从那天我在戒酒会活动上见到他，他还没有喝过酒或嗑过药。“所以我坚持五天了。”他说。

“非常好。”

“这是标准台词，对吧？无论是一天还是二十年，你对别人说你坚持了多久，他们都会说非常好。‘你今天是清醒的，重要的就是这个。’要是我知道什么重要就好了。”

我过去找凯南和尤里聊了聊。卧室里的电话一直没响，但过了十五分钟左右，客厅里的电话响了，尤里走过去接电话。他说：“你好，我是兰道。”然后他有所指地望向我，向后摆头，甩开挡住眼睛的头发。“我想和我女儿说话，”他说，“你必须让我和她说几句。”

我走过去，他把电话递给我。我说：“我希望那女孩还活着。”

一阵沉默，然后问道：“你是谁？”

“我是你们能干净利落完成交易的好机会，一手交钱，一手放人。但你们最好不要伤害她，要是你们正在玩什么花样，那就给我立刻停下。因为她必须活得好好的，否则就没什么交易可谈了。”

“真该死。”他说。他停顿片刻，我以为他还想再说什么，但他挂了电话。

我把交谈的内容告诉尤里和凯南。尤里很激动，担心我硬顶会搞砸事情。凯南说我很清楚自己在干什么。我不确定他说得对不对，但很感激他的支持。

“现在最重要的是保住她的性命，”我说，“必须让他们明白，这次交易不能完全由他们做主，他们必须证明人质还活着，我们才会给赎金。”

“但要是你逼疯了他们——”

“他们已经疯得不可救药了。我明白你的意思，你不希望让他们有借口撕票，但他们根本不需要借口。撕票本来就在他们的计划里。我们必须给他们一个理由，才能保住你女儿的性命。”

凯南帮我说话。“我完全照他们说的做，”他说，“他们怎么说我就怎么做。他们把她还给我的时候——”他踌躇片刻，我在脑海里替他说完：“被剁成了肉块。”但他之前没有把弗朗辛之死的这个细节告诉尤里，现在也没有。“——她已经死了。”他说。

“我们需要现金，”我说，“你有多少？能筹到多少？”

“天哪，我不知道，”他说，“我没多少现金。那伙浑球儿要可卡因吗？我有十五千克，离这儿只有十分钟。”他望向凯南。“你收不收？给我开个价就行。”

凯南摇摇头：“尤里，我保险箱里的钱都可以借给你。我手头也很紧，眼看着有一笔大麻膏交易要完蛋。我预付了一些钱，但我觉得那是个错误。”

“什么样的大麻膏？”

“通过塞浦路斯运来的土耳其货。掺鸦片的大麻膏。不过有什么区别呢？反正也做不成了。我保险箱里有十万美元左右，到时候我回去一趟拿给你。不用客气。”

“我会还给你的，你知道。”

“别担心这个了。”

兰道眨掉眼睛里的泪水，再开口的时候，他哽咽了，几乎说不出话来。他说：“听听这个人是怎么说的。这个该死的阿拉伯人，我几乎不认识他，他却要给我十万美元。”他搂住凯南，泣不成声。

露西亚卧室里的电话响了。我跑进去接。

是TJ，从布鲁克林打来的。“我在洗衣房了，”他说，“要我做什么？等一个白人进来打电话？”

“没错，他迟早会来。你可以躲在街对面的餐馆里，盯着自助洗衣房的大门——”

“不需要那么麻烦，哥们儿。我就在洗衣房里，只是一个在等衣服洗好的普通人。这附近什么肤色的人都有，所以我并不显眼。K兄弟打过电话吗？”

“没有。你联系到他们了吗？”

“打过寻呼机，留了你的号码，但要是吉米没带寻呼机，那就呼不到他了。”

“就像森林里的那棵树。”

“你说什么？”

“当我没说。”

“保持联系。”他说。

下一个电话打进来的时候，尤里拿起听筒说“稍等”，然后递给我。这次我听见的是另一个声音，比较柔和，更有教养，尽管依然带着恶意，但没有前一个人那种显而易见的邪火。

“听说游戏里多了个新玩家，”他说，“咱们还没有做过介绍呢。”

“我是兰道先生的朋友。我叫什么并不重要。”

“一个人总是想知道线路另一头是谁的。”

“从某种意义上说，”我说，“咱们的立场是相同的，对吧？你我都希望交易能顺利完成。”

“那你们要做的就是乖乖遵守命令。”

“不，没那么简单。”

“当然就是这么简单。我们说什么，你们就做什么，否则你们就再也见不到那姑娘了。”

“你必须让我相信她还活着。”

“有我的话做保证。”

“对不起。”我说。

“还不够吗？”

“你们把库利夫人以那种状态送回来的时候，就已经失去了信誉。”

片刻停顿后，他说：“非常有意思。说起来，你的声音不太有俄国味儿，说话的时候也没什么布鲁克林腔调。库利夫人的情况比较特殊。她丈夫企图讨价还价，当然那是他那个种族的本性。他砍了价，我们反过来——嗯，接下来的你自己能想明白吧？”

还有帕姆·卡西迪呢，我心想。她做了什么刺激你的事情？但我没这么说，而是说：“我们对价钱没有异议。”

“你们会付那一百万美元？”

“换那个女孩，必须活着，而且没有受到伤害。”

“两者我都可以保证。”

“但光凭你说的还不够。让她听电话，让她父亲和她说几句。”

“恐怕那是不可——”他一句话才开始，纽约电话公司的录音就插进来，要他继续投币。“我会再打给你的。”他说。

“没硬币了？给我你的号码，我打给你。”

他哈哈一笑，挂断了电话。

下一个电话打进来的时候，我和尤里单独待在公寓里。凯南和彼得带着楼下的一个保镖出去想办法筹钱了。尤里给了他们一份列有人名和电话号码的清单，他们另外还有一些自己的人脉。要是能在公寓里直接打电话，事情当然会简单一些，但这儿只有两条电话线，而我希望两条线都能保持畅通。

“你不是这一行的，”尤里说，“你是警察吗？”

“私家侦探。”

“私家侦探？所以你在为凯南工作。现在你在为我工作了，对吧？”

“只是在工作。我没想问你要钱，你是这个意思吗？”

他抛开这个话题。“这是一门好生意，”他说，“但同时也不好。明白我在说什么吗？”

“应该明白。”

“我想退出这一行，所以我没有现金。我挣了很多钱，但我不想要现金，也不想囤货。我买停车场，我有一家餐馆，分散投资，明白吗？再过一段时间，我就完全退出毒品生意了。很多美国大亨都是从黑道起步的，对吧？最后变成了合法商人。”

“有些吧。”

“有些一直混黑道，但不是所有的。要不是为了德沃拉，我早就退出了。”

“你妻子？”

“医药费，还有医生，我的天，太花钱了。没有保险。我们是新移民，根本找不到蓝十字的门。不过无所谓。无论要多少钱，我都付得起。我完全愿意掏钱。只要能让她活着，让我付再多的钱我也愿意，我愿意付出一切。只要能再让她多活一天，我连镶的金牙都愿意卖掉。我花了几十万美元，买了医生能给她的每一天，那都是什么样的日子啊，可怜的女人，她经受了多少痛苦。但她想尽办法地活下去，明白吗？”他抬起大手，抹了一把额头。他还想说什么，但电话响了。他无声地指了指电话。

我拿起听筒。

同一个男人说："咱们再谈一谈？我很抱歉，那姑娘没法接电话。那是不可能的。还有什么方法证明她安然无恙吗？"

我捂住听筒："说件你女儿知道的事情。"

他耸耸肩："狗的名字？"

我对着电话说："让她告诉你——不，等一等。"我捂住听筒，说："他们很可能知道。他们肯定跟踪了她一个星期甚至更久，他们知道你们的作息时间，肯定见过她遛狗，听见她喊狗的名字。换个别的。"

"在这条狗之前，我们还养过一条狗，"他说，"一条黑白两色的小狗，被车撞死了。我们养那条狗的时候，我女儿也还很小呢。"

"但她还记得狗叫什么吗？"

"怎么可能忘记？她非常爱那条狗。"

"狗的名字，"我对着电话说，"还有之前那条狗的名字。让她描述两条狗的样子，说出它们都叫什么。"

他被逗笑了："一条狗还不行，必须两条？"

"对。"

"这样你就加倍放心了。我会让你高兴的，我的朋友。"

我思考着他会怎么做。

他从投币电话打给我们。这一点我能确定。这个电话他打得并不久，没有等到两毛五用完，但他现在并不会改变行为模式，因为在此之前一切都非常顺利。他在一部投币电话前，现在他必须去问两条狗的名字和特征，然后他还要打回来。

假设此刻他用的不是自助洗衣房的电话，假设他在街头的某个电话亭里，离大本营比较远，那么他必须开车。现在他要开车回家，停车，进门，问露西亚·兰道她的两条狗都叫什么。然后他要开车去找另一部投币电话，把问到的情况告诉我。

换了是我，我一定会这么做，对吧？

是的，很可能，但也不一定。也许我会再花两毛五打到家里，这样不但节省时间，而且能少跑一趟。我的搭档在大本营看着那姑娘，叫他取出姑娘嘴里的抹布，问清楚后再把答案告诉我。

要是K兄弟在就好了。

我再次想到，要是吉米和戴维就驻扎在露西亚的卧室里，整件事会变得多么简单。他们可以把调制解调器插在她的史努比电话上，电脑则放在她的梳妆台上。他们可以坐在露西亚的电话前，监控她父亲的电话，只要有人打电话进来，我们立刻就能开始追踪。

如果雷打电话回家去问两条狗的名字，而我们在监控那条线路，还没等他知道两条狗分别叫什么，我们就已经知道他把女孩关在哪儿了。他还来不及把我要的信息告诉我，我们的车已经分头赶到两个地点，一路人马能在他挂断电话前逮住他，另一路人马包围他们的窝点。

但我没有联系上K兄弟。我能指望的只有TJ，他守在日落公园的洗衣房里，等人来用那儿的电话。要不是他大手大脚地挥霍钱财，用我给他的一半报酬买了寻呼机，那我就连这条线索都不会有了。

“能逼疯人，”尤里说，“坐在这儿盯着电话，祈祷它能快点儿响。”

对方似乎并不着急。看来雷——我现在就称呼他为雷，打电话时我有一次险些脱口而出——并没有打电话回家，至于原因就不得而知了。就算他开车十分钟到家，十分钟从女孩嘴里问出答案，再花十分钟找电话打给我们吧。要是他抓紧时间，也许还能更快一些。假如他途中停车买香烟，或者她失去意识，他们必须先把她弄醒，那就更久一些。

假设半小时好了。也许多一点儿，也许少一点儿，但先假设半小时好了。

要是她已经死了，那也许会再久一些。有可能她已经死了，有可能他们很早就杀了她，他们先杀死她，然后才第一次打给她父亲。这当然是最简洁的做法。不需要担心她会逃跑，不需要想办法让她保持安静。

假如她已经死了？

他们当然不能承认。他们一旦承认，赎金就没戏了。他们肯定不缺钱，不到一个月前，他们从凯南手上骗走了四十万美元，但这不等于他们不想要更多的钱。钱这东西永远多多益善，他们要是不缺钱，就不会打第一个电话了，很可能也就不需要绑架了。假如你只想找点儿乐子，在街上随便抓个女人其实并不困难，没必要搞得这么复杂。

那么，他们会怎么做呢？

我猜他们很可能会想办法糊弄我们。说她昏过去了，说给她吃了药，她意识不清，没法回答问题。或者随口编个名字，然后坚称她就是这么说的。

我们会知道他们在撒谎，差不多能确定露西亚已经死了。但人总会相信他愿意相信的事情，我们会愿意相信存在一丝渺茫的可能性，她还活着，因此我们也许会不顾一切地付赎金，因为假如不付，她就不可能生还，连一丝可能性都没有了。

电话响了。我一把抓起听筒，结果是个拨错号码的白痴。我挂了电话，三十秒后，他又打了过来。我问他找哪个号码，他说的号码是正确的，但他想找的人在曼哈顿。我提醒他要先拨区码。“我的天，”他说，“我总是这样。真够蠢的。”

“今天一早我也接到过这种电话，”尤里说，“弄错号码了。非常烦人。”

我点点头。我忙着摆脱那个白痴的时候，绑匪会不会打过电话？假如打过，他为什么不再打过来？线路现在畅通了。他到底在磨蹭什么？

也许是我犯了错，我不该要他证明女孩还活着的。假如她已经死了，我这么做只是在逼他摊牌。他也许会决定不厚着脸皮扯谎，而是取消整个行动，收拾东西逃跑。

那样的话，就算等到天荒地老，电话也不会响了，因为我们再也不会听到他的消息了。

尤里说得对。盯着电话等它响能逼疯一个人。

我估算的平均时间是半个小时，但实际上只过了十二分钟电话就响了。铃声一响，我抓起听筒。我说你好，雷说：“我还是想知道你为什么会凑这个热闹。你肯定也是贩毒的。你是做大宗买卖的上家吗？”

“别忘了你要回答几个问题。”我提醒他。

“希望你能告诉我该怎么称呼你，”他说，“我也许认识你的名字呢。”

“我说不定也认识你的名字。”

他哈哈一笑：“哦，我看未必。你急什么，我的朋友？你担心我会追踪电话？”

我在脑海里听见他在戏弄帕姆：“选一个吧，帕米。你一个，我一个，帕米，你选哪一个呢？”

我说：“反正是你出电话费。”

“倒是没错。哦，好吧。狗的名字，对吧？我想一想，有什么老掉牙的备选呢？菲多、陶瑟、金、罗夫，这个永远很受欢迎，对吧？”

我心想，该死，她死了。

“斯波特如何？‘跑啊，斯波特，快跑！’对于一条罗得西亚猎犬来说，这真是个好名字。”

但跟踪她一两个星期，知道这个名字并不稀奇。

“狗叫华生。”

“华生。”我说。

房间的另一头，大狗换了个坐姿，竖起两只耳朵。尤里点点头。

“之前那条呢？”

“你要的可真多，”他说，“你到底需要几条狗？”

我等他继续说。

“她说不上来之前那条狗是什么品种。它死的时候，她还很小。她说他们不得不让它安乐死。多么愚蠢的说法啊，你不觉得吗？既然要杀一个活物，你至少应该有勇气说出来。你怎么这么安静？你还在吗？”

“我还在。”

“我猜是条杂种狗，就像我们很多人一样。至于狗的名字，这就有点儿麻烦了。是个俄国词，我的发音不一定准确。你的俄语好不好，我的朋友？”

“有点儿生锈了。”

“锈儿倒是个狗的好名字。也许它就叫锈儿。你这个听众真是难伺候，我的朋友。想让你笑一笑怎么这么困难？”

“我这个听众并不想听这个。”我说。

“哈，捧哏捧得不错。要是换个其他的情形，你和我，咱们聊一聊肯定会很有意思。哎呀，真可惜。也许改天可以试试。”

“咱们走着瞧。”

“那是当然。不过你想知道那条狗叫什么，对吧？狗早就死了，我的朋友。它叫什么还有什么重要的呢？给狗一个死名字，给死狗一个坏名字——”

我等他继续说。

“我的发音也许不准确。巴拉莱卡。”

“巴拉莱卡。”我说。

“好像是什么乐器的名字，反正她是这么说的。你觉得呢？有没有拨动你的哪条弦？”

我望向尤里·兰道。他在使劲点头。雷在电话里又说了些什么，但那些话都没有进入我的脑海里。我觉得头重脚轻，不得不靠在厨台上，否则肯定会跌倒。

那个女孩还活着。

第19章

我刚放下电话，尤里就扑上来，紧紧地抱住了我。“巴拉莱卡，”他念叨着这个名字，就像那是个什么魔咒，“她还活着，我的露什卡还活着！”

门打开的时候我还在他的怀抱里，库利两兄弟走进房间，兰道的手下达尼跟在后面。凯南拎着一个带拉链的老式皮包，彼得拎着一个克罗格超市的白色塑料购物袋。“她还活着。”尤里对他们说。

“你和她说过话了？”

他摇摇头：“他们说出了狗的名字。她记得巴拉莱卡。她还活着。”

我不确定库利兄弟能听懂多少，我和绑匪约定确认信号的时候，他们已经出去筹款了，但他们领悟了他的意思。

“现在你只需要一百万美元了。”凯南对他说。

“钱这东西，想要总是会有的。”

“你说得对，”凯南说，“虽说很少有人意识到，但这确实是条真理。”他拉开皮包，取出一沓沓捆扎好的钞票，在红木桌上码放成几排。“尤里，你有几个真正的朋友。更重要的是，他们大多数人不信任银行。很少有人意识到这个国家的经济在多大程度上依赖现金。一个人听见现金这个词，只会想到毒品和赌博。”

“冰山一角。”彼得说。

“正是如此。不能只想到非法勾当。要想一想干洗店、理发馆、美容院。任何地方，只要经手大量现金，就会多记一套账，扣下一半不让国税局盘剥。”

“想一想咖啡馆，”彼得说，“尤里，你应该当希腊人的。”

“希腊人？我为什么要当希腊人？”

“每个路口都有咖啡馆，对吧？哥们儿，我在一家咖啡馆打过工。我轮的班有十个员工，其中有六个不在账本上，用现金付工资。为什么？因为他们有很多不想报税的现金，支出也要符合比例嘛。收银机进一美元，他们报三十美分，那都算是多的了。你知道蛋糕上的糖霜吧？法律规定每笔收入都要交八点一五的销售税，但他们有七成销售是不记账的。这些钱当然不需要乖乖交税，对吧？他们直接揣进了口袋。每一分钱都是免税的利润。”

“不止是希腊人。”尤里说。

“对，但他们把逃税变成了一门学问。假如你是希腊人，你只需要找二十家咖啡馆借钱就行了。你都没法想象，他们身边肯定有五万美元，要么放在保险箱里，要么藏在床垫里，或者衣柜的某块木板底下。你找二十家借钱，就有一百万美元了。”

“可惜我不是希腊人。”尤里说。

凯南问他认不认识钻石商。“他们也有大量现金。”他说。彼得说很多珠宝商兼做放贷，欠条在行业内转来转去。凯南说他们手头肯定还是有现金的，尤里说这不重要，因为他不认识做钻石生意的人。

我走进隔壁房间，让他们继续讨论去了。

我想打给TJ，于是掏出K兄弟给我的那份清单，上面记录了打给凯南的所有电话。我找到自助洗衣房的那部投币电话，但又犹豫了。TJ会知道是找他的吗？要是店里还有其他人，他接电话会不会暴露身份？万一接电话的是雷怎么办？可能性不大，但——

然后我想到一个更简单的办法：我可以传呼他，让他打给我。我似乎很难适应现在的新科技，总会自然而然地用老思路去想问题。

我在记事本里找到他的寻呼机号码，但还没等我拨号，电话就响了，而且正是TJ打来的。

“他刚才就在这儿，”他说，听上去非常激动，“用的就是这部电话。”

“肯定是其他人吧？”

“不可能，哥们儿。一个坏种，你看一眼就知道你见到了一个恶棍。你刚才是不是在和他打电话？老天给我报了个信，说我的哥们儿马特正在和他打电话。”

“确实打过，但至少十分钟前就挂断了。也许更接近一刻钟。”

“没错，那就对了。”

“我以为你会立刻打给我的。”

“我不能打啊，哥们儿。我必须跟踪他。”

“你跟踪了他？”

“你以为我会怎么着，看见他过来就跑出去？我没有手拉手和他一起出去，我等他先走了一分钟，然后才偷偷跟上去。”

“太危险了，TJ。他是个杀人狂。”

“哥们儿，难道这能吓住我吗？我从小到大都在堕落街上混。你走在那条街上，前面永远有一两个杀人不眨眼的。”

“他去哪儿了？”

“先左拐，走到路口。”

“四十九街。”

“然后过街，去了马路对面的熟食店。他进去待了一两分钟，然后出来。我猜他没有叫店员做个三明治，因为他没待那么久。有可能买了六瓶啤酒。他手里的一包东西就是那么大。”

“然后去哪儿了？”

“按原路往回走。这该死的家伙从我面前走过去，重新穿过第五大道，然后直直地走向洗衣房。我心想，妈的，我不能跟着他回去，必须在外面等，直到他打完电话。”

“他没有再打到这儿来。”

“他没打电话，因为他没进洗衣房，而是上车开走了。我甚至不知道他有车，直到他上车我才发现。车停在洗衣房的另一侧，要是我还坐在原先那个地方，就不可能看见了。”

“轿车还是货车？”

“轿车。我想跟上去，但不可能。我落后他半个街区，我以为他要回洗衣房，所以不想跟得太紧，然后他就上车离开了，我什么都没来得及做。等我跑到路口，他已经拐弯不见了。”

“但你看清楚了他。”

“他？对，看清楚了。”

“下次看见能认出来吗？”

“哥们儿，你看见你老妈能认出来吗？这算是个什么问题。他身高五英尺十一英寸[1]，体重一百七十磅，头发是特别浅的棕色，戴棕色塑料框的眼镜，穿系带的黑皮鞋、海军蓝的长裤和蓝色的拉链夹克。里面是一件世上最难看的运动衬衫，蓝底，白格子。你说我能不能认出来？哥们儿，要是我会画画，我这就画给你看。你不是跟我说过那个画家吗？你让我和他坐一会儿，我们画出来的东西会比照片更像他本人。”

“我真佩服你。”

“是吗？车是本田思域，某种蓝灰色，有点儿破旧。要不是他上车了，我猜我能一直跟踪他回家的。他绑架了什么人，对吧？”

“对？”

“谁？”

“一个十四岁的女孩。”

“该死的，”他说，“我就知道，要是我跟得再紧一点儿、跑得再快一点儿就好了。”

“你已经做得很好了。”

“告诉你我现在打算干什么，我去附近探探情况。也许我会发现他把车停在哪儿了。”

“你见到了肯定会认出来？”

“哈，我记下了车牌号。本田车满街都是，但同样的车牌号就不多了。”

他把车牌号念给我听，我抄下来，然后称赞他的表现让我如何欣喜若狂。

---

1 约180厘米。——编者注

他没听我说完。“哥们儿，”他气呼呼地说，“咱们不能每次都这样吧，我只要做对了一件事情，你就高兴得目瞪口呆。”

他的电话又打了进来，我说：“我们需要几个小时来筹钱。他手头没这么多，现在时间太晚，想凑齐一百万美元不太容易。”

“你不是想压价，对吧？”

“不压价，但假如你想要那么多，就必须有耐心。”

“现在有多少了？”

“我没数过。”

“一小时后我再打给你。”他说。

“你可以用这部电话，”我对尤里说，“接下来一小时他不会打过来了。咱们现在有多少了？”

“刚过四十万美元，”凯南说，“不到一半。”

“还不够。”

“我说不准，”他说，“换个角度看，他们还能把女孩卖给谁呢？要是你说我们只有这么多，要不要随便你，他还能怎么做呢？”

“问题就在于你不知道他会怎么做。”

“是啊，我总是忘记他脑子不正常。”

“他想找个理由杀了那姑娘。”我不想当着尤里的面强调这一点，但该说的话还是要说，“他们以前作案就是为了这个。他们喜欢杀人。她还活着，只要用她能换到钱，那他就会让她活下去，但一旦他认为他能全身而退，或者搞不到钱了，那他就会立刻杀了她。我不想告诉他我们只有五十万美元，我宁可带着五十万美元去见他，然后说这就是一百万美元，寄希望于他不会先数钱再把女孩还给我们。”

凯南思考了一会儿。“问题在于，”他说，“那个家伙已经知道四十万美元长什么样子了。”

“看看你们还能筹到多少吧。”我说完就去隔壁房间用史努比电话了。

车管所曾经有个号码。你报上警徽号，念出你想查的车牌号，然后就会有人去翻资料，把情况念给你听。我早就不知道那个电话号码是多少了，而且估计连那条热线也已经废除了。我按照黄页上的车管所号码打过去，没人接。

我打给德金，但他不在分局里。凯利也不在办公桌前，打他的寻呼机毫无意义，因为他没法远距离做我想拜托他的事情。我想到我去找德金取案卷的时候看见贝拉米坐在旁边的办公桌前，当时他正在和电脑终端做单方面对话。

我打到中城北分局，找到了他。“是我，马修·斯卡德。”我说。

“哦，哎，”他说，“一向可好？对不起，乔不在。”

“没关系，”我说，“也许你能帮我一个忙。我和我的一个朋友开车兜风，一个开本田思域的家伙撞了她的保险杠，然后理也不理就开走了。你从没见过这么没教养的事情。”

“真见鬼。撞车的时候你在车里吗？那家伙是个白痴，居然肇事逃逸。多半不是酒驾就是毒驾。”

“我肯定不会吃惊的。情况是——”

“你记住车牌号了吗？我帮你查。”

“那我就感激不尽了。”

“哎，举手之劳。我问一声电脑就行。你等着。”

我等着。

“该死。”他说。

“出问题了？”

“嗯，他们改了车管所数据库的登录密码。我输入应该输的密码，但数据库就是不让我进去，总是说什么‘密码错误’。你明天再打过来吧，肯定——”

“我想今晚就采取行动，不给他清醒过来的机会。你明白我的意思吗？”

“哈，完全明白。要是我能帮你就好——”

“你能打给谁帮个忙吗？”

“有倒是有，”他带着情绪说，“档案科的那个女人，但她会说她不能泄露密码。每次去找她，她都是这句话。”

“告诉她，这是五号紧急情况。”

“什么情况？”

“你就说这是五号紧急情况，”我说，“她必须把密码告诉你，否则你就把整件烂事捅到克利夫兰去。”

“从没听说过这套说法，”他说，“你等着，我去试试看。”

他把我挂在呼叫等待上。房间对面的墙上，迈克尔·杰克逊从白手套的指缝里偷偷看我。贝拉米回到电话上，说：“活见鬼，还真管用了。‘五号紧急情况。’她什么废话都不说了，乖乖吐出了密码。我来输入看看。好，进去了。车牌号是多少来着？”

我把车牌号念给他。

“我看看是怎么登记的。好，一查就有。车是一辆八八款的本田思域，双门轿车，白镴色……白镴是个什么色？老兄，为什么不直接说灰色。不过这个不重要。车主叫——你有笔吗？卡兰德，雷蒙德·约瑟夫。”他把姓氏拼给我听，“地址是佩内洛普大道三十四号，在皇后区，但那是皇后区的哪儿呢？你听说过佩内洛普大道吗？”

“好像没有。”

“老兄，我就住在皇后区，我也是第一次听说。等一等，有邮政编码。11379。那是中村，对吧？从没听说过佩内洛普大道。”

“我能找到的。”

“嗯，对，你有动机，对吧？希望你车里没人受伤。”

“没，就是车身有点儿损坏。”

“居然敢肇事逃逸，一定要逮住他。但另一方面，要是你上报，保险公司就会提高你朋友的保费。你们最好能和他谈一谈怎么私了，不过你们多半也是这么想的，对吧？”他轻笑道。“五号紧急情况，”他说，“老兄，这一招儿不错，给那姑娘屁股底下点了一把火。我欠你一个人情。”

“是我欠你才对。”

“不，我是认真的。我用电脑经常碰到问题。这一招儿能省下许许多多让我头疼的工夫。”

“好的，要是你真觉得欠了我——”

“说吧。”

“我在想咱们的卡兰德先生，那家伙会不会有案底？”

“这个就容易查了，用不着去叫五号情况，因为我凑巧知道这个密码。你等一等。他没有案底。”

“完全没有？”

“纽约州内反正没有，他干净得像个童子军。五号情况到底是什么？”

“怎么说呢，就当它级别很高吧。”

“我猜到了。”

“要是有人难为你，”我继续胡扯，“就说他们应该知道五号情况能取代和撤销他们收到的既有命令。”

“取代和撤销？”

“没错。”

“取代和撤销他们收到的既有命令？”

“正是如此，但在日常事务中千万别滥用。”

“当然不会了，”他说，“滥用就会用烂。”

刚开始我觉得我们逮住他了。我有了他的名字和地址，但这个地址不是我想要的那一个。他们的大本营在布鲁克林的日落公园某处，但车辆登记地址在皇后区的中村。

我打电话给皇后区查号台，然后拨打按地址查到的号码。电话里传来电话公司新发明的一种怪声，它介于电子音和尖啸之间，然后是一段录音，说我拨打的号码已经停止服务。我又打给查号台，报告我遇到的情况，接线员查了一下，说服务是不久前注销的，但号码还没有从目录中删除。我问对方有没有留下新号码，她说没有。我问她能不能告诉我服务是什么时候注销的，她说不能。

我打给布鲁克林查号台，想找登记在雷蒙德·卡兰德名下的号码，或者R. 卡兰德或R. J. 卡兰德。接线员说这个姓氏还有其他拼法，然后查了我没想到的另外几个有可能的拼法。总之这个姓氏之下有两个R和一个RJ，但地址都对不上，一个在格林波因特的麦瑟罗尔街，另一个远在布朗斯维尔，离日落公园都很遥远。

我气得发疯，但话说回来，这个案子从一开始就是这个样子。我不断受到逗弄，以为取得了重大突破，结果却一无所获。挖出帕姆·卡西迪就是最好的例子。我们大海捞针似的找到了一个活着的证人，最后只是让警察把三个查不下去的案子合并成了一个悬案。

帕姆提供了一个名字。现在我有了配套的姓氏，甚至连中间名都有，这是TJ的功劳和贝拉米的助攻。我还有一个地址，但在他取消电话服务的同时，这个地址很可能也毫无用处了。

想找到他应该并不难。一旦你知道了你在找谁，找人本身就会变得容易。现在我掌握了足够多的情况，只要能等到天亮，只要能给我几天时间，我就一定能找到他。

但这还远远不够，我想现在就找到他。

我回到客厅里，凯南在打电话，彼得站在窗口，我没看见尤里。我走到彼得身旁，他说尤里出去筹钱了。

"我不能看钱，"他说，"会让我焦虑症发作。心跳加速、掌心冒冷汗，等等等等。"

"你在害怕什么？"

"害怕？我也不确定。见到钱会让我想嗑药，就这么简单。假如现在你给我做词汇联想测试，所有的答案都会是海洛因。要是做罗夏墨迹测试，所有的墨迹都会像毒虫在往血管里打针。"

"但你没在吸毒。"

"有什么区别呢？我知道我会开戒。只是个时间问题而已。外面很美，对吧？"

"大海？"

他点点头："可惜这会儿看不清楚了。住在这儿肯定很开心，往窗外看就能见到海水。我交过一个女朋友，她迷恋占星术，说水是我的元素。你相信这些东西吗？"

"我对占星术没什么了解。"

"她说得对，水就是我的元素。我不怎么喜欢其他元素。空气，我从没喜欢过飞行。不想被火烧成灰，也不想被埋在土里。但大海，那是我们所有人的母亲。有这个说法，对吧？"

"好像是的。"

"而且外面还是大海，不是河或海湾。一眼望去只有水，根本见不到边儿。光是看着它，我就觉得自己变干净了。"

我拍拍他的肩膀，留下他继续眺望大海。凯南已经放下电话，我过去问他筹到多少钱了。

"离五十万美元还差一点儿，"他说，"我打电话求遍了每一个人，尤里也一样。但我不得不告诉你，我看我们能搞到的钱也就这么多了。"

"我能想到的只有一个人，而他在爱尔兰。现在只能希望这堆钱看上去像一百万美元了。他们在现场只会大致数一数，能蒙混过关就行。"

"你说掺点儿水怎么样？每一沓一百美元抽出五张，这样就能多个十分之一了。"

"好是好，但就怕他们随手捡起一沓，当场数给你看。"

"有道理，"他说，"乍看之下，这些钱会比我给他们的钱多得多。那四十万美元全是百元大钞。这儿有四分之一是五十美元的。你知道有个办法能让钱看起来比实际上多。"

"用裁开的白纸充数。"

“我说的是一美元。纸张是一样的，颜色什么的也对得上，只有面额不同。比方说你有一沓钱，按理说应该是五十张一百美元，加起来一共五千美元。你在最上面放十张一百美元，最底下也十张，然后里面夹三十张一美元。这样一沓就不是五千美元，而是两千美元多一点儿了，但看上去还是像五千美元。就算展开看，你见到的也全是绿票子。”

“问题是一样的。好是好，但只要仔细看一眼就会露馅儿。你发现赎金和说好的不一样，根本不需要讨论，你就会知道对方在造假糊弄你。假如你本来就是个神经病，一整夜都在等一个大开杀戒的借口——”

“你会杀了那姑娘，然后就没戏了。”

“和这种变态打交道的麻烦就在这儿。只要看上去像是我们想玩花样——”

“他们就会觉得受到了侮辱。”他点点头，“也许他们不会数有多少沓钱。五十美元和一百美元混在一起，一百美元的一沓是五千美元，五十美元的一沓是两千五，那么五十万美元加起来会有多少沓呢？假如全是一百美元，那就是一百沓，就当是一百二十沓或一百三十沓好了，差不多这么多沓，对吧？”

“应该差不多。”

“我说不准，你会数有多少沓吗？要是做毒品交易，当然会数，但那是因为有时间，人往那儿一坐，一方数钱，另一方检查货物。然而那是另一码事。即便是毒品，你知道做大宗交易的上家怎么数钱吗？他们每次交易都会牵涉到几百万美元。”

“我知道银行有机器，数一沓钱比你拿手指翻一遍都快。”

“他们有时候也会用，”他说，“但大多数时候是称重。你知道钞票的分量，所以把一笔钱倒在磅秤上就知道数字了。”

“你在多哥的家族生意就是这么做的吗？”

这个想法让他笑了起来。“不，那又是另一码事，”他说，“他们每张钞票都必须过手。但大家都不着急。”

电话响了，我们对视一眼。我拿起听筒，是尤里在车里打来的，说他在回来的路上。我挂断电话，凯南说：“每次电话一响——”

“我知道。我以为是他。你出去以后，有个人弄错了号码，同一个人打了两次，因为他总是忘记先拨曼哈顿的212区号。”

“真烦人，”他说，“我小时候，我们家和远望街弗拉特布什街路口那家比萨店的电话号码只差一位数。你能想象我们接到了多少个打错的电话。”

“肯定能气死人。”

“我父母当然生气，但我和彼得很高兴。我们会接他们的订单。‘半个芝士半个辣香肠？不要凤尾鱼？好的，先生，我们这就给您准备。’然后让他们饿肚子去好了。我们真是坏小子。”

“比萨店的人也倒霉。”

“是啊，我知道。最近我很少接到打错的电话了。你知道我什么时候接到过吗？就是弗朗辛被绑架的那天。同一个上午，就好像上帝在给我报信，想提醒我注意什么。天哪，每当我想到她都经受了什么折磨，还有那个女孩正在经历什么。”

我说：“凯南，我知道他叫什么。”

“谁？”

“打电话的那个人。不是他们红脸白脸二人转里的那个白脸。是另一个，大多数时候都是他在说话。”

“你说过了。雷。”

“雷·卡兰德。我知道他以前在皇后区的地址。我还知道他开一辆本田，连车牌号都知道。”

“他们不是开一辆货车吗？”

“他还有一辆双门的思域。凯南，我们会抓住他的。就算不是今晚，也迟早会抓住他。”

“非常好，”他缓缓地说，“但有句话我必须告诉你。你知道的，我之所以参与，是因为他们对我妻子做的事。所以我才会雇你，所以我才会来这儿。但此时此刻，这一切都不重要了。此时此刻，唯一重要的就是那个孩子，露西亚，露什卡，柳德米拉，她有这么多个不一样的名字，我不知道该怎么称呼她，而且我这辈子都没见过她。但此时此刻，我只在乎能不能把她救回来。”

谢谢你，我心想。

因为就像T恤上印的，要是鳄鱼已经咬住你的屁股，你就可以忘记你本来的任务是排空沼泽了。此时此刻，重要的不是这两个浑蛋藏在日落公园的哪个角落，不是我能不能在今夜或明天甚至有朝一日找到他们。到了明天上午，我可以把我知道的一切告诉约翰·凯利，让他接手调查下去。重要的不是谁捉拿卡兰德归案，不是他会被判十五年或二十五年或无期徒刑，也不是他会不会在某条小巷里被凯南·库利或我打死。重要的不是他能不能逃之夭夭，无论是带着钱还是没拿到钱。到了明天，这一切也许会变得重要，也许不会。但今夜，这些通通都不重要。

突然，形势变得非常明朗，其实从一开始就应该如此的。唯一重要的就是把尤里的女儿救回来。其他所有事情都不重要。

差几分钟到八点的时候，尤里和达尼回来了。尤里两只手各拎一个航空旅行包，上面印着一家在并购中消失的航空公司的徽标。达尼拎着一个购物袋。

“哎，旗开得胜嘛。”凯南说，他哥哥拍起了巴掌。我没有跟着鼓掌，但同样感到兴奋。你会以为这些钱是给我们的。

尤里说：“凯南，你过来。看看这个。”

他拉开一个航空包，倒出里面的东西，那是一捆捆扎好的百元大钞，纸带上都印着大通曼哈顿银行的徽标。

“漂亮，”他说，“尤里，你是怎么做到未经批准的大笔提款的？大晚上的，难道还能找到银行给你抢？”

尤里递给他一沓钞票。凯南从纸袋里把钱抽出来，研究最顶上的一张，然后说：“其实不需要看的，对吧？你不会问我这是不是真钱。肯定是伪钞，对吧？”他仔细打量了一会儿，用大拇指捻开最顶上这张，然后研究接下来的一张。“伪钞，”他确认道，“但非常逼真。编号都一样的那种吗？不，这张不一样。”

“三个不同的号码。”尤里说。

“通不过银行的检验，”凯南说，“他们有扫描器，能识别什么电子信号。但除此之外，看上去就是真钱。”他揉皱一张钞票，然后抚平，对着光仔细查看：“纸张很好，墨水也对得上。做得很漂亮的旧钞，肯定先泡在咖啡粉里，然后用滚筒洗衣机慢慢搅。没用过漂白剂，留住了织物软化剂。马特？”

我从钱包里抽出一张真钱（至少我认为是真钱），放在凯南递给我的钞票旁边。我个人觉得赝品上的富兰克林显得少了一丝沉稳，多了一丝俏皮。但换了平时，我甚至不会多看一眼这张钞票。

“非常好，”凯南说，“几折吃进的？”

“批发折掉六成。一美元只要你四十美分。”

“太高了。”

“好货不便宜。”尤里说。

“这倒是真的。而且这一行比贩毒要干净。因为你静下来想一想，谁会受到伤害呢？”

“会让货币贬值。”彼得说。

“真的吗？大海里的一滴水而已。一家储贷机构倒闭导致的货币贬值，印二十年的伪钞都比不上。”

尤里说：“这是借给我的。要是还回去，就不收我的钱。否则我就必须吃进了。按四折算。”

“条件相当优厚。”

“他在帮我的忙。我想知道的是绑匪会不会发现，要是他们发现了——”

“他们不会的，”我说，“他们只能在糟糕的光照条件下飞快地扫一眼。银行纸带这一招儿算是锦上添花。同一个人印刷的吗？”

“对。”

“咱们重新包装一下，”我说，“保留大通的纸带，但从每一沓里抽出六张，换成真钱，最上面和最底下分别三张。尤里，你这儿一共有多少？”

“二十五万伪钞。达尼的口袋里是六万多一点儿，从四个人手上凑的。”

我做了一下算术。“这样我们一共有八十万左右，已经很接近了。我觉得咱们这边算是准备好了。”

“谢天谢地。”尤里说。

彼得拿掉一沓伪钞的纸带，把钱展开，然后站在那儿看，边看边摇头。凯南拉过来一把椅子，开始抽掉每一沓伪钞最上面和最底下的三张。

电话铃声响了。

第20章

“我觉得烦了。”他说。

“我也觉得烦。”

“也许不值得这么麻烦的。你知道，咱们周围有很多毒贩，其中大多数都有老婆或女儿。也许我们应该直接撕票走人，说不定下一个客户会更加配合呢。”

自从尤里带着两包伪钞回来，这是我们第三次交谈了。他每半小时打一次，先是描述他打算怎么做交易，然后无论我建议什么，他都能挑出一堆毛病。

“尤其是等他听说我们走人前是怎么撕票的，”他说，“我会把小露西亚切成一口量那样的小肉块，我的朋友，然后明天再去找其他猎物。”

“我愿意配合。”我说。

“但你没有用行动证明。”

“咱们必须面对面交易，”我说，“必须给你机会检查钱，同时必须让我们能确认女孩安然无恙。”

“然后你们就扑向我们。你们可以叫人监视整个地区。天晓得你们能拉出来多少个武装暴徒。我们的资源很有限。”

“但你还是能平衡局面，”我说，“女孩在你们手上。”

“一把刀顶着她的喉咙。”他说。

“要是你愿意。”

“刀刃就抵着她的皮肤。”

“然后我们把钱给你，”我继续道，“你们一个人挟持女孩，另一个确定钱的数字对得上。然后你们一个人拿钱上车，另一个继续挟持女孩。与此同时，你们的第三个人躲在我们看不见的地方，用步枪瞄准我们。”

“有人会摸到他背后去的。”

“怎么可能？”我问，“你们先到场。你们会看着我们来，我们所有人一起来。你们用枪瞄准我们，这样就可以抵消我们的人数优势了。你们的枪手可以掩护你们撤退，而你们反正也已经安全了，因为这时候女孩已经回到了我们手上。等你的搭档带着钱上车了，我们想动手也够不到他。”

“但我不喜欢面对面交易。”他说。

他也不可能过于依赖第三个人，指望那个人能用步枪掩护他撤退。因为我几乎可以肯定他们一伙只有两个人，因此根本不存在第三个人。然而假如我能让他以为我们认为他们有三个人，也许他就会觉得更加安全了。第三个人的价值不在于他能挥洒的掩护火力，而是我们相信他真的躲在某个地方。

“就当双方隔着五十码好了。你把钱拿到一半的地方，然后回到你们的队伍里。然后我们把女孩送到一半的地方，我们一个人留在那儿，就像你说的，用刀指着她的喉咙——”

就像你说的，我心想。

“——而另一个人拿着钱后退。然后我放开女孩，她朝你们跑，而我往后走。”

“不行。这样钱和女孩会同时在你手上，而我们远在场地的另一侧。”

就这么周而复始，没完没了。电话公司的录音插进来，要他继续投币，他扔了一枚角子下去，嘴上连停都没停。到了这个阶段，他已经不再担心电话会被追踪。他的电话打得越来越长了。

要是我先前能联系上K兄弟就好了，这样我们就可以在他打电话的时候抓住他了。

我说：“好吧，咱们试试这样。就像你说的，双方隔着五十码。你们先到场，看着我们来。你们让女孩露个面，好让我们确定你们把她带来了。然后我拎着钱朝你们走。”

“你一个人？”

“对，不带武器。”

“但你可以把枪藏在衣服里面。”

“我两只手各拎一个装满钱的手提箱。身上藏枪对我有什么用处？”

“继续说。”

“你们检查钱。等你们满意了，就放开女孩。她回她父亲和我们其他人那儿去。你们的人带着钱离开。你和我在原地等着。然后你走你的，我走我的。”

“你可以抓住我。”

“我没带武器，而你有刀，想带枪也没问题。而且你们的神枪手还躲在一棵树背后，用步枪瞄准所有人。场面完全受你控制。我看这样你应该挑不出毛病了。”

“你会看见我的脸。”

“戴个面罩。”

“会让我看不清楚。再说就算你看不清我的脸，也还是能描述我的体貌特征。”

我心想，不管三七二十一，赌一把了。

我说：“雷，我已经知道你长什么样了。”

我听见他倒吸一口凉气，然后是好一阵沉默，足足有一分钟，我担心他会扔下电话跑了。

然后他说：“你都知道什么？”

“我知道你叫什么，知道你长什么样子，知道有几个女人死在你们手上，还知道有个女人侥幸逃掉了。”

“那个小婊子，”他说，“她听见了我叫什么。”

“姓什么我也知道。”

“证明一下。”

“凭什么？你自己去查，就在日历[1]上。”

“你是谁？”

“你自己查不出来吗？”

“你听着像条子。”

“我要是条子，现在你家门口就有一溜警车在排队了。”

“因为你不知道我住哪儿。”

“中村如何？佩内洛普大道。”

1　日历（calender）的英文发音与卡兰德（Callander）相近。

我几乎能感觉到他放松了下来。“佩服之至。”他说。

“雷，什么样的警察会陪你这么玩？”

“被兰道买通的警察。”

“差不离。我们睡一张床，我们是好伙伴。我娶了他堂妹。”

“难怪我们没法——”

“没法什么？”

“没什么。我应该放弃这一票，割了小妞的喉咙，然后远走高飞。”

“那你就死定了，”我说，“几小时内警方就会对你发全国通缉令，戈特斯坎德和艾尔瓦雷斯的案子也需要你去填命。和我交易，我保证我会隐瞒一星期，要是能做到就更久，甚至永远。”

“为什么？”

“因为我不希望事情爆出来，明白吗？你可以换个地方继续搞你的勾当。洛杉矶遍地都是毒贩，也有很多好看的女人。她们喜欢坐上一辆漂亮的新货车去兜兜风。”

他沉默了好一会儿，然后说：“重新再说一遍。整个安排，从我们到场开始。”

我又说了一遍。他不时用问题打断我，而我逐一回答。最后他说：“希望我能信任你。”

“我的天，”我说，“是我必须信任你才对。是我要双手各提一袋钱，不带武器走向你。要是你忽然决定不想信任我了，随时都能宰了我。”

“对，我能宰了你。”他说。

“但不杀我对你有好处。整个交易按计划进行，对你我都有好处。结果咱俩都是赢家。”

“你们少了一百万美元。”

“说不定也符合我的计划呢。”

“嗯？”

“你自己琢磨吧。”我说，让他去思考我在家族内部的秘密计划，比方说我必须通过某种策略来压我的搭档一头。

“有意思，”他说，“你想在哪儿交换？”

这个问题我早有准备。在前面几次电话里，我提议过另外几个地点，把这个地点留到了最后。“格林伍德公墓。”我说。

“我好像知道在哪儿。”

“当然应该知道。你们把莱拉·艾尔瓦雷斯扔在了那儿。离中村有段距离，但你们去过一趟，已经知道怎么走了。现在九点二十。墓地在第五大道上有两个门，一个在二十五街路口，往南十个街区是另一个。你们走二十五街的门，沿着围栏向南走二十码。我们走三十五街的门，从南面朝你们走。”

我一五一十地说给他听，就像战术研究家在重演葛底斯堡战役。“晚上十点半，”我说，“这样你有一个小时可以赶过去。这会儿路上没车，所以应该不会有问题。还是说你需要更多时间？”

他根本不需要一个小时那么久。他就在日落公园，开车到公墓只需要五分钟。但他不知道我知道这一点。

“时间应该够用了。”

“你还有足够的时间可以布置一下。十点四十，我们从你南边十个街区的地方进公墓。这样你比我们早到十分钟，还要加上我们走到你那儿的十分钟。”

“然后双方隔着五十码站好。”他说。

“对。”

“然后你一个人拎着钱走完剩下的距离。”

“对。”

“我更喜欢和库利打交道，”他说，“我说‘青蛙’他就跳。”

“你当然喜欢了。但这次的钱要多一倍。”

“这倒是真的。”他说，“莱拉·艾尔瓦雷斯，有段时间没想到过她了。”他的声音变得近乎梦呓：“她真的很好。我选对了。”

我没有接话。

“我的天，她可真害怕，”他说，“可怜的小婊子。她真的吓坏了。”

等我终于放下电话，我不得不坐下缓一缓。凯南问我没事吧，我说我没事。

“你看上去不像没事，”他说，“你看上去像是需要喝一杯，但我猜你最不需要的就是这个。”

“没错。”

“尤里刚煮了些咖啡。我给你倒一杯。”

他把咖啡端来。我说：“我挺好，但和那个该死的家伙说话，真的能耗尽你的精力。”

“我明白。”

“我朝他弯了弯腰，故意让他看见我的部分底牌。因为我觉得想要促使他照我们说的做，那似乎是唯一的办法。除非他能完全控制局面，否则他就不会采取行动。我决定让他明白他的处境比他意识到的要差一些。”

尤里说：“你知道他是谁？”

“我知道他叫什么，也知道他的长相和车牌号码。”我闭了一会儿眼睛，感觉他在电话线那一头的存在，琢磨他的大脑是怎么运转的。“对，我知道他是谁。”我说。

我向他们解释我和卡兰德商量出来的交易计划，正想画地形图的时候，忽然意识到我们需要地图。尤里说公寓里有一张布鲁克林的街道图，但不确定放在哪儿了。凯南说弗朗辛在丰田车的手套箱里放了一张地图，于是彼得下楼去拿。

我们清空桌子。赎金都被重新捆扎好，以掩饰中间的伪钞，然后被装进了两个手提箱。我把地图平摊在桌上，先画出前往公墓的路线，然后标出公墓西墙上的两个门。我讲述我们的计划，我们会在哪里碰头，双方如何交换钱和人质。

“把你顶在了最前面。”凯南说。

“我没问题的。”

“要是他敢乱来——”

“我不认为他会乱来。”

你随时都能宰了我，我在电话里对他说。对，我能宰了你，他是这么回答的。

“应该由我拎着箱子走过去。”尤里说。

“钱没那么重，”我说，“我拎得动。”

“你在开玩笑，但我是认真的。他们绑架的是我女儿，应该由我出面。”

我摇摇头。要是让他靠近卡兰德，他说不定会控制不住脾气扑上去。但我还有一个更好的理由。“我希望露西亚能跑向安全的地方。假如你在前面，她会想和你待在一起。我需要你留在这儿，”我指着地图说，“这样你就可以叫她过去了。”

“你可以在裤腰上别一把枪。”凯南说。

“可以是可以，但我不觉得带枪能有什么意义。要是他乱来，我也没时间拔枪；要是他不乱来，我带枪也就没用了。我更想要凯夫拉背心。”

“就是防弹衣吗？听说它连匕首都挡不住。”

“有时候能挡住，有时候挡不住。而且也不是每次都能挡住子弹，但可以给你一个过得去的机会。”

“你知道去哪儿能搞到吗？”

“这个时间是不可能的。算了，当我没说，反正也不重要。”

“不重要？我怎么觉得很重要呢？”

“我甚至不知道他们有没有枪。”

“你开玩笑吗？我觉得这座城市每一个人都有枪。还有他们的第三个人，那个神射手，躲在墓碑后面瞄准所有人的那家伙，他怎么办？你以为他用什么掩护他们，弹弓吗？”

“那也要真的存在第三个人才行。我是存心提到他的，而卡兰德很聪明，顺着我的话往下说了。”

“你认为作案的只有两个人？”

“他们在公园大道绑架那姑娘的时候只有两个人。我不认为他们会为现在这种勾当特地再招募一个人。这是性欲驱使下的杀人，只是衍生出了挣钱的一面，而不是职业罪犯搞的名堂，为了勒索而召集一班人马。在两起绑架案里，有目击者似乎见到了第三个人，但他们有可能只是想当然地以为还存在一个司机，因为在你的想象中，车肯定需要有人开。然而，假如本来就只有两个人，那么其中的一个也可以兼任司机。我认为这才是实际情况。”

“所以可以不用管第三个人了？”

“不行，”我说，“讨厌就讨厌在这儿。我们必须假定他是存在的。”

我去厨房又倒了一杯咖啡。等我回来时，尤里问我要几个人。他说：“现在有你、我、凯南、彼得、达尼和帕维尔。帕维尔在楼下，你们进大楼的时候见过他。我还有三个人随时待命，只需要说一声就行。”

“我能叫来十几个。”凯南说。“我去找的那些人，无论有没有现金可以借给我，他们都对我说：‘需要帮手的话，你说一声，我马上就到。’”他低头研究地图。“我们可以让他们先就位，然后叫十几个人开三四辆车来。封锁两个门，还有其他出入口，这儿和这儿。你在摇头，为什么？”

“我希望他们带着钱逃跑。”

“在救回女孩之后，甚至不想试一试抓住他们？”

“不想。”

“为什么？”

“因为只有疯子才会半夜在墓地发动枪战，绕着公园坡开飞车和互相射击。除非你能控制局面，这么做没有任何好处，而这次的情况有太多失控的可能性了。听我说，我之所以能说服他，是因为我把交换安排得彼此都不占优势，我费了很大的心思设计细节，好让双方势均力敌。我们得到女孩，他们得到钱，然后所有人活着回家。几分钟前，这还是我们唯一的目标。现在难道不是了吗？”

尤里说是这样。凯南说：“唉，当然了，这也是我唯一的目标。我只是不想见到他们逃脱惩罚，还搞到了一笔钱。”

“他们不会的。卡兰德以为他有一周时间可以收拾行李滚蛋。他没有一个星期。我不需要那么长的时间就能找到他。另一方面，我们需要几个人？我看现在的人手就足够了。三辆车。达尼和尤里一辆，彼得和……楼下大堂的小伙子叫帕维尔，对吧？彼得和帕维尔开丰田，我和凯南开别克。咱们六个人够用了。”

露西亚房间里的电话响了，我进去接。是TJ打来的，他在路边和车道上找了一圈，但徒劳无功，这会儿回到了自助洗衣房。

我回到客厅。“算七个吧。”我说。

第21章

上车之后，凯南说："我觉得应该走滨海公园大道，然后郭瓦纳斯高速公路。你说呢？"我说他比我更熟悉这附近的道路。他说："咱们要去接的那小子，他是怎么卷进来的？"

"他是个贫民窟出身的孩子，每天在时报广场消磨时间。天晓得他住在哪儿。大家都用姓名缩写称呼他——希望那真的是他的姓名缩写，而不是他随便从字母汤里捞了两个字母。他帮了我很大的忙，信不信由你。他介绍我认识那两个电脑行家，今晚他看见了卡兰德，记下了他的车牌号。"

"你认为他去公墓能帮我们的忙？"

"我希望他别插手，"他说，"我们去接他是因为我不希望卡兰德和同伙回家的时候，他还在日落公园走来走去想办法。我希望能让他远离伤害。"

"你说他是个孩子？"

我点点头："十五岁，顶多十六岁。"

“他长大了想干什么？和你一样当侦探？”

“这是他最近的想法，他不想等长大了再当。我不怪他。他们有很多人都做不到。”

“做不到什么？”

“长大。一个住在街头的黑人少年，他们的平均预期寿命还比不上果蝇。TJ是个好孩子，我希望他能好好长大。”

“而且你真的不知道他姓什么？”

“是的。”

“有件事情很好玩。从戒酒会到街头，你认识很多人，但不知道他们姓什么。”

过了一会儿，他说：“你觉得达尼这个人怎么样？他是尤里的亲戚还是什么人？”

“不知道。怎么了？”

“我只是在想，他们两个人开那辆林肯，后座上放着一百万美元。我们知道达尼有枪。万一他崩了尤里，然后远走高飞，咱们甚至不知道该去找谁，只知道那是个俄国人，穿一件不怎么合身的上衣。他也是个没有姓的人，肯定可以当你的朋友，对吧？”

“我认为尤里信任他。”

“很可能是一家人，否则怎么能这么信任一个人？”

“再说也不到一百万美元。”

“八十万美元。只差二十万美元，我猜你会说我是骗子。”

“而且近三分之一是伪钞。”

“你说得对，似乎不值得抢。咱们要去见的那对小丑愿意收下，就算是我们运气好了。要是他们不肯要，就只能塞在地下室里，等下次童子军收废品的时候再拿出来了。能帮我一个忙吗？你双手各拎一个手提箱走上去的时候，能替我问他们一个问题吗？”

“什么问题？”

“问他们为什么会选中我。因为我每天都想得要发疯。”

“哦，”我说，“我猜我知道。”

“真的？”

“嗯。刚开始我以为他也在一定程度上参与毒品生意。”

“说得通，但——”

“但他没有，我几乎可以肯定，因为我请人查了查，发现他没有案底。”

“我也没有。”

“你是特例。”

“这倒是真的。尤里呢？”

“在苏联被捕过几次，但服刑时间不长。来美国后因为收买赃物被抓过一次，但指控后来被撤销了。”

“但在毒品方面没有案底？”

“没有。”

“好吧，卡兰德的背景很干净，所以他不参与贩毒，那么——”

“一段时间以前，禁毒署尝试过针对你立案。”

“对，但没有任何结果。”

“我和尤里谈过。他说去年他退出了一次交易，因为他感觉有某些官方机构企图放钩钓鱼。他感觉是联邦方面的人。”

他扭头看着我，然后强迫自己望向前方，换车道超车。“我的天，”他说，“这是新的全国性执法政策？他们没法立你的案，就宰了你的老婆和女儿？”

“我认为卡兰德为禁毒署工作，”我说，“也许时间并不长，几乎可以肯定不是正式探员。也许他们用他当过一两次秘密线人，也许他只在办公室打杂。他不可能升得很高，也不可能做得太久。”

“为什么？”

“因为他精神不正常。他们让他入伙很可能是因为他对毒贩有某种低等级的仇恨。这在那一行里算是个优势，然而超出限度就不是了。你看，这些只是我的直觉。因为我在电话里说我是尤里的伙伴，而他的反应就差没直说这解释了他们为什么一直没能抓尤里归案了。”

“我的天。”

“明后天我也许能查到他究竟是不是，也许我能去禁毒署套套交情，看提到他的名字会不会让他们想到什么。或者要是我认识的电脑天才能做到，就偷偷摸摸检索一下他们的档案。”

凯南露出沉思的模样：“他说话不像警察。”

“对，完全不像。”

“但按照你的形容，这个人也不是真正的警察，对吧？”

“更像是狂热分子。但这个狂热分子为联邦执法部门做事，而且痴迷于毒品犯罪。”

“他知道一千克可卡因的批发价，”凯南说，“不过我不知道这能证明什么。你的朋友TJ很可能也知道每千克的批发价。”

“我肯定不会吃惊。”

“露西亚的同班同学，她们说不定也知道。我们就生活在这么一个世界里。”

“你应该去当医生。”

“我老爸就是这么希望的。不，我恐怕不行，但也许我应该去印伪钞。打交道的人比较有格调。至少禁毒署就不会总盯着我了。”

“伪钞？特勤局会来找你麻烦的。”

“我的天，”他说，“该死的部门除了这个还有那个。”

“那家自助洗衣房？右手边那家？”我说是的，凯南在店门口停车，但没熄火。他说：“咱们的时间怎么样？”然后扫了一眼手表和仪表盘上的时间，自问自答道：“赶得上。还稍微早了点儿。”

就在我观察自助洗衣房的当口儿，TJ从马路对面的另一个门洞钻了出来，过街走向我们。我介绍两个人认识，两人都说很高兴认识对方。TJ往椅背上一靠，凯南换挡开上马路。

他说：“他们十点半到，对吧？咱们晚十分钟进场，然后走到他们等我们的地方。是这样，没错吧？”

我说没错。

“所以十点五十我们就会在无人荒原上打照面儿了，你是这么计划的，对吧？”

“差不多吧。”

“交易和撤退需要多久？半小时？”

“要是不出岔子，很可能会快得多。但要是发生什么意外，那就是另一码事了。”

“是啊，希望别发生意外。我刚才还在想该怎么撤退呢，不过我猜墓地要到十二点才锁门。”

“锁门？”

“是啊，我以为会更早一些，但我猜显然不是，否则你们肯定会另外选个地方。”

“我的天。”我说。

“怎么了？”

“我根本没想到这个，”我说，“你为什么不早说？”

“早说了你又能怎么着，一个电话打给他？”

“不，应该不行。我根本就没想到墓地还会锁门。墓地难道不是彻夜开放的吗？为什么要锁门呢？”

“不让人进去呗。”

“因为大家都死也要进去不可？我的天，我上四年级的时候听过这个笑话。‘墓地为什么要有围栏呢？’”

“因为会有人搞破坏，”凯南说，“小崽子来掀翻墓碑，在花坛里拉屎。”

“你以为小崽子不会翻墙吗？”

“哎，哥们儿，”他说，“规矩又不是我定的。要是我说了算，全纽约的公墓都必须无限制开放。怎么样？”

“希望我没搞砸。要是他们到了，发现门已经上锁——”

“然后呢？他们会怎么做，把她卖给阿根廷的白奴贩子？他们会翻墙，我们也一样。事实上，墓地很可能十二点才锁门。也许有人会下了班才来墓地，晚上来探望他们失去的爱人。”

“晚上十一点？”

他耸耸肩：“有人要加班嘛。他们在曼哈顿上班，下班先去喝两杯，吃晚饭，然后去等半个小时的地铁，因为他们就像我认识的某些人，喜欢省钱，不肯叫出租车——”

“我的天。”我说。

“——等他们回到布鲁克林，时间已经很晚了，而他们心想：‘哎，我觉得我该去一趟格林伍德，看我能不能找到维克舅舅葬在哪儿，我一直很讨厌他，我想去他的坟头撒尿。’”

“凯南，你是不是很紧张？”

“对，我很紧张。你感觉怎么样？到时候拎着钱去见那两个变态杀人狂的是你，而且还不带武器。你应该已经浑身冒汗了吧？”

“也许有点儿吧。慢一点儿，前面就是墓地的门了。我看门还开着。”

“对，看上去确实开着。知道吗，就算按理说应该锁门，里面的人说不定也懒得锁。”

“也许吧。咱们开车绕墓地转一圈如何？然后在咱们要进的那道门附近找个地方停车。”

我们默默地绕着墓地转了一圈。几乎没有见到其他车辆，夜色中有一种凝滞的感觉，就好像墓地围栏里的死寂向外伸展，压制了附近所有的声音。

我们回到刚开始的地方，TJ说：“咱们要进墓地？”

凯南转过去，免得TJ见到他在笑。我说：“要是不想进去，你可以待在车上。”

“为什么？”

“免得你进去觉得不自在。”

“哥们儿，”他说，“我才不害怕死人呢。你在想什么啊？你以为我害怕了？”

“是我错了。”

“当然是你错了。我担心的不是死人。”

我也不担心死人，让我担心的是某些活人。

我们在三十五街的门口会合，然后立刻走进墓地，免得停留在街上引来注意。尤里和帕维尔拎着装钱的包。我们七个人有两个手电筒。凯南拿一个。我拿另一个，走在最前面。

我很少使用手电筒，只在需要看方向的时候打开，然后迅速关上。大多数时候没这个必要。一轮上弦月挂在头顶上，而且街边的路灯也提供了足够的光照。墓碑以白色大理石为主，一旦眼睛适应了昏暗的光线，墓碑就变得相当明显。我在墓碑之间穿梭，思考我脚下的尸骨都属于什么人。有份报纸统计了过去一年间的遗体下葬地点，列出纽约五大区富人和名人钟爱的墓地。我没太仔细读那篇报道，但我隐约记得有相当多的纽约名流就葬在格林伍德。

报道里说，有些狂热分子养成了探访墓地的习惯。其中一部分人会拍照，还有一部分人会拓印墓碑铭文。我无法想象他们能从中得到什么乐趣，但听上去并不比我做的某些事情更不正常。他们只会在白天来追昔抚今，不会半夜三更在墓地里跌跌撞撞，免得被花岗岩绊得摔上一跤。

我却必须克服困难向前走。我贴着围栏走，能看见外面的路牌；来到二十七街，我放慢步伐。其他人赶上来，我示意他们散开，但不要继续向北走了。然后我转向雷蒙德·卡兰德应该在的位置，举起手电筒，按照约定的信号闪了三下。

接下来的很长一段时间，只有黑暗和寂静在回应我。然后我终于看见了他的三次闪光，来自正前方偏右一点儿。根据我的估算，他们离我们大约一百码，甚至更远。要是你夹着橄榄球奔跑，这段距离也许并不遥远，但放在此时此刻就似乎过于遥远了。

“你待着别动，”我喊道，“我们再过去一点儿。”

“别太近了！”

“五十码左右，”我说，“咱们说好的。”

我走到双方距离大约一半的地方，凯南和尤里的一名手下一左一右，其他人跟在背后不远处。中间卡兰德喊过一次“够近了”，但我觉得不够，因此没有理他，而是继续向前走。我们必须足够接近，这样在交易时才能得到某个人的掩护。我们有一把步枪，这把枪被托付给了彼得，他曾经在国民警卫队服役六个月，事实证明他是个神枪手。当然了，那是在他长时间沉迷于烈酒和毒品之前，但他在我们这伙人里依然枪法最好。他拿着一把带瞄准镜的高级步枪，但瞄准镜不是红外线的，因此他只能借着月光瞄准。我想缩短距离，这样一来，要是必须开枪，就能提高他的准确率了。

但我还是觉得这对我来说没什么意义。他只会在一种情况下开枪，那就是对方想黑我们一把。假如真是那样，我一旦走进开阔地，他们就会干掉我。就算彼得因此朝他们开枪，我反正已经死了，子弹有没有打中目标也和我没关系了。

多么令人愉快的念头。

我们走完一半距离，我朝彼得打了个信号，他朝侧面移动，选了个适合射击的地点，把枪管搁在一块低矮的大理石墓碑上。我用视线搜寻雷和他的搭档，但只能见到朦胧的阴影。他们已经缩回了黑暗里。

我说："出来，让我们看见你们。还有，让我们看见那女孩。"

他们走进我们的视野。两条人影，等光照条件变得稍微好了一点儿，你才会发现其中一条人影是由两个人构成的，一个男人架着一个女孩挡在前面。我听见尤里倒吸一口气，我只能祈祷他能保持冷静了。

"我用刀指着她的喉咙呢，"卡兰德喊道，"要是我的手一滑——"

"最好别滑。"

"那你就把钱送过来吧。别要花招儿。"

我转身拎起两个手提箱，顺便扫了一眼我们的队伍。我没看见TJ，于是问凯南TJ去哪儿了。他说他猜TJ有可能回车上去了。“‘脚啊脚，你怎么不听使唤？’”他说，“我猜他不怎么乐意半夜去逛墓地。”

“我也不喜欢。”

“听我说，”他说，“你能不能对他们说要稍微改一下规矩，钱太重了，一个人搬不动，然后我陪你一起过去。”

“不行。”

“非要逞英雄，是吧？”

我不觉得我有什么英雄气概。手提箱的分量害得我没法昂首阔步。他们中的一个似乎拿着枪——当然不是挟持女孩的那家伙——而且枪口似乎就指着我，可我并不担心我会中枪，但万一我们这一方忽然有人发神经扣动扳机，那子弹可就要满天飞了。就算他们想杀我，那也会等我把钱送到他们手上之后。他们也许是疯子，但肯定不是傻子。

“别动歪脑筋，”雷说，“我不确定你能不能看见，但刀刃就顶着她的喉咙呢。”

“我能看见。”

“那儿就够近了。把包放下。”

拿着刀挟持女孩的是雷。我认得他的声音，即便只凭借TJ的描述，我也一样能认出他来。TJ形容得太准确了，他夹克衫的拉链拉着，所以我看不见里面的运动衬衫难不难看，但我愿意相信TJ的判断。

另一个男人比较高，黑发乱蓬蓬的，在半明半暗的光线下，他的眼窝就像烟头在床单上烫出的两个窟窿。他没穿外衣，牛仔裤上面是法兰绒衬衫。我看不见他的眼睛，但我能感觉到他视线中的愤恨，我很想知道究竟是我做的什么事情激起了他的满腔怒火。我送来了一百万美元，他却心痒难耐地想宰了我。

“打开箱子。”

“先放了那姑娘。”

“不，先让我们见到钱。”

凯南坚持要我带上一把枪，枪藏在我背后，枪管别在腰带里，运动上衣遮住了枪身。以我现在的姿势来说，我不可能以任何敏捷的动作突然拔枪，但我的双手都空着，想拔枪的话随时都可以动手。

但我没有，而是听话地跪下，打开一个手提箱的搭扣，掀开盖子，给他们看里面的钱。我站起来。拿枪的男人开始向前走，我举起一只手。

“现在放了她，”我说，“然后你们检查钱。雷，规则是咱们说定了的，这会儿别给我乱改。”

“哎呀，可爱的露西亚，”他说，“孩子，我真不想放你走。”

他放开了她。她一直在他身体投下的阴影中，我几乎没找到机会看她一眼。即便周围一片黑暗，我依然看得出她面色苍白而憔悴。她的双手在腰间攥成一团，两条胳膊紧贴身体，肩膀向前拱起来。她像是想把自己变成全世界最小的一个靶子。

我说：“露西亚，过来。”她没有动。我说：“孩子，你父亲在我背后，去找你父亲。快！”

她迈出一步，然后停下了。她晃晃悠悠的，似乎随时都会摔倒，一只手死死地攥着另一只手。

“走吧，”卡兰德对她说，“快跑！”

她看了他一眼，然后望向我。你很难确定她在看什么，因为她目光涣散，眼神空洞。我想一把抱住她，把她扛在我肩膀上，然后跑向她的父亲。或者用一只手撩开上衣，另一只手拔枪，当场干掉这两个浑蛋。但黑发男人的枪口指着我，而卡兰德的手里也多了一把枪，与另一只手握着的长匕首凑成一对。

我大声命令尤里喊她过去。“露什卡！”他喊道，“露什卡，是爸爸啊！快到爸爸这儿来！”

她认出了这个声音。她皱起眉头，像是想集中精神，把音节拼凑成词句。

我说：“尤里，用俄语！”

接下来他喊的话我当然连一个字都听不懂，但露西亚无疑听懂了。她松开抓着另一只手的那只手，向前走了一步，然后又是一步。

我说：“她的手怎么了？”

“没怎么。”

她走到我身旁的时候，我伸手抓住她的手。她立刻挣脱了。

她少了两根手指。

我瞪着卡兰德。他的表情甚至有点儿抱歉。“那是在咱们谈好条件之前。”他说，算是给我一个解释。

尤里又蹦出一段俄语，她走得更快了，但离跑还差得远。她似乎顶多只能笨拙地拖着脚慢慢走，即便是这样的步伐，我怀疑她也坚持不了多久。

但她没有倒下，而是继续走向父亲，我站在原处，望着两把枪的枪口。黑发男人默默地瞪着我，依然怒火中烧，而卡兰德在看女孩。他的枪指着我，但他无法从她身上转开视线，我能感觉到他有多么想把枪口也转向她。

“我喜欢她，”他说，“她真的很好。”

接下来的事情就很简单了。我打开第二个手提箱，后退了几步。雷上前查看两个手提箱里的东西，他的搭档用枪指着我。他只大致检查了一下钞票。他拿起五六沓钱翻了翻，但没数有多少张，也没粗略地估计一下有多少沓。他没有发现其中有一部分是伪钞，但我觉得天底下没几个人能认出来。

他合上箱盖，扣好搭扣，然后又拔出枪，站到一旁，黑发男人上前拎起两个手提箱，因为用力而哼了一声。这是他第一次在我面前发出声音。

“一次拿一箱。”卡兰德说。

“又不重。”

“一次拿一箱。”

“雷，你少教我做事。”他嘴里这么说，但手里还是放下了一个手提箱，拎着另一个走了。

他没离开太久，他不在的这段时间里，雷和我都没有开口。他回来拎起第二个手提箱，声称这个手提箱比较轻，言下之意像是在说我们少给了钱。

“那就应该更容易搬，”卡兰德耐心地说，“你先走。”

“雷，咱们应该崩了这个浑蛋。”

“下次吧。”

“该死的贩毒条子。应该轰掉他的脑袋。”

等他走了，卡兰德说：“你答应给我们一周。你会说话算话吗？”

“要是能做到，还可以更久。”

“关于那根手指，对不住了。”

“是两根手指。”

“随你说。他这个人很难控制住。”

我心想，但用钢丝对帕姆下手的是你。

“多谢你给我一个星期的时间，”他继续道，“我也觉得该换换天气了。不过我觉得艾尔伯特不想跟我走。”

“你打算把他留在纽约？”

“这么说也未尝不可。”

“你是怎么找到他的？”

听到这个问题，他露出了微笑。“哎呀，”他说，“是我们找到了彼此。有特殊兴趣的人往往会像这样找到彼此。”

这是个怪异的时刻。我感觉我在和面具背后的人交谈，我们所处的场合提供了一个难得的机会。我说：“能问个问题吗？”

“问吧。”

“为什么对女人下手？”

“哎呀，我的天。只有心理学家才能回答这个问题，对吧？我猜是因为埋藏在我童年的某些往事，深挖到最后总是这种事情，对吧？断奶太早或者太迟？”

“我说的不是这个。”

“嗯？”

“我不在乎你为什么会变成这样。我只想知道你为什么这么做。”

“你以为我有的选？”

“我不知道。你说呢？”

“这个问题不容易回答。刺激、权力，或者纯粹因为兴奋——语言无法描述。你明白我的意思吗？”

“不明白。”

“你坐过过山车吗？说实话，我讨厌过山车，好几年没坐过了，一坐就想吐。但假如我不讨厌过山车，假如我特别喜欢，那么这两种感觉就是一样的。”他耸耸肩，“我说过了。语言没法描述。”

“你说话不像恶魔。”

“为什么应该像？”

“因为你做的是恶魔的行径，但你说话像是人类。你怎么能——”

“能什么？”

“你怎么下得了手？”

“哦，”他说，“她们不是真的。”

“什么？”

“她们不是真的，”他说，“那些女人。她们不是真的。她们只是玩具。你买个汉堡包，难道你是在吃牛吗？当然不是了。你在吃的是汉堡包。”他微微一笑：“走在街上的时候，她是个女人。一旦进了车厢，她就不再是了，而仅仅是身体的零件。”

寒意传遍了我的脊梁。每次发生这种事，我已故的佩格姨妈就会说，肯定有一只鹅走过了我的坟墓。这是个很好玩的说法。真不知道是怎么想出来的。

“但我有的选吗？我认为我有，并不是每次满月就会逼着我去大开杀戒。我永远有的选，我可以选择什么都不做，而我确实选了什么都不做，但忽然有一天，我选了另一条路。

“所以说真的，这算是个什么选择呢？我可以往后推，但迟早有一天我会再也不想往后推了。再说，往后推也不会让事情做起来更愉快。也许这就是我去做的原因。我读到过一篇文章说，人变得成熟的一个特征是能够延迟满足，但我不确定我的情况是不是他们说的那个意思。”

他像是还想继续解释下去，但脑子里忽然一闪念，机会的这扇窗户砰然关闭。刚才和我交谈的那个真实自我缩回了保护性的铠甲背后。“你为什么不害怕？”他乖戾地说，“我用枪指着你，但你表现得就好像这是一把水枪。”

“有一把大火力步枪正在瞄准你。你连一步都逃不掉。”

“是吗，但对你有什么用处呢？你以为我会害怕。你勇敢吗？”

“不。”

“嗯，我不会朝你开枪的。否则钱岂不是就全归艾尔伯特了？不行，我看这样不行。不过我觉得现在我也该消失在黑影里了。转过去，走向你的那帮朋友。”

“好的。”

“没有拿步枪的第三个人。你以为有吗？”

“我不确定。”

“你知道没有，不过没关系。你们得到了女孩，我们得到了钱。皆大欢喜。”

“是啊。”

“别跟着我。”

“我不会的。”

“是啊，我知道你不会的。”

他没再说话，我以为他已经无声无息地溜走了。我一直向前走，走到第十二步的时候，他喊住了我。

“手指的事情，对不起了，”他说，“真的是意外。”

第22章

“你怎么这么安静？”TJ说。

我开的是凯南的别克。露西亚·兰道刚回到父亲身旁，他就一把抱起女儿扛在肩上，飞快地奔向他的车，达尼和帕维尔紧随其后。“我叫他别守在这儿，”凯南说，“孩子需要看医生。他认识的一个医生就住在这儿附近，他直接去医生家了。”

因此现场剩下我们四个人和两辆车，我们走到车旁，凯南把别克的钥匙扔给我，说他和他哥哥坐一辆车。“先去湾脊区，”他说，“我们叫个比萨什么的。然后我送你们回家。”

TJ说我太安静的时候，我们正在一个路口等红灯，对此我无法反驳。自从上了车，我们两个人都没说一个字。与卡兰德交谈所带来的冲击依然挥之不去。我对TJ解释说我们做的事情耗尽了我的精神。

“但你很酷，”他说，“走上去直面那两个家伙。”

“你在哪儿？我们以为你留在车上了。”

他摇摇头："我绕到他们背后去了，以为也许能找到拿步枪的第三个人。"

"根本没有第三个人。"

"怪不得那么难找。我在他们背后绕了一大圈，从他们进来的那道门溜出去。我找到了他们的车。"

"怎么找到的？"

"并不难。我见过那辆车，就是同一辆本田。我躲在电线杆背后盯着车，看见没穿外套的那个家伙急急忙忙跑出墓地，把一个手提箱扔进后车厢。然后一转身又跑进了墓地。"

"他回去取另一个手提箱了。"

"我知道，我心想趁他去取第二个手提箱的时候，我不如去把第一个偷走算了。后车厢锁着，他是按手套箱里的按钮打开的，我也可以这么开。因为车门没锁。"

"还好你没这么做。"

"是啊，我可以偷走的，但等他回来，发现手提箱不见了，他会怎么做呢？多半会回去开枪打死你。所以我觉得这个想法不怎么酷。"

"明智。"

"然后我心想，假如这是拍电影，我可以钻进车里，躲在前排和后排之间。他们把钱放在后车厢里，人坐在前排，因此根本不会去看后排。然后他们开车回家，或者他们要去的其他什么地方，等他们到了，我就从车里溜出来，打电话告诉你那是哪儿。但我转念一想，TJ，这不是拍电影，而且你太年轻了，还不能死。"

"我很高兴你能这么想。"

"另外，万一打之前那个号码找不到你，我该怎么办？于是我继续等，他拎着第二个手提箱回来，把手提箱扔进后车厢，人坐进车里。然后另一个人，就是打电话的那个，他出来坐上驾驶座。他们开车走了，我跑回墓地里，找到你们其他人。墓地很诡异，哥们儿。我看见一些石头块，上面说底下埋的是谁，但有些坟还造了个小屋子什么的，比人活着的时候还风光。你想弄一个那样的玩意儿吗？”

“不想。”

“我也一样。就一小块石头，什么废话都不说，只有‘TJ’两个字。”

“连日期都没有？全名都没有？”

他摇摇头。“就‘TJ’两个字，”他说，“哦，也许再加上我的寻呼号。”

回到殖民路，凯南拿起电话，想找个这会儿还营业的比萨店。他没找到，不过也无所谓。没人有胃口。

“咱们应该在庆祝才对，”他说，“孩子救回来了，而且还活着。可现在这气氛一点儿也不喜庆。”

“这是一场平局，”彼得说，“比分相同，不值得庆祝。没人获胜，也就不会有人放焰火了。比赛以平局收场，感觉比输掉还糟糕。”

“要是女孩死了，感觉会更加糟糕。”凯南说。

“那是因为这不是打橄榄球，而是现实生活。但是亲爱的，你还是没心思庆祝。坏蛋带着钱跑掉了。你难道想为了这个敲锣打鼓？”

“他们还没逃掉，”我插嘴道，“还需要一两天时间。但他们哪儿也去不了。”

然而，我和其他人一样，也没有庆祝的心情。与以平局结束的任何一场比赛一样，这次留给我们的同样是错失良机的遗憾。TJ认为他应该躲在本田的后座底下，或者想办法跟踪那辆车找到他们的窝点。彼得有几次机会可以一枪撂倒卡兰德，而且不会对我和女孩造成危害。而我想到了十几个办法能让我们夺回那笔钱。我们按照预定计划完成了任务，但肯定还有办法能够更进一步。

“我想打个电话给尤里，”凯南说，“孩子的情况很差，几乎没法走路。我猜她失去的不止两根手指。”

“你恐怕说对了。”

“他们肯定残酷地折磨了她。”他狠狠地戳着电话按键，“我不愿意去想这些，因为我会想到弗朗辛——”这句话他只说完了一半。他对着电话说：“哎，你好，尤里在吗？对不起。打错电话了，非常抱歉，打扰你休息了。”

他放下电话，叹了一口气：“一个西班牙女人，似乎睡得正香，却被我吵醒了。老天，我真讨厌这种事。”

我说：“打错电话？”

“对，打错电话，以及接到打错的电话，我不知道哪个更讨厌。像刚才那样打扰别人，我觉得自己真是个浑蛋。”

“你妻子被绑架那天，你接到了两通打错的电话。”

“嗯，对。像是个坏兆头，但当时并不显得特别不吉利，只是有点儿烦人。”

“今天上午尤里也接到了两通打错的电话。”

“是吗？”他皱起眉头，然后点点头，“你觉得会是他们吗？打电话确定家里有没有人？我猜是的，但那又怎样呢？”

“你会去用投币电话吗？”他们看着我，不明白我的意思，“比方说你要打个电话，但只是假装拨错了号码。你什么都不会说，没人会注意这通电话。你还会特地开车走五六个街区，然后花钱去用投币电话吗？还是说你会用自己家的电话？”

“我猜我会用自己家的，但——”

“我也一样。”我说。我掏出记事本，寻找吉米·洪给我的那张纸，上面列出了打到库利家的所有电话。尽管我不需要第一个勒索电话之前的通话信息，但他还是抄下了从午夜开始的所有来电。当天早些时候我翻出了这张清单，想找出自助洗衣房的号码，打电话到那儿找TJ，但后来我把它塞到哪儿去了呢？

我找到了，随即展开那张纸。“有了，”我说，“两通电话，时间都不到一分钟。一次是上午九点四十四分，另一次是下午两点半。呼出号码是243-7436。”

“老兄，”凯南说，“我只记得接到了两个打错的电话，但不知道是几点几分打进来的。”

“你对这个号码有印象吗？”

“你再念一遍。”他摇摇头，“很陌生。不如咱们打个电话试一试，看接电话的是什么人？”

他伸手去拿电话，我按住他的手。“等一等，”我说，“别提醒了他们。”

“提醒他们什么？”

“我们知道他们在哪儿。”

“我们知道？我们只有一个电话号码。”

TJ说：“K兄弟这会儿应该在家。要我去找他们吗？”

我摇摇头：“我觉得我就能解决这个问题。”我拿起电话，打给查号台。接线员接起电话，我说：“警方要求协查。我是艾尔顿·西马克警员，警徽号2491-1907。我知道一个号码，需要登记的姓名和地址。对，没错。243-7436。好的，谢谢你。”

我放下电话，赶在记忆消失前把地址写在记事本上。我说：“电话登记在A. H. 瓦伦斯名下。他是你的朋友吗？”凯南摇摇头。“我猜A代表的是艾尔伯特。卡兰德就是这么称呼他的搭档的。”我念出我写下的地址，“五十一街692号。”

“日落公园。”凯南说。

“日落公园。离自助洗衣房两三个街区。”

“这下就不是平局了，”凯南说，“咱们走。”

那是一座框架式的木屋，虽说只有月光，但你也看得出它年久失修。墙板需要重新粉刷，树篱已经长成了灌木丛。屋前的半段台阶通往带纱窗的门廊，门廊的中部明显向下凹陷。车道从屋子右侧通向能停两辆车的独立车库，地面上东一块西一块地打着沥青补丁。侧墙一半的位置上有一扇边门，屋后还有一扇后门。

我们只开了那辆别克，车停在第七大道的路口。我们都带着枪。凯南给了TJ一把左轮手枪，我肯定露出了惊讶的表情，因为他望向我，说：“他要去就必须带枪。我说他是个有胆色的，可以一起去。TJ，会用这东西吗？对准目标扣扳机就行，就像日本造的照相机。”

车库的卷帘门锁着，锁很结实。卷帘门旁边还有一扇狭窄的木门，同样锁着。我的信用卡没法插进门闩。就在我琢磨该怎么无声无息地打碎一块玻璃的时候，彼得递给我一个手电筒，我有一瞬间以为他要我用手电筒砸玻璃，想不通这是为什么。然后我突然转过弯儿来了，把手电筒贴在玻璃上，然后打开开关。那辆本田思域就在里面，我认出了车牌号码。车库的另一侧停着一辆深色的厢式货车，无论我怎么转动手电筒都看不清楚。车牌不在我们能看见的地方，颜色在昏暗的光线下无从分辨，但我们只需要看清楚那是一辆什么车就够了。我们找对了地方。

屋里灯火通明，能看得出这座屋子只住了一家人：边门旁只有一个门铃，门廊的大门前只有一个信箱；他们有可能在屋里的任何一个角落。我们绕到屋后，我用双手做成脚蹬，让凯南踩上去。他抓住窗框，慢慢探出脑袋，在那儿吊了几秒钟，然后回到地面上。

“厨房，”他悄声说，“金毛在厨房数钱。他一沓一沓地拆开，清点有多少张，把数字写在一张纸上。浪费时间。交易都已经结束了，他为什么还在乎他拿到了多少？”

“另一个呢？”

“没看见他。”

我们摸到另一扇窗户底下，重复整个过程，经过边门时试了试运气。门锁着，但就算是个小孩也能破门而入。通往厨房的后门也结实不到哪儿去。

但在知道两个人的确切方位前，我不想破门而入。

回到屋前，彼得冒着引起过路行人怀疑的风险，用小折刀的刀尖拨开了门廊纱门的插销。门廊通向前厅的正门有一把比较结实的锁，但门廊里也有一扇大窗户，砸破就能立刻进入室内。他没有砸破窗户，只是朝里面张望，确定艾尔伯特不在客厅里。

他回来向我们报告情况，我猜艾尔伯特有可能在楼上，也有可能出去买啤酒了。我思考着有没有办法先悄无声息地拿下卡兰德，然后再研究接下来该怎么办，这时TJ用一个响指吸引了我的注意力。我望向他，他蹲在地下室的窗户前。

我走过去，弯腰向里看。他拿着手电筒，在宽敞的地下室里照来照去。地下室一角有个大水槽，旁边是洗衣机和烘干机。房间对面的角落摆着一张工作台，左右两侧有几件电动工具。工作台上方的墙上有块钉板，上面挂着十几件工具。

房间靠近我们的地方有一张乒乓球台，球网向下耷拉。一个手提箱摆在球台上，敞着箱盖，里面是空的。艾尔伯特·瓦伦斯坐在乒乓球台前的一把木椅上，依然穿着墓地里的那身衣服。他的架势像是正在数手提箱里的钱，然而手提箱里没有钱，摸黑数钱这种行为也很奇怪。除了TJ的手电筒，地下室里没有其他光线。

我看不清楚，但我能确定艾尔伯特的脖子上缠着一段钢琴弦，很可能就是用来对帕姆·卡西迪实施切除手术的那段钢琴弦，很可能也用来残害过莱拉·艾尔瓦雷斯。然而这次它做的事情就不像外科手术那么精确了，因为它切割的不是毫无阻力的血肉，而是硬骨和软骨。不过它还是完成了任务。艾尔伯特的头部怪诞地肿胀着，因为流入头部的血液无法再流出去。他的面部仿佛变成色如瘀青的一轮满月，眼睛从眼窝里凸了出来。我见过死于勒杀索的受害者，因此立刻意识到了我在看什么，但任何经验都不可能让你为这种事做好准备。我这辈子从没见过这么可怖的景象。

但它提高了我们的胜率。

凯南又爬到厨房窗口查看了一次，没在视线范围内见到枪。我猜卡兰德把枪收起来了。在这几起绑架案中，没人见过他挥舞枪械，他在墓地掏出枪也只是为了在抵着露西亚咽喉的匕首之外再加一重保险，在解除与艾尔伯特的搭档关系时，他同样没有用枪，而是选择了他更喜欢的勒杀索。

我们必须解决一个问题：从不同的门到卡兰德数钱的地方，所需的时间也各不相同。从后门或边门进屋，你必须跑上半段楼梯才能冲进厨房。从门廊走正门进屋，你必须穿过整座屋子才能跑到位于后侧的厨房。

凯南建议我们轻手轻脚地从前门进屋，这样不需要经过嘎吱作响的楼梯，而且正门离卡兰德所在之处最远——他正在全神贯注地数钱，未必能注意到玻璃破碎的响动。

“先贴胶带，”彼得说，“这样你打碎窗户，玻璃碴儿就不会掉在地上。响动小得多。”

“做毒虫也能学到知识嘛。”凯南说。

但我们没有胶带，而且附近有可能出售胶带的商店早就打烊了。TJ说地下室的工作台上或背后墙上肯定有，但我们必须砸破窗户才能进地下室，这样就限制了胶带的可用性。彼得又去了一趟前门廊，回来说客厅地上铺着地毯。我们互相看了一眼，耸耸肩，其中一个人说：“管他的。”

我把TJ顶上去，他从厨房窗口监视卡兰德，彼得去打碎前门上的玻璃。从我们的所在之处，我们听不见他弄出来的响动，显然卡兰德也没有听见。然后我们一起绕到屋前进门，小心翼翼地跨过碎玻璃，竖起耳朵等了一会儿，然后轻手轻脚地慢慢穿过寂静的屋子。

来到厨房门口的时候，我走在最前面，凯南在我身旁。我们都拿着枪。雷蒙德·卡兰德坐在厨房里，我们只能看见他的侧影。他一只手拿着一沓钱，另一只手拿着铅笔。若是在会计的手里，这两样都是致命武器，但比起枪支或匕首，要命的程度就差得多了。

我不知道我等了多久，很可能不到十五或二十秒，然而感觉起来要久得多。我一直等着，直到他的肩膀突然一沉，显示出他不知怎的觉察到了我们的存在。

我说："警察，不许动。"

他没有动，甚至没有把视线转向声音的出处。他只是坐在那儿，而他人生的一个阶段就此结束，另一个随即开始。过了一会儿，他扭头看着我，表情里既没有恐惧也没有愤怒，只有深深的失望。

"你说过一周的，"他说，"你向我保证过。"

钱似乎全在桌上。我们装满了一个手提箱，另一个手提箱在地下室，但没人想去拿它。"我想叫TJ去，"凯南说，"但我知道他在墓地里的反应，因此我猜让他去底下有尸体的地方肯定会吓死他。"

"要我去，你说一声就行，没必要用激将法。"

"哈，"凯南说，"就知道你会这么说。"

TJ翻个白眼，然后下楼去了。他拿着手提箱回来，说："哥们儿，底下真是臭得要命。死人总是这么难闻吗？万一哪天我杀了人，记得提醒我躲远点儿。"

说来奇怪，我们在卡兰德周围忙碌，就当他不存在一样，而他一动不动，半个字都没说过，因此我们很容易无视他的存在。他坐在那儿，显得比先前小了一圈，而且还软弱可欺。我知道他和这几个词完全不沾边，但他消极无为的态度会给你留下这种印象。

"全都装好了，"凯南说，扣上第二个手提箱的搭扣，"可以直接还给尤里了。"

彼得说："尤里只想救回他的孩子。"

"嗯，今晚算他运气好，钱也能拿回去。"

"他说过他不在乎钱，"彼得梦呓般地说，"钱不重要。"

"彼得，你的言下之意是什么？"

"他不知道我们在这儿。"

"是的。"

"只是个想法。"

"不行。"

"这么多钱啊，老弟。你最近在走霉运，大麻交易眼看着要出事，对吧？"

"所以？"

"上帝给了你一个扳平的机会，你别不识抬举。"

"哎，彼得，"凯南说，"你忘记老头子是怎么说的了吗？"

"他说过各种各样的话。咱们几时乖乖听话了？"

"他说绝对不要偷窃，除非你能偷走一百万美元。彼得，还记得吗？"

"哈，这就是咱们的机会。"

凯南摇摇头："不对，你错了。这儿只有八十万美元，况且有二十五万美元是伪钞，剩下的还有十三万美元本来就是我的。这样还有多少？四十几。四十二万美元？差不多吧。"

"那就真的打平了，老弟。这个家伙拿走了你四十万美元，加上马特的一万美元和其他开销，那是多少？四十二万美元？八九不离十吧。"

"但我不想打平。"

"什么？"

他恶狠狠地瞪着哥哥。“我不想打平，”他说，“我用带血的钱去赎弗朗辛，而你要我从尤里那儿偷带血的钱。哥们儿，你这真是毒虫的思路了，偷了别人的钱包，然后还要帮他去找。”

“唉，你说得对。”

“我是说，彼得，老天在上——”

“不，你说得对，你他妈真的对。”

卡兰德说：“你们付我伪钞？”

“小屎蛋，”凯南说，“我都快忘记还有你这个人了。怎么着，你还担心花钱的时候被逮住吗？我有个好消息告诉你，你没机会花钱了。”

“你是那个阿拉伯人的丈夫？”

“所以？”

“我还在想你是谁呢。”

我说：“雷，库利先生的钱呢？那四十万美元。”

“我们分了。”

“然后呢？”

“我不知道艾尔伯特那一份在哪儿，但肯定不在屋子里。”

“你那一份呢？”

“保管箱里。布鲁克林第一商业银行，就在新乌特勒支大道和汉密尔顿堡公园大道的路口。我打算明早出城的路上去取。”

凯南说：“你打算？”

“我还没想好是开本田还是开那辆货车。”他继续道。

“他怎么有点儿精神恍惚？马特，我猜他在钱的下落上说的是真话。银行里的那一半就不用想了。艾尔伯特的那一半，就算把屋子翻个底朝天，多半也不可能找到，对吧？”

“对。”

“他也许埋在院子里了，或者墓地里，或者天晓得在哪儿。该死的，那笔钱我是不可能拿回来的。我从一开始就知道。咱们做完该做的事情，然后就走吧。”

我说：“凯南，你要做个决定。”

“什么决定？”

“我可以送他归案。现在有很多不利于他的可靠证据了。他的搭档死在地下室里，车库里的货车肯定到处都是衣服纤维、血迹和其他东西。帕姆·卡西迪可以指证就是他残害了她。其他证据能把他和莱拉·艾尔瓦雷斯，还有玛丽·戈特斯坎德绑在一起。他至少会被判三个终身监禁，另外还有二三十年当添头。”

“你能保证他会一辈子被关在里面吗？”

“不能，”我说，“说到刑事司法系统，没人能保证任何结果。我猜最有可能的是他被送进专门关押精神病刑事犯的麦提宛州立医院，他不可能活着离开那儿。但任何事情都有可能发生，你明白的。我不认为他能逃脱制裁，但我也说过有些罪犯连一天牢都没坐过。”

他考虑了一会儿。“我们最初的约定，”他说，“说的不是送他归案。”

“我知道，所以我才说由你决定。但假如你选了另一条路，那我就必须先走一步了。”

“你不想在这儿看我杀人。”

“是的。”

“因为你不赞成。”

“我谈不上赞成或者不赞成。”

“但这不是你会去做的那种事情。”

“不，”我说，“不是这样的。因为我做过，我曾经让自己当过刽子手，但我不想去习惯扮演这样一个角色。”

“是啊。”

“另外，这次我也没有理由要留下。我可以把他交给布鲁克林凶杀科，睡觉的时候不会良心不安。”

他想了想。“我认为我做不到。”他说。

“所以我才说由你决定。”

“对，嗯，我觉得我已经想好了。我必须自己解决他。”

“看来我该走了。”

“对，你和其他人都走吧。”他说，“就这么安排。真可惜，咱们应该开两辆车的。马特，你、TJ和彼得去把钱还给尤里。”

“里面有一部分是你的。你不想把你借给他的收回来了？”

“到他家分出来吧。我可不想弄错了拿成伪钞。”

“伪钞都扎着大通银行的纸带呢。”彼得说。

“对，但这个白痴数钱的时候全混在一起了，所以去尤里家分一下吧，谢谢了。然后你们回来接我。我算算时间，去尤里家二十分钟，回来二十分钟，在他那儿待二十分钟，加起来一个小时好了。从现在开始算，一小时一刻钟后在路口接我。”

“好的。”

他拎起一个箱子。“走，”他说，“先把钱放到车上去。马特，你盯着他，可以吗？”

他们走了，TJ和我站在那儿，低头看着雷蒙德·卡兰德。我们都拿着枪，但这会儿我们就算拿着苍蝇拍也能看住他。他似乎根本不在这儿。

我望着他，回想起我们在墓地的交谈。在那一两分钟里，和我说话的是个有人性的家伙。我想再和他聊一聊，看这次会是什么东西和我说话。

我说："你打算把艾尔伯特扔在那儿吗？"

"艾尔伯特？"他不得不花了几秒钟思考那是什么。"不，"他最后说，"我打算在离开前收拾干净的。"

"你打算怎么处理他？"

"切成块，包好。柜子里还有很多垃圾袋。"

"然后呢？装在后车厢里送给什么人？"

"哦，"他说，想了起来，"那是专门给阿拉伯人准备的。不过很简单，把尸块分开扔掉就行，这个垃圾箱里扔几块，那个废物桶里扔几块。不会有人注意到的。还可以冒充下水，扔进餐厅的厨余垃圾。"

"你做过这种事？"

"嗯，对，"他说，"不止你知道的那几个女人。"他望向TJ："有个黑人，我记得很清楚，她的肤色和你差不多。"他喟然长叹。"我累了。"他说。

"累不了多久了。"

"你要把我留给他，"他说，"而他会杀了我。那个阿拉伯人。"

腓尼基人，我心想。

"你和我算是认识，"他说，"我知道你骗了我，我知道你毁约了，但你必须这么做。然而你和我曾经交谈过，你怎么能允许他杀了我呢？"

抱怨，发牢骚。你很难不想到艾希曼[1]在以色列的被告席上的反应。我们怎么能这么对待他?

而我想到了我在墓地里问他的一个问题，于是我把他了不起的回答还给了他。

“你进了车厢。”我说。

“我不明白。”

“你一旦进了车厢，”我说，“就只是身体的零件了。”

凌晨三点差一刻，我们按约定来接凯南，他在第八大道的一家珠宝行门口等我们，从这儿拐过一个弯儿就是艾尔伯特·瓦伦斯家。他看见我坐在驾驶座上，问他哥哥去哪儿了。我说我们几分钟前在殖民路放下了他。他本来想去取那辆丰田，但又改变了主意，说他打算直接上楼睡觉。

“是吗？但我太亢奋了，你必须一榔头砸在我头上才能让我躺下。不，马特，你别动。你来开车。”他绕到车的另一侧，看见TJ像个破布娃娃似的摊在后排座位上。“他的上床时间早就过了，”他说，“飞行包很眼熟，希望这次装的不是伪钞。”

“是你的十三万美元。我们仔细检查过了，我觉得应该全是真钱。”

“就算有几张假钞也无所谓，做得和真钱一样好。走郭瓦纳斯应该最快。知道怎么开回去吗？”

“应该知道。”

“然后是过桥还是走隧道，你说了算。我哥哥有没有说要把钱

1　阿道夫·艾希曼（Adolf Eichmann，1906—1962），德国纳粹高官，后被压往以色列接受公审处决。——编者注

拿进去，替我看着点儿？”

“我觉得把钱亲自交给你是我的职责。”

“嗯，对，很会说外交辞令嘛。真希望我能收回我对他说的那句话，我不该说他毒虫思路的。这么说一个人真的很不好。”

“他自己也同意。”

“我和他都知道那是真的，这就是最让人难过的地方。尤里见到钱是不是很吃惊？”

“震惊。”

他哈哈一笑：“我猜也是。孩子怎么样？”

“医生说她会好起来的。”

“她被他们伤害得很重，对吧？”

“我觉得你很难把身体伤害和精神创伤区分开。他们多次强奸她。除了失去两根手指，她还受了一些内部伤害。他们给她用了镇静剂。我猜医生也给尤里吃了些药。”

“我们所有人都该吃点儿药。”

“说到尤里，他也想来的。他还想给我钱。”

“希望你收下了。”

“没有。”

“为什么不收下？”

“我也不知道为什么。实话实说，这么做不符合我的性格。”

“七十八街分局不是这么教你做事的？”

“完全不符合七十八街分局对我的教导。我对他们说我已经有个委托人了，他给的报酬很丰厚。你之前说到带血的钱，也许影响了我的心境。”

“哥们儿，不是这个道理。你认真做事，而且做得很好。他想报答你，你应该收下的。”

“没关系。我说他可以给TJ一点儿钱。”

“他给了他多少？”

“不知道，几百美元吧。”

“两百美元。”TJ说。

“咦，TJ，你醒着？我以为你睡着了。”

“没，只是在闭目养神。”

“你好好跟着马特。我认为他是个好榜样。”

“要是没有我，他上街都会迷路。”

“是吗，马特？离了他，你会迷路吗？”

“百分之百，”我说，“咱们全都会的。”

我走的是布鲁克林-皇后区快速路，然后上大桥，在曼哈顿一侧下桥后，我问TJ去哪儿。

“堕落街好了。”他说。

“这会儿是凌晨三点。”

“堕落街又没装大门。他们不上锁的。”

“你有地方睡觉吗？”

“哎，我身上有钱，”他说，“也许我可以去福隆特纳克酒店，看看上次住过的房间空不空。洗上三次热水澡，打电话叫客房服务。哥们儿，我有地方睡觉。你不需要担心我。”

“反正你有的是办法。”

“你以为你在开玩笑，但你知道这是真的。”

“而且特别专注。”

“也是真的。”

我们在第八大道和四十二街的路口放他下车。开到四十四街等红灯时，我看看左右，街上空荡荡的，但我反正也不着急。我一直等到红灯变成绿灯。

我说：“我不认为你下得了手。”

“什么？卡兰德？”

我点点头。

“我也不认为。我没杀过人。有一两次我愤怒得能杀人，但很快就过去了。”

“是啊。”

“他就好像不存在，明白我的意思吗？完全无足轻重。而我心想，我难道要杀这么一只虫子？但我知道我必须做点儿什么，于是我决定了我必须这么做。”

“怎么做？”

“让他说话，”他说，“我问了他几个问题，他回答得很简单，不超过三个字，但我不停地问，终于撬开了他的嘴。他告诉我他们怎么折磨尤里的孩子。”

“唉。”

“他们怎么折磨她，她多么害怕，等等等等。他一旦打开话匣子，就真的停不下来了。就好像这样能让他重新体验一遍。你看，这种事不像打猎，你打死一头鹿，可以把脑袋做成标本挂在客厅墙上。他折磨完一个女人，留给他的，除了记忆什么都没有，因此能得到机会把记忆拿出来掸掸灰尘，欣赏它的美丽，他实在是太乐意了。”

“他提到了你妻子吗？”

“当然提到了。他很高兴他能对我说他们是怎么对待她的。

和把她切成肉块还给我一样过瘾，顺便再羞辱我一次。我想叫他闭嘴，我不想听这些，明白我的意思吗？我是说，她已经不在了，哥们儿，我亲手把她塞进该死的焚化炉。她再也不会受到伤害了。所以我让他说，爱怎么说就怎么说，然后我就能做我必须做的事情了。”

“然后你杀了他？”

“没有。”

我望向他。

“我从没杀过人，我不是做凶手的那块料。我看着他，心想，不，该死的，我才不会杀了你呢。”

“然后？”

“我怎么能杀人呢？我本来要当医生的。我告诉过你，对吧？”

“你父亲的愿望。”

“我本来要当医生。彼得本来要当建筑师，因为他喜欢幻想，但我脚踏实地，因此我该当医生。‘全世界最美好的事情，’他对我说，‘就是你在世上做好事，过体面的生活。’他甚至决定了我应该当个什么医生。‘外科医生，’他对我说，‘挣钱最多的就是他们。他们是最拔尖的精英，所以去当外科医生吧。’”他沉吟良久。“愿望实现了，”他说，“今晚我当上了外科医生。我做了一场手术。”

外面开始下雨，但并不大，我没有打开雨刷器。

“我带他下楼，”凯南说，“地下室，和他的朋友团聚，TJ说得对，底下臭得厉害。我猜那种死法会让人失禁。我以为我会反胃，但我没有，我猜我已经习惯了。

“我没有麻醉药，不过无所谓，因为他很快就昏过去了。我用了他的匕首，那是一把大折刀，刀刃足有六英寸长，工作台上还有各种各样的工具，要什么有什么。”

“凯南，你不需要告诉我的。”

“不，”他说，“你错了，我必须告诉你才行。要是你不想听，那是另一码事，但我非要说出来不可。”

“好吧。”

等他说完，我踩住刹车，开到路边停下。他打开车门，对着下水道呕吐。我找出手帕递给他，他把嘴擦干净，把手帕扔在街上。“对不起，”他说，关上车门，“我以为我已经吐完了，以为胃里没东西了。”

“凯南，你还好吧？”

“嗯，我认为我挺好，我自己觉得。知道吗，我说我没杀他，但我不知道是不是真的。我走的时候他还活着，但现在有可能已经死了。就算没死，他还剩下什么？我对他做的事情，那叫屠宰。我为什么不干脆给他脑袋来上一枪？砰的一声就结束了。”

“所以为什么没有呢？”

“我也不知道。也许我想的是以牙还牙，以眼还眼。他把她变成那样子还给我，现在我也要把他变成那样子。这也许是一部分原因。我也不确定。”他耸耸肩，“已经结束了。不管他已经死了还是能活下来，反正结束了。”

我在我住的旅馆门口停车，我们一起下车，尴尬地站在路边。他指了指飞行包，问我要不要拿点儿钱。我说他的预付款买我付出的时间绰绰有余了。他问我确定吗？我说，对，我确定。

“好吧，”他说，“你说确定就好。改天打个电话给我，咱们一起吃顿饭。没问题吧？”

“当然。”

“自己多保重，”他说，“好好睡一觉吧。”

第23章

但我睡不着。

我洗了个澡，上床躺下，但无论换什么姿势，我都没法坚持十秒钟不动。我焦躁极了，甚至压根儿不想睡觉。

我爬起来，刮脸，换了身干净衣服，然后打开电视，从头到尾浏览一遍所有频道，又关上电视。我出门乱逛，最后总算找到一个能喝咖啡的地方。时间已经过了凌晨四点，酒吧都打烊了。我不想喝酒，我这一夜都没想到过要喝酒，但酒吧打烊还是让我感到庆幸。

我喝完咖啡，上街继续乱逛。我有许多心事，边走边想更容易整理思路。最终我回到我住的旅馆。七点刚过，我叫车去下城，参加佩里街七点半的戒酒会活动。活动八点半散场，我在格林威治大道的一家希腊咖啡馆吃早饭，琢磨店主是不是像彼得·库利说的那样逃税。我叫车回到旅馆。我来去坐的都是出租车，凯南一定会对此感到满意的。

回到房间里，我打电话给伊莱恩。接电话的是答录机，我留言后坐在原处等她打回来。她打过来的时候已经十点半了。

她说："我一直在等你的电话。我想知道发生了什么。自从那个电话——"

"发生了很多事，"我说，"我想告诉你。我能过去吗？"

"现在？"

"除非你有安排了。"

"完全没有。"

我下了楼，今天上午第三次叫出租车。她打开门，扫了一眼我的面容，并对此露出愁容。"快进来，"她说，"坐下，我去煮咖啡。你还好吧？"

"我挺好，"我说，"只是昨天一夜没睡觉。"

"又不睡觉？你不会养成这个坏习惯吧？"

"应该不会。"我说。

她端来一杯咖啡给我，我们在客厅坐下，她坐沙发，我坐椅子。我从昨天和凯南·库利的第一次交谈开始说起，一直到他送我到旅馆时我们的最后一次交谈结束。她没有打断我，注意力也没有溜过号。我花了很长时间讲昨天发生的事情，没有漏掉任何细节，有些对话几乎是逐字逐句复述的。她仔细听着我说的每一个字。

等我说完，她说："我不知道该说什么了。真是个可怕的故事。"

"只是布鲁克林的一个普通夜晚。"

"嗯。你居然会全都告诉我，我很吃惊。"

"从某个角度说，我也很吃惊。因为我来找你不是为了对你说这些。"

"嗯？"

“但我也不想留着不说，”我说，“因为我不想对你有所隐瞒。我来找你想说的就是这个。我一直在参加戒酒会的活动，对着一屋子陌生人说我不允许自己告诉你的事情，我觉得这么做不合逻辑。”

“我觉得我开始害怕了。”

“害怕的不止你一个人。”

“还要咖啡吗？我可以——”

“不。今天凌晨我看着凯南开车离开，然后我上楼躺在床上，我能想到的只有我没对你说过的话。你也许以为是凯南说的那些东西让我睡不着，但那些东西根本没进我的脑子。我的脑袋里没有空间容纳它们，全是我和你的交谈，不过那是一次单方面的交谈，因为你不在场。”

“有时候这样反而更容易。你可以替别人写他们的台词。”她皱起眉头，“替他，替她，替我？”

“要是你自己写出来的台词就是这种话，那你的台词最好另外找人来写。唉，天哪，看来想说心里话，唯一的办法就是直接说出来。我不喜欢你的职业。”

“哦？”

“我自己也不知道我这么在意，”我说，“早些时候很可能真的无所谓，刚开始那会儿甚至还从中得到了刺激。我说的是咱们刚认识的时候。然后有段时间，我认为我并不在意，然后又有一段时间，我知道我在意，但对自己说不在意。

“再者说，我有什么资格说我在不在意呢？我又不是不知道自己在干什么。你的职业是你这个人的一部分，我凭什么命令你坚持这个，改变那个？”

我走到窗口，眺望河对面的皇后区。皇后区拥有诸多墓地，墓地多得都快满出来了，而布鲁克林只有格林伍德公墓。

我转身面对她，说：“还有，我不敢说任何话。也许一开口就会变成最后通牒：二选一，别再接客了，否则我就走人。万一你不选我怎么办？

“或者，万一你选了我怎么办？然后我必须做出什么承诺？这样你是不是就有资格说你不喜欢我的生活方式的哪个部分了？

“假如你不再和客人上床，是不是意味着我也不能和其他女人上床？尽管事实上自从咱们开始互相做伴，我就没和其他女人睡过觉，但我一直觉得我有这个权利。尽管没有发生过，而且有一两次我有意识地不让它发生，但我不认为我就做了这个承诺。更确切地说，就算做了承诺，也是私底下对自己的承诺。我不会让你或我知道我这么做了。

“我们的关系会怎么样呢？是不是就意味着我们必须结婚呢？我不知道我想不想结婚。我结过一次婚，并不怎么喜欢。我也不太擅长过那种生活。

“是不是意味着我们必须在一起生活呢？我也不知道我想不想那样。自从离开安妮塔和孩子们，我就没和任何人一起生活过，而且那是很久以前了。我喜欢一个人过日子的许多方面，我不知道我想不想放弃这样的生活。

“但知道你和其他男人睡觉就是会让我不舒服。我知道那种事里没有爱，也知道甚至没有多少性，我知道它更像按摩，而不是做爱。但知道归知道，似乎并不重要。

“然而它还会挡在我们之间。今天早上我打给你，你隔了一个小时才打给我。我一直在琢磨我打电话的时候你在哪儿，但我没有问，因为你也许会说你在陪客人，也许你不这么说，而我会琢磨你有什么话没告诉我。”

“我在做头发。”她说。

“哦，很好看。”

“谢谢。”

“换了个发型，对吧？确实很好看。我没注意到，我从来不注意发型，但我喜欢。”

“谢谢。”

“我不知道我到底想表达什么，”我说，“但我觉得我必须把我的感受告诉你，我心里到底在怎么想。我爱你。我知道我们从不说这三个字，我之所以说不出口，一个原因是我不知道这到底意味着什么。事实上，它的重要性就是问题的一部分，因为我担心它会变成我不喜欢的东西，因此我一直在克制自己不要太靠近你。”我停下喘了口气：“应该就是这些了。我不知道我会说这么多，也不知道我说得对不对，不过我觉得就是这些了。”

她望着我。我很难和她对视。

“你是个非常勇敢的男人。”她说。

“唉，别这样。”

“‘唉，别这样。’你不害怕吗？我很害怕，我甚至不敢开口。”

“是的，我很害怕。”

“去做让你害怕的事情，这就叫勇敢。相比之下，在墓地里走向他们的枪口简直是小菜一碟。”

“说来有趣，”我说，“我在墓地里根本没那么害怕。我的一个念头是这样的：我已经活得够久了，现在死也谈不上英年早逝。”

“这么想肯定很安慰人。”

“奇怪归奇怪，但确实是的。我最害怕的是那个女孩有个三长两短，那样就是我的罪过了，因为我做错了某些事情或者没做某些该做的事情。她回到父亲怀里之后，我就放松了下来。我猜我并不真的认为我会出什么事。”

“谢天谢地，你活着回来了。”

“怎么了？”

“几滴眼泪而已。”

“我不是想——”

“想什么？打动我？别道歉。”

“好的。”

“弄花了我的睫毛膏。也没什么。”她用纸巾擦眼睛。“我的天，”她说，“太丢人了。我觉得我傻乎乎的。”

“因为几滴眼泪？”

“不，因为我接下来要说的话。现在轮到我了，对吧？”

“对。”

“别插嘴，可以吗？有些话我没告诉过你，为此我觉得自己真是蠢到家了，我都不知道该从何说起。好吧，我想到哪儿就说到哪儿。我上岸了。”

“什么？”

“我上岸了，我不和人睡觉了，明白吗？我的天，你脸上是什么表情？白痴，我说的是其他男人。我上岸了。”

“你没必要做出这个选择，”我说，“我只是想说一说我的感受，而——”

“你答应过不插嘴的。”

“对不起，但——”

“我说的不是现在上岸，我三个月前就上岸了。不止三个月了，比今年元旦还早，甚至还不到去年圣诞。不，圣诞过后好像还有过一次。我可以查一查。

“但这不重要。要是想庆祝这个纪念日，我当然可以去查一查，就像你庆祝你最后一次喝酒那样，但也许不会。我不确定。”

我很难憋着不说话。我有话想说，有问题想问，但我没有开口，让她说了下去。

“我不知道我有没有说过，”她说，“但几年前我意识到，卖身挽救了我的生命。我这么说是认真的。我的童年，我发疯的老妈，我长大后变成的那个少女，我本来会自杀，或者找个人替我动手，但我没有，而是开始卖身，这让我认识到了我作为一个人的价值。卖身摧毁了很多姑娘，这一点不可否认，但它拯救了我。你自己去琢磨吧。

“我把日子过得很不错。我攒钱，投资，买下这套公寓。万事如意。

“但去年夏天我开始意识到，这样的生活不能继续下去了，因为你和我共同拥有的某些东西。我对自己说，你在胡思乱想，你和我的关系在一个房间里，我为挣钱而做的事情在另一个房间里，但这两个房间之间的门越来越难关紧了。我感觉不忠，这很奇怪，我感觉肮脏，我卖身的时候从没真的有过这种感觉，就算有，我自己也没有意识到。

“于是我心想，哎呀，伊莱恩，你做这一行已经比绝大多数人久了，再说你的年纪也稍微大了点儿。再说，现在冒出来各种各样的新传染病，过去这几年你的生意规模本来就越来越小。要是你洗手上岸，又有几个高级经理人会跳窗自杀？

“但我不敢告诉你。首先，我怎么知道我不会改变主意？我觉得我应该保留选择的余地。后来，我通知常客们说我退休了，把名录卖给其他姐妹，除了改电话号码，该做的一切我都做过了，但我还是不敢告诉你，因为我不知道结果会怎样。也许你就不想要我了。也许你会对我失去兴趣，而我只是一个年纪越来越大的老女人，跑来跑去在大学旁听课程。也许你会觉得被困住了，就好像我在逼你结婚。也许你会想要结婚，或者一起生活，而我不但从没结过婚，也从没考虑过结婚。自从我从母亲家里搬出来，我就一直一个人生活，我喜欢一个人过，也习惯了一个人过。要是你和我其中一个人想结婚，而另一个不想，你说咱们该怎么办？

“好了，用你喜欢的话说，这就是我肮脏的小秘密。老天在上，别让我继续哭了，因为就算不能光彩照人，至少也要能够见人吧。我看上去是不是像浣熊？”

“只有脸像。”

“哈，”她说，“会说话。而你是一头老狗熊。你自己知道吗？”

“你刚刚才说过。”

“嗯，是真话。你是我的老狗熊，我爱你。”

“我也爱你。”

“这事整个儿就是《玛琪的礼物》，对吧？故事固然美好，但咱们能说给谁听呢？”

“任何人都行，只要没糖尿病。”

“否则保准要血糖休克，是不是？”

“恐怕是的。所以你声称去赴那些神秘约会的时候都去哪儿了？我还以为，你知道的——”

“我在旅馆里给男人吹箫？其实有时候我去做头发了。”

“就像今天早上。”

“对。有时候我去见我的心理医生，然后——”

“我不知道你在看心理医生。”

“嗯，自从二月中开始，每周两次。我的身份在很大程度上与我这些年从事的职业绑定在一起，而突然间我多了一大堆心理垃圾需要排解，我猜和她聊天对我有帮助。”她耸耸肩，“另外我还去参加了几场匿名戒酒会的活动。”

“我怎么不知道？”

“你怎么可能知道？我没有告诉你。我以为参加活动能教会我该怎么和你打交道。结果活动内容都是我该怎么和自己打交道。真是太奸诈了。”

“对，都是一伙狡猾的浑蛋。”

“总之，”她说，“把所有事情埋在心里，我觉得自己傻乎乎的，但我做了许多年的妓女，坦诚不是这份工作的要求之一。”

“与警务工作刚好相反。”

“对。可怜的老狗熊，一夜没合眼，和几个疯子在布鲁克林跑来跑去。现在你想捞到机会睡觉，等几个小时以后再说吧。”

“嗯？”

“嗯。现在你是我发泄性欲的唯一对象了，你明白这代表着什么吗？事实恐怕会证明我贪得无厌。”

“咱们走着瞧。”我说。

很久以后，她说：“自从咱俩好上以后，你就真的没和其他女人睡过觉？”

“真的。”

“以后多半会的，大多数男人都会。我敢这么说，是因为我有这方面的专业知识。”

“有可能，”我说，“但不是今天。”

“对，不是今天。不过就算你睡了，也不是什么世界末日。你只需要回家就行，家是你的归属。”

“随你怎么说，亲爱的。”

“‘随你怎么说，亲爱的。’你就是想睡觉嘛。听着，至于其他的事，咱们可以结婚，也可以不结婚，可以住在一起，也可以不住在一起，还可以住在一起但不结婚。咱们可以住在一起但不结婚吗？”

“只要咱们愿意。”

“你觉得可以？你知道这话听着像什么吗？一个波兰笑话。但咱们也许真能行得通。你可以留着你肮脏的旅馆房间，每周几天把电话设成呼叫转移，然后来和我过夜。咱们可以……你知道可以什么吗？”

“什么？”

“我看这事咱们可以一天一天地慢慢来。”

“这话说得好，”我说，“我要背下来。”

第24章

差不多一天以后，布鲁克林七十二街分局接到匿名线报，派遣警员前往艾尔伯特·瓦伦斯的住所，三年前他母亲去世后，把这座房子留给了他。他们在那里找到了瓦伦斯，此人是一名二十八岁的建筑工，目前失业，有性侵犯和轻度伤人的前科。瓦伦斯被发现时已经死亡，一段钢琴弦勒在他的脖子上。警方在同一个地下室还发现了另一名男子，他看上去像一具被肢解的尸体，但实际上还活着，此人名叫雷蒙德·约瑟夫·卡兰德，三十六岁，记录显示他以文职雇员身份为禁毒署的纽约分部工作过六个月。他被送进迈蒙尼德医学中心后恢复知觉，但无法与人交流，只能发出简单的啊啊音节，最终于两天后去世。

布鲁克林凶杀科不久前决定将数起谋杀案并案处理，认为凶手是一个连续作案的杀人团伙，警方在瓦伦斯家中和车库里的两辆车内发现了大量证据，有力地证明这两个人与此有关。警方对死亡现场的情况做出了几种推测，其中最有说服力的是团伙内还有第三名罪犯，他杀死两名同伙后逃之夭夭。另一种推测认为卡兰德彻底失去控制，先用勒杀索干掉搭档，然后来了一场癫狂的自残狂欢，但亲眼见过卡兰德和读过伤情报告的人对此都不屑一顾。考虑到他必须想办法切掉自己的双手、双脚、双耳、双眼和生殖器，“癫狂”二字实在难以自圆其说。

德鲁·卡普兰代表帕姆·卡西迪与一家全国性小报完成了洽谈。这家报社刊载了她的经历：《日落公园剃刀客割掉了我一个乳房》，报酬达到了卡普兰所称的“大五位数”。我和她聊了一次，她的律师没有出席，我说服帕姆相信艾尔伯特和雷就是绑架她的罪犯，其实没有第三个人。“你是说雷真的把自己弄成了那样？”她问我。伊莱恩说有些事情我们还是不知道为妙。

卡兰德死后一周左右，也就是我们去墓地之后那个星期的周末，凯南·库利从楼下打电话给我，说他的车违章停在门口，问我能不能下来一起喝杯咖啡什么的。

我们拐弯儿来到火焰咖啡馆，在窗口找了张桌子坐下。“我刚好在附近，”他说，“想到可以来找你，打个招呼。见到你我很高兴。”

见到他我也很高兴。他气色不错，我这么对他说。

“是啊，我做了个决定，”他说，“我要出去走走。”

“是吗？”

“更确切地说，我要出国了。这几天我清理了很多旧账，把屋子卖掉了。”

“这么快？”

“产权完全是我的，卖出的条件是付现金。价钱定得很低。

新房主是一家韩国人，老头子带着两个儿子来办手续，拎着一购物袋的现金。还记得彼得说的吗？可惜尤里不是希腊人，否则他很容易就能筹到那么多现金了。哥们儿，他应该是韩国人才对。什么支票、信用卡、工资册、所得税，他们做的那一行通通不认，从头到尾只用绿票子交易。我得到现金，他们得到干净的所有权，我教他们用防盗系统的时候，他们高兴得都快尿出来了。他们太喜欢了。业界最高水平，哥们儿。他们就应该喜欢的。”

“你要去哪儿？”

“先去伯利兹，探望几个亲戚，然后多哥。”

“投身家族生意？”

“走一步看一步吧。不过应该会试试看，看看我喜不喜欢，能不能忍受那儿的生活。我是个布鲁克林小子，你知道的，土生土长。我不知道离开老家那么远我还能不能过得下去。说不定不到一个月我就无聊得要死了。”

“也可能爱上那种生活。”

“不试一试怎么会知道，对吧？反正我总是能回来的。”

“当然。”

“不过现在离开也不是个坏主意，”他说，“我和你说过那笔大麻膏交易，对吧？”

“你说你对它没什么信心。”

“嗯，对，我放手不管了。我投入了很多钱，但我放手了。要是我不放手，你就只能隔着铁栅栏和我聊天了。”

“被警方扫荡了？”

“没错，而且接到的邀请函还是我发的呢，这样一来，就算被逮住的那伙人把我供出来——我猜他们肯定会的——警方也还是没法针对我立案。但我没兴趣和传票之类的麻烦玩意儿打交道，明白吗？我没被逮捕过，所以我为什么不趁自己还是个清白人的时候远走高飞呢？”

“你什么时候走？”

“六个小时以后从肯尼迪机场出发。和你打完招呼，我就去洛克维大道的一家别克经销店，看看他们愿意用多少钱收这辆车。‘卖了，’我会这么说，‘但你必须送我去机场。’从那儿到机场也就五分钟的车程吧。说起来，你要车吗？以旧车目录里一半的价钱卖给你好了，省得我去磨嘴皮子。”

“我要车也没用。”

“哈，反正我努力过了。我尽力了，但你就是忘不了你的破地铁。要么我送给你吧？我说真的。你送我去肯尼迪机场，车就留给你了。管它的呢，你要是不想要，可以直接开到车行去挣笔小钱。”

“我不会那么做的，你也知道。”

“但你可以这么做。所以你不想要我的车？我就剩这件事没处理了。过去几天，我见了弗朗辛的几个亲戚，多多少少把发生的事情告诉他们了。我尽量不提那些可怕的细节，明白吗？但你只能粉饰到这一步，剩下的事实还是事实，一个温柔美丽的好女人死了，而且死得毫无理由。”他用一只手捂住脸。“天哪，”他说，“你以为你已经跨过去了，但它会突然回来，掐住你的喉咙。重点在于我告诉她家里人她死了。我说是恐怖分子干的，发生在海外，我们当时在贝鲁特，是政治性的，一伙疯子，你明白的。他们相信了，至少我认为他们相信了。按照我的说法，事情发生得很快，没有任何痛苦，恐怖分子随后死在基督教民兵手上，葬礼私下举办，没有声张，因为整件事都必须保密。其中有些细节多少就是事实，有些我希望是真的。就是‘很快’和‘没有痛苦’的那部分。”

“也可能真的很快。你不知道发生了什么。”

“最后的时候我在场，马特。你忘记了吗？他告诉了我他们对她做了什么。”他闭上眼睛，深深吸气。“换个话题吧，”他说，“最近你在戒酒会活动上见过我哥哥吗？怎么了，这个话题很敏感吗？”

“从一定的程度上说，是的，”我答道，“你看，匿名戒酒会是个匿名组织，传统之一就是你不能对圈外人说某次活动上谁说了什么，或者某个人有没有参加。之前我破例是因为咱们正在一起办一个案子，但总体而言，这不是一个我能回答的问题。”

“但我其实并不是在问你。”他说。

“什么意思？”

“我猜我只是想探探口风，看你知道什么和不知道什么。该死，这事情没法拐弯抹角。前天夜里我接到警察的电话。你看，那辆丰田注册在我的名下，所以他们还能打给谁呢？”

“发生了什么？”

“他们发现车被扔在布鲁克林大桥的半中间。”

“我的天，凯南。”

“是啊。”

“我非常抱歉。”

“我知道，马特。真可悲，对吧？”

“嗯，是的。”

“他有个美好的灵魂，我说真的。他有他的弱点，但谁没有弱点呢？”

“他们确定——”

“没人看见他跳下去，警方也没有找到尸体，但他们说有可能永远找不到尸体。我希望永远别找到。知道为什么吗？”

“应该知道。”

“是啊，我猜你也知道。他说过他想被葬在海里，对吧？”

“没仔细说。他说过水是他的元素，他不想被火化或土葬。言下之意很清楚，而且他说话的语气——”

“就好像他在盼望海葬。”

“对，”他说，“就好像他渴望回归大海。”

“唉，天哪！他那么做之前……我不确定……一天还是两天，打过电话给我，说要是他有个三长两短，我必须确保他能被葬在海里。我说没问题，彼得，交给我了。我会在伊丽莎白女王二号上订个船舱，然后把你从舷窗塞出去。然后我们两个人哈哈大笑，我放下电话就忘了。后来警察打电话给我，说他们在桥上发现了他的车。他喜欢大桥。”

“他告诉过我。”

“是吗？他小时候特别喜欢大桥，总是求我们的父亲开车上桥。怎么也看不够，就好像大桥是全世界最美丽的东西。他跳的那一座，布鲁克林大桥，确实非常美丽。”

“是啊。”

“但底下的水和其他大桥底下的都一样。唉，可怜的人儿，他安息了。要是追根究底，我猜这是他一直想要的结局。他这辈子只有嗑了白粉才能得到安宁，除了刚开始的快感，海洛因最美好的一面就是它和死亡没什么区别。但仅仅是暂时的。它好就好在这儿，说坏就坏在这儿也行，我觉得这是个视角问题。”

又过了两天，我正准备睡下的时候，电话响了。是米克。

“你醒得很早嘛。”我说。

“是吗？”

“你那儿应该是清晨六点。我这儿是半夜一点。”

“是吗，”他说，“我的表停了，你说怪不怪，我打给你就是希望你能告诉我现在几点。”

“对，这会儿肯定特别适合打电话，”我说，“因为线路特别畅通。”

“信号很清楚，对吧？”

“就好像你在我隔壁似的。”

“哈，我也希望，”他说，“我在格罗甘。罗森斯坦替我摆平了一切。我的航班延误了，否则我几个小时前就到了。”

“很高兴你回来了。”

“不可能比我更高兴。爱尔兰是个美好的老国家，但你不会想要在那儿生活的。最近怎么样？伯克说你没怎么去酒吧。”

“对，确实很少去。”

“所以不如过去坐坐？”

“倒也可以。”

“好兄弟，”他说，“我去给你煮一壶咖啡，给自己开一瓶尊美醇。我有一肚子故事要说给你听。”

“我也有几个故事。”

“啊哈，咱们这一夜有事做了，对吧？然后明早去参加屠夫弥撒？”

“那是当然，”我说，“就知道你会这么说。”

致谢

本人在此荣幸地感谢作家房间和拉格戴尔基金会的巨大贡献，我在前者完成了这本小说的大部分前期工作，在后者完成了写作工作。同样要感谢的还有乔治·卡巴纳斯和艾迪·拉玛，以及杰克·希特和保罗·塔夫，他们介绍我认识了K兄弟。最后谨向萨拉·伊丽莎白·迈尔斯表示感谢，她发誓只要能让她的名字在书里出现，她什么事情都愿意做。

读客®
悬疑文库

认准读客读悬疑，本本都是大师级。

专注出版中、英、美、日、意、法等世界各国各流派的顶尖悬疑作品。

为读者精挑细选，只出版两种作品：

经过时间洗礼，经典中的经典；口碑爆表、有望成为经典的当代名作。

跟着读客悬疑文库，在大师级的悬疑作品中，

经历惊险反转的脑力激荡，一窥人性的善恶吧。